DER MINOTAURUS

EIN ROMAN ÜBER GÖTTER UND MYTHEN

SOPHIE ASH

KLAPPENTEXT

Das Labyrinth ist ein Todesurteil. Und ich bin darin mit einem Monster gefangen.

Ich wurde für ein Verbrechen eingesperrt, das ich nicht begangen habe. Meine Strafe ist kurz – nur drei Monate –, aber das spielt keine Rolle. Keiner kommt lebend aus diesem Labyrinth heraus.

Das unterirdische Gefängnis ist die Heimat des Minotaurus, eines Wandlers, der so wild und gewalttätig ist, dass es ihm nie erlaubt wurde, auf den Straßen unserer Stadt zu wandeln.

Zumindest besagt das die Legende. Niemand, der ihn gesehen hat, hat überlebt, um die Geschichte davon zu erzählen.

Als ich in das Labyrinth geschleppt werde, um meine Strafe zu verbüßen, sagen mir die Skelette, die den Boden übersäen, alles, was ich wissen muss. Der Minotaurus ist ein Killer und ein Monster.

Aber dieses Monster will mich nicht nur töten. Was er geplant hat, ist viel schlimmer.

Er will mit mir spielen – mich jagen und stalken.

Bis ich ihm gehöre.

Diese Geschichte ist eine Neuinterpretation des klassischen griechischen Mythos vom Minotaurus. In dieser Version gibt es keine Helden, und das Monster bekommt am Ende das Mädchen. Alle intimen Szenen sind einvernehmlich und es gibt garantiert ein Happy End.

CONTENT WARNING

Dieses Buch enthält grafische Gewalt und blutige Todesszenen.

Die Hauptcharaktere haben Spaß an primitiven Spielchen, Dirty Talk und anderen sexuellen Handlungen, die für Erwachsene gedacht sind.

Kapitel 7 enthält einen versuchten sexuellen Übergriff einer Nebenfigur.

Zu den Themen in diesem Buch gehören: sexuelle Übergriffe, Machtmissbrauch durch eine korrupte Regierung, Klassizismus, Ausbeutung und Verlust der Familie/Gemeinschaft.

1

ARIADNE

»Ariadne Saavas.« Eine kehlige Stimme rief meinen Namen durch die Tür, gefolgt von vier heftigen Klopfgeräuschen. »Hier ist die MWP. Du musst mit uns kommen.«

Mom und ich tauschten verwirrte Blicke über den Tisch hinweg aus. Ihre Augenbrauen zogen sich zusammen und die Falten auf ihrer Stirn vertieften sich. Bevor eine von uns etwas sagen konnte, ertönte das Klopfen erneut.

»Ariadne Saavas. Hier ist die MWP. Du musst mit uns kommen.« Der Tonfall des Officers änderte sich auch beim zweiten Mal nicht im Geringsten. Er klang fast schon roboterhaft.

Gleich darauf folgte das dritte Klopfen, und dieses Mal sprang ich hektisch vom Küchentisch auf und rannte zur Tür, die unter dem Gewicht der Faust des Wandlers kläglich schwankte.

»Ari, nicht!«, zischte meine Mutter mir zu. Die Angst leuchtete in ihren Augen und ihre arthritischen Hände klammerten sich auf der Tischplatte aneinander.

Ich zögerte einen Schritt von der Tür entfernt und schaute

sie an, um zu sehen, ob sie eine andere Idee hatte. Aber nein, sie hatte genauso viel Angst vor dem, was hinter der Tür lag wie ich und wollte einfach nur das Unvermeidliche hinauszögern.

Wenn die MinoTek-Wandler-Polizei anklopfte, machte man immer auf.

»Wenn du diese Tür nicht öffnest, sind wir gezwungen, hereinzukommen und dich vom Gelände zu entfernen«, rief die Stimme von der anderen Seite. Und ich wusste, dass der Wandler sein Versprechen wahr machen würde. Ich hatte schon mit angesehen, wie es anderen ergangen war.

Ich schob den Riegel auf und zog an der Türklinke – für uns gab es keine schicken Bedienfelder oder Druckschiebetüren –, um den massigen Wandler auf der anderen Seite zu begrüßen.

Sein Gesicht sah aus wie das eines normalen Mannes, genau genommen wie das eines Jungen, etwa achtzehn Jahre alt oder vielleicht Anfang zwanzig. Sein tiefes, gutturales Knurren, das meinen Namen gerufen hatte, passte nicht zu seinem jungen, glatt rasierten Babygesicht. Genau so wenig wie sein Körper, der das eindeutigste Indiz dafür war, dass dieser Mann kein gewöhnlicher Mensch sein konnte. Er war mindestens zwei Meter zehn groß und hatte Muskeln, die irgendwie unecht aussahen.

»Ariadne Saavas.« Er wiederholte meinen Namen in diesem flachen, roboterhaften Ton, bevor er mir seine Hand mit der Innenfläche nach oben hinhielt.

Mein Herz schlug schneller bei dem Gedanken, dass er mich wie ein Stück Schnur über die Schwelle ziehen würde, sodass ich nie wieder zurückkehren oder meine Mom sehen könnte. Aber nein, das würde er nicht tun. So unterdrückt wir auch waren, der Stadtstaat MinoTek hatte Protokolle aufgestellt.

Entführungen kamen nie vor, auch nicht durch die Wandler-Polizei. Kriminalität existierte in MinoTek praktisch nicht. Ich hatte nichts zu befürchten. Dies war nur eine routinemäßige Überprüfung der Wohngegend.

Trotzdem zitterte meine Hand, als ich sie dem massigen Polizeibeamten entgegenstreckte. Er nahm meinen Arm, drehte die Innenseite mit seiner Hand – die so groß war wie ein Servierteller – nach oben und scannte den ID-Chip in meinem Handgelenk mit seinem tragbaren Scanner.

Als das rote Laserlicht auf grün umsprang und der Scanner meine Identität mit einem Piepsen bestätigte, ließ er meine Hand los und steckte das Gerät wieder an seinen Gürtel.

»Du musst mit mir kommen«, sagte er in demselben flachen Ton.

Meine Kehle wurde trocken und ich schluckte, um etwas Feuchtigkeit zurückzubekommen. Hinter ihm, im Hof unseres Wohnkomplexes, stand ein anderer Officer neben einem Einsatzwagen der MWP. Das Auto, von dem er vermutlich wollte, dass ich da einstieg.

»Darf ich fragen, was der Grund dafür ist?«, fragte ich mit leiser Stimme und hielt mir den Unterarm schützend vor die Brust.

»Deine Anwesenheit wird im Capitol verlangt. Ich habe nicht die Genehmigung, mehr zu sagen.«

Ich schaute über die Schulter zu meiner Mom, die sich gerade vom Tisch erheben wollte. »Nein, Mom. Es ist okay.« Ich streckte eine Hand in ihre Richtung und zwang mich zu einem Lächeln. Sie konnte ihre Arthritis-Medikamente erst in einer Stunde einnehmen und ihre Knie würden schmerzen, wenn sie zu viel stand und herumlief.

»Nun, was wollen sie denn?« Sie blinzelte den Mann in der Tür mit verengten, misstrauischen Augen an.

»Sie wollen, dass ich sie begleite, wegen ... irgendetwas.« Mein Blick fiel wieder auf den Officer. »Hören Sie, können wir das ein anderes Mal machen? Ich bin die einzige Pflegeperson für meine Mutter. Sie ist auf mich angewiesen ...«

»Nein. Deine Anwesenheit wird sofort benötigt.« Das Gesicht des Officers flimmerte, als seine stoische Roboterhaftigkeit von einer gewissen Emotion durchbrochen wurde. »Wenn du nicht freiwillig mitkommst, sind wir gezwungen, dich mit Gewalt zu entfernen.«

Jeder wusste, dass die Wandler unmenschliche Kräfte besaßen. Es gab Fotos, auf denen sie Autos anhoben, um Verdächtige festzunehmen, und erwachsene Männer in ihre Einsatzwagen steckten wie Kätzchen in einen Käfig. Das Letzte, was ich wollte, war, auf diese Weise angefasst zu werden, aber ich konnte Mom auch nicht einfach allein lassen.

»Wie lange wird das dauern?«, fragte ich. »Ich muss in ein paar Stunden zurück sein.«

»Das kann ich dir nicht sagen. Du musst jetzt mit uns kommen.«

In meinem Kopf herrschte große Verwirrung. Was wollte die MWP von *mir*? Mom und ich hatten alles getan, was MinoTek von uns verlangte. Wir tanzten nie aus der Reihe. Außer, na ja ...

Meine Gedanken schweiften zu den Flugblättern auf dem Küchentisch, eine Publikation mit dem Titel *The Black Papers*. Wir hatten sie gerade gelesen, als es an der Tür geklopft hatte. MinoTek missbilligte Kritik am Staat und radikale Meinungen, aber *jeder* las diese Artikel. Sie wurden kostenlos verteilt, steckten jede Woche in der Türritze und waren ehrlich gesagt das einzig Unterhaltsame, was es zu lesen gab.

Der Wandler trat auf mein Zögern hin vor, und das plötzliche Eindringen in meinen Bereich zwang mich, einen Schritt zurückzutreten. Seine kehlige Stimme verwandelte sich in ein tiefes, animalisches Knurren. Ich hörte kaum Moms Keuchen, als sich sein Gesicht veränderte. Das Babygesicht des Officers war verschwunden und wurde durch das eines knurrenden Wolfs mit grauem Fell und langen, weißen Zähnen ersetzt.

»Das ist das letzte Mal, dass ich dich auffordere, Ariadne Saavas. Komm mit uns in das Capitol, oder ich werde gezwungen sein, dich mit Gewalt zu entfernen.«

Ich hatte noch nie einen Wandler in seiner Tiergestalt

sprechen hören, aber dieses Zähnefletschen reichte aus, um mich auch ohne den wiederholten Befehl zum Einlenken zu zwingen.

»Ich werde mitkommen«, röchelte ich durch meine ausgetrocknete Kehle, während mein Herz raste. »Ich werde gehen. Ich brauche nur ... eine Minute.«

Der Wolf wandelte sich zurück, und der Officer mit dem Babygesicht stand wieder vor mir. »Du hast sechzig Sekunden.« Er drehte sich um, duckte sich unter dem Türrahmen und wartete draußen.

Als er weg war, fühlte sich unsere karge Einzimmerwohnung riesig an.

»Was wollen sie?«, wiederholte meine Mom und lehnte sich mit schwerem Oberkörper auf die Tischkante, während ich mir die Schuhe anzog.

»Ich weiß es nicht. Das muss ein Irrtum sein.« Ich zwang mich zu einem Augenrollen und versuchte, ein tapferes Gesicht aufzusetzen, damit sie sich keine Sorgen machte. »Du weißt schon, ein weiterer dummer Glitch im System.«

Mom presste die Lippen aufeinander und schien nicht überzeugt zu sein. »Ich hoffe, dass es nur das ist. Verfluchte Hightech-Städte.«

Ich kicherte, während ich mir einen Pullover anzog. Es war nicht das erste Mal, dass sie darüber murrte, dass die Technik den ganzen Stadtstaat beherrschte. Ich konnte gar nicht mehr zählen, wie viele Geschichten sie mir von den Städten, durch die sie in ihrer Jugend gereist war, erzählt hatte. Manche hatten nur ein paar tausend Einwohner und niemand hatte einen ID-Chip. Damals trugen sie Ausweise in ihren Brieftaschen, wenn sie überhaupt welche hatten. Sie hatte gesagt, dass arm und reich die gleichen Straßen benutzt hatten und für ihre Vorräte sogar auf die gleichen Märkte gegangen waren.

»Lass das nicht den Wolf hören«, sagte ich mit gespielter Freude, als ich sie umarmte. »Ich bin gleich wieder da, aber wenn ich um acht nicht zu Hause bin, nimm eine Tablette, okay?«

Mom umklammerte meinen Unterarm mit einem Griff, der schmerzhaft für sie sein musste, während sie mich aufmerksam anstarrte. »Du solltest besser auf jeden Fall heute Abend zurückkommen, Tochter. Hast du mich verstanden?«

»Ja, Mom.« Ich erwiderte den Druck und zwang mich trotz der Angst in meiner Brust zu einem Lächeln. »Das muss alles ein Fehler sein. Ich bin wieder da, bevor du es merkst.«

* * *

HÄTTE ICH GEBLINZELT, HÄTTE ICH DEN ÜBERGANG VON DEN südlichen Slums, in denen ich lebte, ins Upper MinoTek verpasst.

Bröckelnde, jahrhundertealte Gebäude und Straßen voller Schlaglöcher wichen glatten, gläsernen Strukturen ohne einen einzigen Makel. Helle LED-Straßenlaternen zischten an dem Einsatzwagen der MWP vorbei, als wir sie passierten. Die Straßen waren eben und sahen frisch gereinigt aus, glänzten und reflektierten die hellen Lichter. Apartmenthäuser reckten sich in den dunkler werdenden Himmel, mit geraden Linien und perfekt symmetrischen Fenstern auf jeder Seite.

Ich konnte nicht glauben, dass es dieselbe Stadt war. Diese Seite von MinoTek fühlte sich an wie ein anderer Planet. Bis jetzt hatte ich sie nur auf den Flachbildschirmprogrammen und in Zeitschriften gesehen. Die Upper Side wurde uns als Traum angepriesen, als ein Ziel, das es zu erreichen galt. Wenn wir nur ein bisschen länger, ein bisschen härter arbeiten würden, könnten wir bald den Lebensstil von Upper MinoTek leben.

Ein vertrauter Groll tauchte dort auf, wo ich ihn beim letzten Mal verdrängt hatte. Mein ganzes Leben lang hatte ich mit meiner Mom in den Slums gelebt, und für alle, die ich kannte, galt dasselbe. Wir schufteten bis zum Umfallen und standen trotzdem mit leeren Händen da, und warum? Wo war die sagenumwobene Brücke von der Armut zum Reichtum? Für uns und zahllose andere war das Leben im gehobeneren Teil, der sogenannten Upper Side der Stadt, nichts weiter als eine Fantasie.

Mir war es nicht einmal wichtig, reich zu sein. Ich wollte nur nicht zwischen Moms Arthritis-Medikamenten und dem Abendessen auf dem Tisch wählen müssen. Ich wollte an einem Ort leben, an dem nicht in jeder Monsunzeit das Dach leckte. Von dem, was ich auf dem Rücksitz des Einsatzwagens sah, gab es keine Brücke. Nur unsere und ihre Welt, keine Überschneidungen.

Laut den Flugblättern der *Black Papers* hatten viele Menschen in den Slums die Nase voll von unseren Bedingungen. Die anonymen Journalisten schrieben über Korruption in den Behörden von MinoTek. Sie sagten, Premierminister Minos und sein Vater hätten das absichtlich gemacht – sie hätten eine Gesellschaft geschaffen, in der die Armen nie aus den Slums herauskamen und die Reichen unverschämt vermögend wurden, praktisch Götter.

Ich wusste nicht, was ich glauben sollte. Ich hatte keine Ahnung von Politik oder Wirtschaft, aber ich wollte an die wahre Gutherzigkeit der Menschen glauben. Meine Nachbarn und ich hatten uns schon unzählige Male gegenseitig geholfen. Wir teilten unsere Ressourcen und kochten gemeinsame Mahlzeiten, damit niemand verhungern musste. Ältere Leute passten auf kleine Kinder auf, während deren Eltern arbeiten mussten. Alle teilten sich Werkzeuge, damit wir unsere kaputten Wohnungen reparieren konnten, denn die Verwalter der Häuser waren völlig nutzlos.

Sicherlich war es nicht so ungewöhnlich, einfach gut zu anderen zu sein.

Kurz bevor der Wandler-Cop vor meiner Tür aufgekreuzt war, hatte ich in den *Black Papers* einen Artikel über einen Arzt gelesen, der auf mysteriöse Weise verschwunden war. Der Journalist behauptete, dass der Arzt die Behörden von MinoTek untergraben und möglicherweise die ID-Chips der Menschen im Namen der Autonomie und Privatsphäre manipuliert oder entfernt hatte. Die offizielle Erklärung der MinoTek-Medien lautete, dass der Arzt in den Ruhestand gegangen und umgezogen war. Inoffiziell glaubte der Autor der *Black Papers*, dass der Arzt zum Sterben ins Labyrinth geschickt worden war.

Diese Geschichte war mir noch frisch im Gedächtnis, als der Wandler das Auto vor einem riesigen Gebäude mit Säulen, die die Fassade säumten, parkte. Der Partner des Wolfs, ein weiterer großer Mann mit Babygesicht, öffnete mir die Tür und ließ mich allein aussteigen, aber er nahm schneller als ich blinzeln konnte meine Arme und legte mir Handschellen an die Gelenke.

»Was ... was soll das?« Instinktiv zuckte ich zurück, aber der Wandler legte eine kräftige Hand um meinen Arm und hielt mich fest. »Werde ich wegen irgendwas verhaftet?«

»Nein«, sagte er und sah mich nicht einmal an. Sein Blick war geradeaus auf den Gebäudeeingang gerichtet. »Das ist nur die standardmäßige Vorgehensweise. Beweg dich!«

Der andere nahm meinen anderen Arm und gemeinsam begleiteten sie mich zu dem imposanten Bau aus Glas und poliertem Marmor. Ich konnte kaum mit ihren Schritten mithalten und joggte regelrecht, damit meine Füße nicht über den Boden schleiften.

Wir betraten eine riesige Lobby mit einem Empfangsschalter und einer Rezeptionistin, die am anderen Ende stand, aber die Männer umgingen sie und steuerten auf eine Reihe von Aufzügen zu. Ich starrte weiterhin die Rezeptionistin an – eine Frau mit langen manikürten Nägeln, die auf einer schmalen Tastatur herumtippte – und hoffte, sie würde aufblicken und sehen, dass ich in Not war, aber das tat sie nicht.

Als ob ich mich nicht schon genug wie eine Gefangene gefühlt hätte, wurde ich jetzt auch noch in eine kleine

Metallbox mit zwei massiven Wandlern gestopft, womit die Sache endgültig besiegelt war.

Ich werde heute Abend nicht mehr nach Hause gehen, oder?

Diesem Gedanken folgten zittrige, panische Atemzüge, die durch den totenstillen Aufzug noch lauter klangen. Die beiden Cops schienen kaum zu atmen und standen wie Statuen neben mir. Währenddessen klapperten meine Handschellen, weil meine Gliedmaßen so stark zitterten. Ich zermarterte mir das Hirn nach *allem*, was ich getan haben könnte, um verhaftet zu werden. Aber mir fiel nichts ein.

»Gerichtssaal neun«, verkündete die sanfte KI-Stimme, bevor die Fahrstuhltür aufglitt. Meine beiden Statuen erwachten wieder zum Leben und führten mich einen kurzen Gang hinunter zu einer Sicherheitstür.

Der Wolf hielt sein Handgelenk an den Scanner. Mit einem leisen Piepton öffnete sich die Tür, und sie führten mich in einen Raum, in dem bereits sechs Personen warteten.

Und dann war da noch ein älterer Mann in schwarzer Richterrobe, der am anderen Ende des Raumes saß, erhaben über alle anderen. Er tippte etwas auf einer schmalen Tastatur und blickte nicht einmal auf, als ich hereinkam. Alle anderen, drei Männer und drei Frauen, die auf der linken Seite des Raums saßen, musterten mich neugierig, als ich zu einem kleinen Tisch direkt vor dem Richter geführt wurde.

»Ariadne Saavas?«, fragte der Richter in einem skurrilen Tonfall, während er weiterhin tippte und auf den Bildschirm schaute.

»Ähm, ja.« Ich schluckte und holte tief Luft. »Sir, ich glaube, da ist ein Fehler passiert ...«

»Sprich nur, wenn du angesprochen wirst, Mädchen.« Erst dann nahm der Richter Augenkontakt mit mir auf und warf mir von seiner erhöhten Position aus ein abfälliges Grinsen zu. »Dein Name ist Ariadne Saavas, ja oder nein?«

»J-ja.« Ich versuchte, mich anzuspannen, um mein Zittern zu

unterdrücken, aber das schien es nur noch schlimmer zu machen.

Zu meiner Linken begannen die Leute, von denen ich nur annehmen konnte, dass sie die Geschworenen waren, auf ihren eigenen Handheld-Tastaturen zu tippen.

»Miss Saavas, weißt du, warum du heute Abend hier bist?«

»Nein, Sir.« Ich verrenkte mir den Hals, um den Richter anschauen zu können. »Ich habe keine Ahnung, ich ...«

»Du stehst vor Gericht, weil du im Besitz von illegalem Material bist«, fuhr er lustlos fort.

»*Was?!* Sir, ich bitte um Entschuldigung, aber das kann nicht ...«

»Was habe ich über das Sprechen, wenn du nicht gefragt wirst, gesagt?«

»Aber, Euer Ehren, ich ...«

Der Richter schlug den Hammer nieder und das Klopfen des Holzes hallte unangenehm in dem kleinen Gerichtssaal wider. »Noch ein unaufgefordertes Wort von dir, und ich verdopple deine Strafe. Hast du mich verstanden?«

Meine Zähne bohrten sich in meine Unterlippe, und in meinen Augen brannten wütende Tränen über die schiere Ungerechtigkeit des Ganzen. Der Richter war ein älterer Mann, dessen Hände leicht arthritisch aussahen, während er auf der schmalen Tastatur vor sich herumtippte. Ich würde ein Jahresgehalt darauf wetten, dass er sich keine Sorgen darüber machen musste, wie er seine Medikamente bezahlen sollte. Mom und ich mussten knausern und sparen und ihre Dosis rationieren, nur um ihre Schmerzen in Grenzen zu halten.

»Erkennst du das hier, Miss Saavas?«

Ein projiziertes Bild flimmerte über eine Leinwand hinter dem Richter. Es war ein Foto von einem der *Black Papers*, genau wie das, das ich an meinem Küchentisch gelesen hatte, als die Cops aufgetaucht waren.

»Ähm, ja, Sir. Aber ich verstehe nicht ...«

»Das ist eine einfache Ja- oder Nein-Frage, Miss. Es gibt keinen Anlass für nähere Ausführungen.« Das Bild verschwand und der Richter tippte weiter. »Hast du jemals solche Schriften gelesen, wie die, die ich dir gerade gezeigt habe?«

»Ich meine, die liegen doch überall aus, umsonst ...«

»Ich wiederhole, das ist eine Ja- oder Nein-Frage. Bitte beantworte sie ehrlich. Das Belügen eines Richters wird deine Strafe erhöhen.«

Ich wusste nicht, wie hoch meine Strafe für mein angebliches Verbrechen war, aber ich zwang mich, tief durchzuatmen und versuchte, Kraft zu sammeln. »Ja, ich habe diese Flugblätter schon einmal gelesen.«

»Und ist dir bewusst, dass der Besitz oder Konsum von Literatur, die nicht vom Stadtstaat MinoTek genehmigt wurde, innerhalb der Grenzen des Stadtstaates illegal ist?«

Ich schluckte und versuchte, einen weiteren tiefen Atemzug zu nehmen, um meine aufsteigende Panik zu beruhigen. »Bei allem Respekt, Euer Ehren, ich verstehe nicht, warum gerade ich herausgegriffen wurde. Wie ich schon sagte, werden sie kostenlos verteilt. Jeder liest ...«

Er schlug den Hammer erneut nieder und der Stoß fühlte sich an wie ein Tritt in die Magengrube. »Beantworte einfach die verdammte Frage! Oder ich werde dich wegen *Missachtung* belangen.«

Ich zitterte jetzt von Kopf bis Fuß, und die Hoffnung, nach Hause zu kommen, sank so schnell wie ein Sack Ziegelsteine. Wie zum Teufel war dieser Prozess legal? Ich hatte weder einen Anwalt noch jemanden, der sich für mich einsetzte. Ich versuchte nur, mich selbst zu verteidigen, und dieser Richter behandelte mich wie eine aufsässige Kriminelle. Warum nur?

Weil du auf der falschen Seite der Stadt geboren wurdest, darum.

»Ja«, sagte ich, meine Stimme war leise und niedergeschlagen. »Ich bin mir dessen bewusst.«

»Gut. Du bekennst dich also schuldig.« Sein Tonfall und das Tippen auf seiner Tastatur waren fast schon fröhlich.

Ich schwieg, um seinen Zorn nicht noch mehr herauszufordern, als er mit Schwung die letzte Taste drückte.

»Ariadne Saavas, du wirst wegen staatsfeindlichen Medienkonsums zu drei Monaten Gefängnis im Labyrinth verurteilt.«

»Was?« Ich hatte kaum Zeit, das zu verarbeiten, bevor die beiden massigen Wandler meine Arme packten und mich wegschleppten. »Nein, *bitte*!« Ich wehrte mich mit aller Kraft, aber es nützte nichts gegen die beiden massigen Cops. »Bitte, Euer Ehren! Meiner Mutter geht es nicht gut, und sie ist auf mich angewiesen! Ich kann sie nicht allein lassen! Ich werde meine Strafe absitzen, aber nicht im Labyrinth, *bitte* ...«

»Schafft sie aus meinem Gerichtssaal.« Der Richter seufzte und rieb sich die Schläfen, bevor er auf seine Uhr schaute. »Lasst uns die nächste Verhandlung hinter uns bringen.« Er hatte mich gerade zum Tode verurteilt, weil ich ein Flugblatt gelesen hatte, und es war ihm völlig egal.

Alles, woran ich denken konnte, als die Cops mich wegschleppten, war Mom. Nicht, dass es die beiden interessieren würde, aber eine neue Erkenntnis brach mir das Herz.

Heute hatten diese Leute uns beide zum Tode verurteilt.

2

ZERUHN

»Was hat dich so in Aufregung versetzt, Lago?«

Der Rasselbock sauste durch meine Schlafhöhle, als hätte er den größten Spaß seines Lebens. Er prallte förmlich von den Steinwänden ab und drehte seinen Körper in der Luft. Genau so drückten kaninchenähnliche Kreaturen ihre Freude aus. Die großen Mottenflügel auf seinem Rücken halfen ihm, bei jedem Sprung ein paar Sekunden länger in der Luft zu bleiben.

Für irgendetwas anderes waren diese Flügel nicht zu gebrauchen, genauso wenig wie das Geweih auf seinem Kopf. Wie ich war er ein im Labor erschaffener Freak. Ein fehlgeschlagenes Experiment, das von gelangweilten Wissenschaftlern erschaffen worden war.

Vielleicht waren wir deshalb Freunde geworden. Er war auf jeden Fall ein besserer Begleiter als alle anderen, die in diesem verfluchten Höllenloch gelandet waren.

Lago raste auf mich zu und sprang erneut. Diesmal stieß eines seiner Geweihe gegen mein linkes Horn.

»Vorsicht, kleiner Freund«, schmunzelte ich und streichelte

eines seiner langen Ohren. »Ich will nicht, dass du hängen bleibst und dir das Genick brichst. Mit wem sollte ich dann reden?«

In diesem Moment hörte ich das vertraute leise Brummen von Maschinen, richtete mich auf und lehnte mich in meiner sitzenden Position nach vorn.

»Sie bringen so schnell schon jemand Neues«, sinnierte ich und streichelte Lago über den Rücken. »Meinst du, dieses Mal wird es eine Herausforderung sein? In letzter Zeit war es echt langweilig.«

Der Rasselbock schaute mich an und kratzte sich dann mit dem Fuß am Geweihansatz.

»Ja, du hast recht. Wahrscheinlich nicht.« Ich richtete mich auf und streckte mich, wobei ich darauf achtete, meinen Kopf so zu neigen, dass meine Hörner nicht an der Höhlendecke kratzen würden. »Wollen wir trotzdem nachsehen, was da aufgetaucht ist?«

Lago war bereits vor mir und hüpfte den felsigen Pfad hinunter wie eine trittsichere Bergziege. Ich wusste nur, was eine Bergziege war, weil ich eine ausrangierte Zeitschrift gelesen hatte, die durch den kleinen Fluss, der hier durchfloss, in das Labyrinth getrieben worden war. Alles, was ich von der Außenwelt wusste, war das, was die Leute über den Rand des Wasserfalls geworfen hatten und was mir das Team von Wissenschaftlern im Labor beigebracht hatte.

Das und natürlich die Sachen, die ich von der einfältigen Beute lernte, die zu mir gebracht wurde.

Auch wenn es oft dasselbe Spektakel war, genoss ich es, meine Beute zum ersten Mal von einem erhöhten Ausguck, wo sie mich nicht bemerken würden, zu sehen. Sie wussten, dass ich hier drin war, sonst würden sie nicht weinen und darum betteln, freigelassen zu werden.

Es war wirklich dumm und auch leicht nervtötend, dass sie

so berechenbar waren. Wenn sie wirklich alle über mich Bescheid wussten, wüssten sie, dass eine Flucht aus dem Labyrinth aussichtslos war.

Einige von ihnen schienen sich mit ihrem Schicksal abgefunden zu haben und wehrten sich gar nicht erst. Ich bewunderte ihre Akzeptanz der Situation, aber diese Leute waren die langweiligste Beute von allen.

Ich erreichte mein Versteck, verborgen im Schatten der umliegenden Felsbrocken. Die Nacht brach herein, und ich musste mich nicht besonders anstrengen. Mein Herz machte einen Sprung vor Aufregung, als das Bedienfeld an der Wand unter mir die Farbe von Rot zu Grün wechselte. Die Tür öffnete sich mit einem Zischen, und ein Lächeln umspielte meine Lippen, als ich das Geräusch eines Kampfes hörte. *Gut! Der hier ist ein Kämpfer.*

»Ich muss meine Mutter kontaktieren! Bitte, sie wird ohne meine Hilfe leiden! Warum hört ihr mir nicht zu?!«

Eine Frau, stellte ich begeistert fest. Ihre emotionsgeladene Stimme ließ meinen Schwanz dumpf pulsieren. Es war schon lange her, dass ich eine Frau gejagt hatte. Noch länger war es her, dass ich eine gefickt hatte, und diese hier gab schon so schöne Töne von sich.

Sie war wie ein Zwerg zwischen den beiden Wandlern, die sie mit Gewalt hineinzerrten. Sie strampelte und trat wild um sich, in dem Versuch, sich zu befreien. Ihr Widerstand war natürlich zwecklos, aber ihr Kampfgeist war bewundernswert.

»Hört zu, bitte! Ich werde kooperieren! Ich werde meine Strafe absitzen. Aber ich *muss* meine Mutter erreichen! Sie ist die einzige Familie, die ich habe ... Halt! Wo wollt ihr hin?«

Die Wandler setzten sie einige Meter von der Tür entfernt ab und kehrten ohne ein weiteres Wort zum Ausgang zurück. Die Frau stand auf, um ihnen hinterherzulaufen – ein üblicher Fehler.

Das wirst du noch bereuen, Rehauge, dachte ich.

Wie ein Uhrwerk drehten sich die Wandler zu ihr um und hielten ihre Taser-Pistolen bereit. Die Frau hatte es entweder nicht gesehen oder war zu entschlossen, aber sie stürmte mit der ganzen Kraft ihres Körpers in sie hinein. Die beiden fingen sie mit Leichtigkeit zwischen ihnen auf und rammten ihre Betäubungswaffen in ihre Rippen. Sie schrie vor Schock und Schmerz, dann zuckte ihr Körper leicht aufgrund des Stroms, der durch sie strömte.

Als sie sie losließen, sackte sie zu Boden und blieb regungslos liegen, während die beiden gingen. Die Tür glitt zu und die Anzeige färbte sich wieder rot. Ich beugte mich über meinen Ausguck, um einen klaren Blick auf meine neue Beute werfen zu können.

Die Frau hatte langes, schwarzes Haar und mittelbraune Haut, die stark vom Sonnenlicht geküsst worden war. Ihre runden Rehaugen waren dunkelgrau, wie ein heftiger Sturm, oder vielleicht spiegelten sie nur ihre Stimmung wider, weil sie in das Labyrinth geworfen wurde.

Sie war schlank, hatte kleine Brüste, hohe kantige Wangen und ausgeprägte Hüftknochen und Schlüsselbeine. Hm, das würde nicht reichen. Meine Beute brauchte etwas Nahrung, etwas Treibstoff, um ihre Ausdauer zu steigern, damit sie eine Chance gegen mich hatte.

Sie würde nie gewinnen, aber ich wollte die Jagd auf diese Kreatur genießen. Ich mochte den Sturm in ihren Augen und die rauflustige Art, wie sie gegen die Wandler gekämpft hatte. Im Moment rührte sie sich kein Stück, sondern lag nur flach auf dem Rücken und ihre Brust bewegte sich in rasenden Atemzügen.

Ich zog mich weiter in den Schatten zurück, die Aufregung sorgte dafür das mein Quastenschwanz hinter mir herumschwang.

»Was denkst du, Lago?«, flüsterte ich. »Sollen wir uns

vorstellen oder soll sie sich vorher für ihre erste Nacht einrichten?«

Die Nase des Rasselbocks zuckte und er klopfte mit einem Bein auf den Boden. Daraufhin grinste ich. Kein Wunder, dass er vorhin so viel herumgesaust ist. Er war genauso aufgeregt, sie zu treffen wie ich.

»Dann lass uns gehen.«

Ich ließ die Wandlung über mich ergehen und gab dem hartnäckigen Juckreiz, der ständig unter meiner Haut war, nach. Mein Körper wandelte sich, wurde gute dreißig Zentimeter größer und legte an Muskeln zu, während sich meine Füße in Hufe verwandelten. Meine menschlichen Beine veränderten ihre Form und Größe, bis sie die Hinterbeine eines Stiers darstellten und mich von der Taille abwärts in kurzes, dichtes Fell hüllten.

Dank meines Daseins als gescheiterter Wandler-Prototyp blieben meine Arme und mein Oberkörper vollständig menschlich. Meine Wandlung endete mit der Transformation meines Kopfes – mein Schädel und meine Hörner wurden schwerer und länger, und meine Gesichtszüge nahmen die Form eines Stiers an.

Meine Hufe stampften über den felsigen Boden und ich atmete tief durch meine breiten Nasenlöcher ein. Oh, diese Frau roch *süß*. Ich fragte mich, ob sie wie die reifen Früchte schmeckte, die an den Bäumen nahe der Spitze des Labyrinths wuchsen. Sie würde eine Beute sein, die es wert war, gejagt zu werden, das wusste ich jetzt schon.

Lago rannte voraus und machte sich auf den Weg zu ihr. Er mochte es immer, unsere Beute zu überrumpeln, bevor sie mich sah. Niemand erwartete einen Rasselbock mit leuchtenden bunten Mottenflügeln in der Gesellschaft des Monsters des Labyrinths.

Ich konnte die Angst der Frau riechen, sie trübte ihren süßen, natürlichen Duft und ich hörte ihren immer schneller werdenden Atem und Herzschlag, als ich näher kam. Jetzt gab es keinen Grund mehr, leise zu sein, sie wusste, was kommen würde.

Diese Frau sollte das sehen, was nur die Toten kannten.

Das Gesicht des Minotaurus.

3

———

ARIADNE

Der Schmerz durch den Elektroschocker verließ meinen Körper schnell, allerdings hatte ich jede Motivation, mich vom Boden zu erheben, verloren.

Ich war tatsächlich hier, in diesem verdammten Labyrinth. In dem Gefängnis, das ich nie verlassen würde. Ich würde Mom nie wiedersehen. Und das alles nur, weil ich ein dummes Flugblatt gelesen hatte.

Meine größte Hoffnung war, dass die Nachbarn sich um sie kümmern würden, aber das war nicht dasselbe. Sie gehörten nicht zur Familie. Sie würde sich Sorgen um mich machen, was ihre schmerzhaften Symptome verschlimmern und dazu führen würde, dass ihre Medikamente schneller zur Neige gingen. Wenn ich doch nur mit ihr reden könnte, ihr vielleicht sagen könnte, dass sie all diese verdammten Flugblätter verbrennen sollte, damit sie nicht die nächste Zielscheibe war.

Ich schloss die Augen, weil ich meine Umgebung nicht wahrnehmen wollte. Ich glaubte, einen Blick auf Skelette erhascht zu haben, als die Wandler mich hierhergeschleppt hatten, und ich hatte wenig Lust, herauszufinden, ob ich richtig gesehen hatte.

Wenn ja, dann gab es keine Hoffnung. Gar keine. Ich war noch nicht bereit, den letzten Funken Hoffnung, Mom wiederzusehen, aufzugeben. Noch nicht.

Wenn diese Knochenhaufen wirklich menschliche Überreste waren, dann gab es den Minotaurus nicht nur wirklich, sondern er war genauso schrecklich, wie er in den Geschichten dargestellt wurde.

In den Slums wurde er zu einer Art Boogeyman gemacht, eine gruselige Gutenachtgeschichte für Kinder. *Heb deine Schuhe auf, sonst werfen dich die Wandler mit dem Minotaurus in das Labyrinth, und dann wirst du gefressen!*

Unsere Nachbarn erzählten ihren Kindern immer wieder Abwandlungen dieser Geschichte – mit einem Lachen in der Stimme. Wie sollten wir sonst damit fertigwerden, wenn Freunde und Nachbarn ohne Grund und Verstand verschwanden, wenn nicht mit morbidem Humor?

Jetzt gerade konnte ich mich nicht dazu durchringen, darüber zu lachen. Vielleicht, wenn ich die Nacht überleben würde, aber ich konzentrierte mich nur darauf, einen Weg zu finden, meine Mutter zu kontaktieren. Es musste jetzt schon nach acht Uhr abends sein. Sie würde sich bestimmt schon Gedanken über mich machen.

Die Kälte setzte schnell ein und lenkte meine Gedanken auf die Suche nach Wärme. Ich zog meine Arme und Beine eng an mich und drehte mich zitternd auf die Seite auf dem kalten, steinigen Boden. Nach allem, was ich bisher herausfinden konnte, war das Labyrinth eine Art Höhle. So kühl wie die Luft war, musste sie zumindest teilweise unterirdisch sein. Noch vor einer Stunde war es draußen warm und schwül gewesen.

In Fötusstellung zu liegen und durch meine dünne Kleidung zu zittern, half nicht, mich zu wärmen, also öffnete ich trotz meines hartnäckigen Widerwillens die Augen.

Und fand mich von Angesicht zu Angesicht mit einem menschlichen Schädel, der mich angrinste.

»Scheiße!« Ich setzte mich auf und rutschte auf meinem Hintern von dem Teilskelett weg, das einmal ein *Mensch* gewesen war, nur um auf einen weiteren Haufen Knochen zu stoßen, der verdächtig nach Rippen aussah. »Fuck!«

Mein Herz klopfte wie wild bis zum Hals, als würde es versuchen, aus meinem Körper zu entkommen. Als sich meine Sicht an die Dunkelheit anpasste, sah ich sie überall. Knochen und Kleidungsstücke lagen aufgereiht in kleinen Stapeln. Die Jacke eines Mannes hing an der Kante eines Felsens, und ich erinnerte mich daran, wie heftig ich zitterte. Aber verdammt, ich konnte doch nicht einfach die Jacke eines toten Mannes nehmen!

Irgendwie hörte ich trotz meines rasenden Herzschlags und panischen Atems leise Schritte auf dem felsigen Gelände und ruckte mit dem Kopf in Richtung des Geräuschs. »Wer ist da?«

Ich wusste nicht, warum ich mir die Mühe machte, zu fragen. Es war eindeutig der Minotaurus, der gekommen war, um mich aus meinem Elend zu befreien und seine gruselige Knochensammlung zu erweitern. Zu dumm, dass meine Kleidung schäbig war und ihm wahrscheinlich auch nicht passen würde.

Aber statt einer riesigen, mörderischen Bestie, die sich mir näherte, war es ein ... Kaninchen? Oder ein Hase? Ich hatte den Unterschied nicht mehr im Kopf. Es ähnelte einem Wildkaninchen, mit langen Ohren und Beinen und einem schlanken Körper, der mit graubraunem Fell bedeckt war. Ich blieb wie erstarrt sitzen und beobachtete, wie es neugierig auf mich zu hoppelte, denn dies war kein gewöhnliches Kaninchen.

Diese Kreatur hatte ein Hirschgeweih auf dem Kopf und große grüne Mottenflügel auf dem Rücken. Der Kopf schien leicht nach vorn zu sacken, als ob das Geweih schwer wäre, und die Flügel schienen nicht viel zu tun, außer träge zu flattern.

»Was ... was zum Teufel bist du, kleiner Kerl?«

Das Kaninchen blieb ein paar Meter von mir entfernt stehen

und richtete sich mit zuckender Nase auf seine Hinterbeine auf. Konnte es mich verstehen? War es das Haustier von jemandem? Oder war *das* der große, böse Minotaurus, vor dem sich alle fürchteten?

Mein Blick glitt zu den Knochenhaufen um uns herum. Ein Kaninchen, selbst eines mit Geweih und Flügeln, konnte doch nicht all diese Menschen getötet haben, oder?

Das Kaninchen ließ seine Vorderbeine auf den Boden sinken und hoppelte zu der Jacke, die an dem Felsen hing. Es riss das Kleidungsstück mit seinen Zähnen und einem Kopfschütteln herunter und hoppelte sofort zu mir zurück.

»Was machst du ... Oh nein.«

Die Kreatur hüpfte zu mir und stellte sich mit der Jacke im Maul wieder auf die Hinterbeine.

»Hör zu, du bist süß, kleiner Kerl. Aber das geht nicht. Das ist die Jacke eines toten Mannes.«

Ein kalter, heulender Wind ließ mich noch mehr frösteln und die Ohren des Kaninchens zuckten, als wollte es sagen: *Das kann doch nicht dein Ernst sein, Lady.* Es hüpfte noch näher und ließ die Jacke über meine Füße fallen. Meine Entschlossenheit war jetzt schon am Verwelken. Die Toten brauchten sich nicht warm zu halten, aber ich klapperte mit den Zähnen, weil ich so stark zitterte.

Nur für heute Nacht, dachte ich. *Ich muss die Nacht überleben und dann kann ich mir überlegen, was ich tun werde.*

Ich beugte mich langsam vor, um die Jacke aufzuheben, und beobachtete das Kaninchen, um sicherzugehen, dass es mich nicht beißen oder mit einem seiner Geweihteile erstechen würde. Das seltsame Tier starrte mich ebenfalls an und seine flauschigen Mottenflügel schlugen etwas schneller, als ich mich mit der Jacke in den Händen hinstellte.

Ich hatte kaum Zeit, meinen Arm durch einen Ärmel zu stecken, als ein weiteres Geräusch mich erstarren ließ – die Schritte eines wesentlich größeren Tieres. Meine Muskeln entspannten sich gerade so weit, dass ich mich umdrehen konnte, aber ich wünschte, ich hätte es nicht getan.

Er war *monströs*. Mindestens zweieinhalb Meter groß, vielleicht sogar noch größer, wenn ich die Hörner mitrechnete, die bis zur Decke reichten. Der riesige Stierkopf schnaubte und knurrte wütend und wippte auf seinem Hals herum, als könne er es kaum erwarten, mich mit seinen brutalen Hörnern zu zerfetzen. Sein Oberkörper war der eines Mannes, ohne Shirt und voller Muskeln, wie der Wandler der Polizei. Mehrere lange Narben zogen sich über seinen Körper, wie zur Schau gestellte Trophäen.

Was ich für eine braune Hose hielt, waren in Wirklichkeit Beine, die mit kurzem, braunem Fell bedeckt waren. Sie endeten in Hufen, die so groß wie Teller waren, und ein langer, schlanker Stierschwanz peitschte hinter ihm aggressiv durch die Luft.

Ich wollte weinen, schreien, um mein Leben rennen, mich vielleicht sogar einpissen, aber ich konnte mich nicht dazu bringen, mich zu bewegen oder gar zu atmen. Der Minotaurus war echt, und er war noch furchterregender, als ich es mir jemals vorgestellt hatte.

So viel zum Thema, eine einzige Nacht hier überstehen.

Seine Nasenlöcher blähten sich auf und er ballte seine übergroßen menschlichen Fäuste an den Seiten, während er auf mich zukam. Der Anblick von eindeutig menschlichen sowie tierischen Elementen an ein und demselben Körper war erschreckend. Hatte er auch das Gehirn eines Stiers? Oder steckte in diesem Tierkopf menschliche Intelligenz?

Ich war so damit beschäftigt, diese seltsame Gestalt anzustarren, dass ich zu spät merkte, dass ich *fliehen* sollte, wenn ich auch nur die kleinste Chance haben wollte, zu überleben. Der Schritt des Minotaurus war so lang, und er war nur noch wenige Meter entfernt. Diese Hörner würden mich in Sekundenschnelle aufspießen, wenn ich nicht *jetzt* losrannte.

Verflucht war mein geschockter, verängstigter Körper, dafür, dass er nicht funktionierte. Ich konnte nur auf wackeligen Beinen ein paar Schritte zurückstolpern und war nicht in der Lage meinen Blick von ihm abzuwenden. Der Minotaurus grinste – es war unheimlich, einen menschlichen Ausdruck im Gesicht eines Stiers zu sehen –, während er weiter auf mich zukam.

Als ich mit dem Rücken gegen eine Felswand stieß, schloss ich meine Augen. Ich wollte, dass mein letzter Gedanke, bevor ich starb, meiner Mom galt und nicht der Frage, wie grausam und schmerzhaft mich diese Bestie töten würde. Meine Beine gaben nach und ich rutschte zu Boden, die Augen fest zugekniffen, selbst als eine riesige Hand meine Schulter gegen den Felsen drückte, um mich an Ort und Stelle zu halten.

»Öffne deine Augen, Beute. Sieh denjenigen an, der dich jagen wird.«

Ein Teil von mir war seltsam fasziniert davon, wie deutlich er mit der Schnauze eines Stiers sprach. Wenn ich nicht gerade kurz davor gewesen wäre, zu sterben, hätte ich vielleicht einen Blick darauf geworfen. Aber vor allem wollte ich, dass es schnell vorbei war. Je schneller es passierte, desto schneller würde meine Mom informiert werden und desto schneller könnte sie jemanden finden, der sich um sie kümmerte. Ich kniff meine Augen noch fester zusammen und machte mich auf den Schmerz gefasst.

Aber der Minotaurus ließ sich nicht abbringen und stieß ein verärgertes Schnauben aus. »Öffne deine Augen, oder ich werde deine Augenlider eigenhändig aufreißen.«

Oh, verfluchte Scheiße. Warum willst du das?

Zuerst erlaubte ich dem Licht nur langsam Einlass, dann weiteten sich meine Augen, als ich mich fokussieren konnte. Und dann blinzelte ich mehrmals, unfähig zu glauben, was ich vor mir sah.

Der Minotaurus war ... ein Mensch?

Er hatte immer noch Hörner, die sich von seiner Stirn nach

oben wölbten und eine trübe goldene Farbe hatten. Aber sein Gesicht war jetzt menschlich. Normal, wenn nicht sogar hübsch. Rostbraunes Haar bedeckte seinen Kopf in dichten Wellen, und der leichte Bart, der seinen Kiefer überzog, hatte die gleiche Farbe. Seine Augen waren genauso dunkelgolden wie seine Hörner. Unter seinem linken Auge verlief eine Narbe, und auf seiner Stirn befand sich eine weitere.

Ein riskanter Blick nach unten offenbarte, dass er tatsächlich eine Hose an seinen menschlichen Beinen trug. Die Hose saß tief auf seinen schmalen Hüften, wahrscheinlich um dem Stierschwanz an seinem unteren Rücken – der immer noch hinter ihm herumpeitschte – Platz zu bieten. Er war auch in dieser Gestalt lächerlich groß und muskulös, aber seine Proportionen wirkten jetzt viel menschenähnlicher.

Als ich meinen Blick wieder auf ihn richtete, funkelten mich diese goldenen Augen wild an. Er war definitiv ein Raubtier, egal wie menschlich er aussah.

»Du stehst gerade unter Schock und wirst von Angst übermannt«, sagte er sachlich. »Ich kann es kaum erwarten, bis das nachlässt und dein Überlebensinstinkt einsetzt.«

In meinem Kopf schwirrten Fragen herum, ich wollte ihn bitten und anflehen, das nicht zu tun, aber ich konnte ihn nur stumm anstarren, wie ein Kaninchen in den Fängen eines Wolfes.

»Ich kann es kaum erwarten, zu sehen, wie sehr du leben willst«, fuhr der Minotaurus fort. »Ich hoffe, du kämpfst genauso hart gegen mich wie gegen die Wandler, die dich hergebracht haben.« Aufregung blitzte in seinen seltsamen Augen auf, als er schmunzelte. »Du solltest mich besser nicht enttäuschen, indem du es mir leicht machst.«

Er hatte also den Moment gesehen, als sie mich hereingeschleppt hatten, und hatte mich aus den Schatten heraus beobachtet wie so ein gruseliger Spanner. Ein Schauer lief mir über den Rücken bei dem Gedanken, dass er jede meiner Bewegungen beobachtete. Und es hörte sich an, als wollte er mich noch länger beobachten. Aber zu welchem Zweck?

»Du ... du wirst mich nicht töten?«, fragte ich in einem zittrigen Flüsterton.

Er warf den Kopf zurück und lachte, ein Geräusch, das ebenso verstört wie angenehm zu hören war. »Oh nein, süße Beute. Nein, ich will dich gesund und stark haben. Und weißt du auch, warum?«

Der Minotaurus beugte sich hinunter und kam mit seinem Gesicht näher an meins heran. Ich versuchte, mich wegzuwinden, aber seine massive Handfläche an meiner Schulter hielt mich fest. Ich konnte ihn riechen, da er mir so nah war, und hatte den verrückten Gedanken, dass er gar nicht so übel roch. Genau genommen sogar gut.

Es sah so aus, als würde er mich küssen oder vielleicht beißen. Ich konnte mich nicht entscheiden, was schlimmer wäre, aber stattdessen brachte er seine Lippen an mein Ohr und flüsterte ein eindringliches Versprechen.

»Nur dann werde ich mich wirklich daran erfreuen können, dich zu jagen.«

4

———

ARIADNE

4. Ariadne

Die erste Nacht war die schlimmste meines Lebens. Es war so dunkel und unerträglich kalt. Ich schlief überhaupt nicht, sondern rollte mich einfach nur auf dem Boden zusammen, und lag dann dort zusammengekauert unter meiner Jacke und zitterte. Jedes Geräusch erschreckte mich, sodass ich keuchte und die Dunkelheit absuchte, an die sich meine Augen nicht zu gewöhnen schienen. Und da der Wind unaufhörlich durch das Labyrinth pfiff, gab es immer Geräusche.

Das einzige Licht kam aus einer langen, gewundenen Öffnung an der Decke der Höhle. Sie sah so unvorstellbar weit weg aus, wie die Spitze eines Wolkenkratzers in Upper Mino-Tek. Nicht, dass der Himmel besonders schön anzusehen gewesen wäre. Es gab keine Sterne und keinen Mond. Ich hatte noch nie in meinem Leben einen echten Sternenhimmel gesehen, nur auf Bildern. Ich sah nur die vertraute rötlich-graue

Farbe der Lichtverschmutzung der Stadt, die nichts gegen diese gespenstische Dunkelheit hier im Labyrinth ausrichten konnte.

Diese Dunkelheit war genauso beunruhigend wie die weit entfernte Höhlendecke. In den Slums hatte immer irgendjemand Licht an. So passten wir aufeinander auf.

Als schließlich das Tageslicht durch die ferne Höhlenöffnung eindrang, hatte mich die Erschöpfung endgültig eingeholt. Aber ich konnte trotzdem nicht schlafen.

Ich rollte mich zum Sitzen hoch, stöhnte über die Schmerzen und die Steifheit in meinem Körper und schaute mich dann um, um meine Umgebung besser beurteilen zu können. Ich wusste nicht, was ich erwartet hatte, aber sicherlich keine Pflanzen.

Ja, Pflanzen. Überall wuchs moosiges und farnartiges Grün in den Spalten. An einer hohen Felswand schlängelten sich grüne Ranken empor.

Die Felsen selbst waren ein Mischmasch von allem, ohne ein klares Muster. Ich wischte etwas Sand und Schmutz vom Boden und fand Steinfliesen, die eindeutig von Menschenhand geschnitten und verlegt worden waren. Der gefliese Boden verlief nach rechts, wo steinerne Torbögen Gänge bildeten, die tiefer in das Labyrinth führten. Es gab in diesem Bereich auch Backsteinmauern, von denen einige eingestürzt und bröckelig waren, während andere noch aufrecht standen.

Die andere Seite des Labyrinths war gelinde ausgedrückt wilder. Diese Felsformationen waren ausschließlich durch natürliche Prozesse über Millionen von Jahren geformt worden. Sie waren zerklüftet und rau und bildeten Klippen, Höhlen und ihr ganz eigenes Tunnellabyrinth in diesem riesigen Raum. Mein Nacken schmerzte, als mein Blick höher und höher wanderte und nach den Spitzen der höchsten Formationen suchte. Wäre es möglich, eine zu erklimmen und durch das Loch in der Decke zu entkommen?

Von dieser hoffnungsvollen Idee angespornt stand ich auf

und lief los. Die sauber geleckten Skelette schüchterten mich nicht ein, genauso wenig wie das Wissen, dass der Minotaurus irgendwo hier drin war. Ich würde klettern und mir den Weg freikratzen, wenn ich müsste.

Dass das unmöglich war, wurde mir jedoch schon nach einer Stunde der Erkundung der Felsen klar. Meine Schuhe rutschten bei jedem Kletterversuch ab und die kleinen Haltegriffe, die ich fand, schnitten schmerzhaft in meine Handflächen. Bei jedem Anlauf schaffte ich es nur ein paar Meter über den Boden.

Ich war bereits wund und erschöpft. Das Labyrinth zermürbte mich schon allein durch seine bloße Existenz.

Mein letzter Kletterversuch endete damit, dass ich hart auf meinem Hintern landete. Meine Handflächen brannten so sehr, dass mir Tränen in die Augen und ein Wimmern in die Kehle stiegen. Die Haut meiner Hände war empfindlich, aufgerissen und blutig.

Dann vielleicht irgendwo anders, dachte ich. *Vielleicht nicht direkt hier, aber es muss einen Weg nach oben geben.*

Es würde nicht so viele Skelette geben, wenn es einen Weg gäbe, antwortete ein grausamer Teil meines Gehirns. *Der Minotaurus selbst wäre nicht hier gefangen, wenn es einen Ausweg gäbe.*

Ich konnte nicht zulassen, dass dieser Gedanke mich besiegte. Ich hatte mich jeden einzelnen Tag meines Lebens durchgekämpft. Ich konnte aus einer dummen Höhle entkommen.

Als sich mein unregelmäßiger Atem auf ein normales Maß einpendelte, wurde ich auf ein entferntes Rauschen aufmerksam. Es war ein konstantes, gleichmäßiges Hintergrundgeräusch, das ich vorher nicht bemerkt hatte. Als ich realisierte, dass es fließendes Wasser war, bemerkte ich erst, wie ausgedörrt meine Kehle war. Ich hatte schon seit Stunden nichts mehr gegessen oder getrunken, und mein Körper steuerte wie auf Autopilot auf dieses Geräusch zu.

Vielleicht hätte ich vorsichtiger sein sollen, mich leiser bewegen und wachsam bleiben sollen, falls der Minotaurus beschloss, dass jetzt ein guter Zeitpunkt war, mich zu jagen. Aber nichts füllte meinen Kopf, außer dem Gedanken, meine knochentrockene Kehle zu beruhigen und die nagende Leere in meinem Magen zu besänftigen. Wasser zuerst. Überleben zuerst. Dann würde ich mir überlegen, wie ich entkommen könnte.

Ich war fast zu versessen auf einen Schluck Wasser, um die Schönheit des Baches zu bemerken, der idyllisch und ruhig war und an dessen Rändern Pflanzen wuchsen. Wenn dies nicht dasselbe Gefängnis wäre, in dem Dutzende, wenn nicht Hunderte von Menschen den Tod gefunden hatten, wäre es ein schöner Ort für ein Picknick.

Ich kniete mich auf eine grasbewachsene Böschung und tauchte meine Hände in das rauschende Wasser. Die eisige Temperatur linderte sofort den Schmerz auf meinen wunden Handflächen. Ich führte meine Hände zum Mund und schlürfte das kalte Wasser mit der Finesse eines großen Hundes, der aus einem Napf trinkt.

Immer wieder tauchte ich meine Hände ein und trank kräftig, bis ich zu voll war, um noch einen Schluck mehr zu nehmen. Mein Bauch quoll hervor, rund und blubberte vor lauter Flüssigkeit. Die Müdigkeit traf mich hart und ich konnte kaum noch die Augen offen halten, als ich mich zurücklehnte. Dieser Bereich des Baches verlief direkt unter der Öffnung in der Decke, und ich befand mich in einem kleinen Fleckchen Sonnenlicht. Statt wie vorher zu frieren, war mir fast angenehm warm.

Und ich war so, so müde.

Nur eine Minute, dachte ich, als ich mich zur Seite lehnte. *Ich muss mich nur eine Minute ausruhen ...*

Mein Kopf landete im weichen Gras und ich war sofort weg.

* * *

ICH WURDE DURCH DAS HEFTIGE REBELLIEREN MEINES MAGENS geweckt. Noch bevor ich meine Augen geöffnet hatte, verspürte ich den starken Drang, mich zu übergeben. Mein Magen zog sich zusammen und drückte das ganze Wasser, das ich getrunken hatte, hinaus.

Ich übergab mich auf das Gras, in dem ich gerade noch gelegen hatte, und hielt mir den Bauch, während ich hustete und nach Luft schnappte. Sofort zog sich mein Magen wieder zusammen und schickte einen weiteren schmerzhaften Muskelkrampf nach oben, bis ich mich erneut übergab.

Es wollte nicht aufhören.

Wieder und wieder, mein Körper bebte, aber es war nichts mehr da. Ich hustete Speichel und Galle aus, während meine Kehle brannte. Ich war schweißgebadet und jetzt noch erschöpfter und durstiger als vorher.

Als es endlich vorbei zu sein schien, streckte ich eine zittrige Hand nach dem Bach aus, um etwas zu trinken. In dem Moment, wo ich die Tröpfchen auf meiner Zunge spürte, reagierte mein Körper wieder heftig.

Es ist verdorben. Das Wasser ist verdorben. Logisch gesehen wusste ich das, aber verdammt, ich war *so* durstig. Meine Kehle brannte und ich musste diesen Geschmack aus meinem Mund bekommen.

Nach mehreren Starts und Stopps, weil ich nicht aufhören konnte zu würgen, schaffte ich es, etwas Wasser zu gurgeln, ohne es zu schlucken. Es half nicht viel, aber es war besser als nichts.

Ich ging zu einem trockenen Stück Gras am Bach und legte mich einfach hin. Heiße Tränen stachen mir in die Augen, was dafür sorgte, dass ich mich noch erbärmlicher fühlte. Ich war hungrig, krank und dehydriert, und mein dummer Körper wollte mir noch mehr Wasser entziehen.

Ich wollte nicht auf diese Weise sterben. Aber ich konnte nicht entkommen, konnte das Wasser nicht trinken und würde bald zu schwach sein, um noch irgendetwas anderes zu tun.

Ich schien keine andere Wahl zu haben.

* * *

Ich konnte mich nicht daran erinnern, eingeschlafen zu sein, aber anscheinend war ich das. Als ich aufwachte, knurrte mein Magen vor Hunger und meine Kehle war schmerzhaft trocken. Und irgendetwas roch absolut fantastisch.

Meine geschwollenen Augen öffneten sich einen Spalt, bis ich einen Teller neben meinem Gesicht entdeckte.

Einen Teller voll mit Essen.

Ich setzte mich blitzschnell auf und starrte auf das, was nicht echt sein konnte. Zwei kleine Vögel, gerupft und perfekt gegart, mit goldbrauner, knuspriger Haut. Sie saßen auf einem Bett aus einer Art fluffigem, hellem Getreide. Eine Portion gekochtes Gemüse lag auch noch dampfend am Rand des Tellers. Alles roch nach Butter und Gewürzen.

Das Knurren meines Magens war bis zum Himmel zu hören, und mir lief das Wasser im Munde zusammen. Aber ich konnte mich nicht dazu durchringen, das Essen anzufassen. Es gab nur eine Person, die es hinterlassen haben konnte, und die wollte mich irgendwann tot sehen. Die Erinnerung an meine heftige Übelkeit war noch frisch. Was sollte ihn davon abhalten, das Essen zu vergiften, um mich noch mehr zu quälen?

Ich starrte den Teller lange genug an, um schließlich ein Stück Papier zu bemerken, das gefaltet unter den Tellerrand gesteckt war. Meine Neugierde übermannte mich und ich nahm es an mich. Darin steckte eine Handvoll runder, grauer Tabletten. Verwundert klappte ich das Papier auf und entdeckte eine Notiz in unordentlichem, kindlichem Gekritzel.

· · ·

Iss und trink ohne Angst, Rehauge. Lass die Tabletten dreißig Minuten lang in Wasser auflösen, bevor du es trinkst. Schau zu deiner Linken. Die erste Tablette sollte aufgelöst sein, wenn du aufwachst.

Tatsächlich stand ein paar Meter entfernt eine große Metallthermoskanne neben dem Bach. Falls der Zettel mich beruhigen sollte, hatte das nicht funktioniert, er machte mich nur noch nervöser. Ich schaute mich um, als ob ich einen Blick auf ihn erhaschen könnte. Dieser Ort war sein Zuhause, sein Revier. Und wie er mir unmissverständlich klargemacht hatte, war ich seine Beute.

Der Minotaurus hatte neben mir gestanden. Er hätte mich im Schlaf töten können, hatte mir aber stattdessen einen Teller mit Essen und Wasserreinigungstabletten hinterlassen? Außerdem war er offenbar des Lesens und Schreibens mächtig, was nur noch mehr Fragen aufwarf. In den Legenden wurde der Minotaurus immer eher als Bestie und weniger als Mensch dargestellt. Aber selbst wenn er sich größtenteils in einen Menschen wandeln konnte, wie hatte er dann schreiben gelernt?

Unabhängig davon wirkte die Geste, zusammen mit dem Zettel Essen zu hinterlassen, fast freundlich, und ich musste mich daran erinnern, dass sie eigentlich grausam war. Er hatte gesagt, dass er mich jagen wollte. Er wollte, dass ich gesund und stark war, damit es für ihn nicht zu einfach würde.

Ich starrte wieder auf das Essen. Wenn ich es aß, würde ich nur bei seinem Spiel mitmachen. Wenn ich schwach und hungrig bliebe, wäre ich keine gute Jagd für ihn.

Aber dann wäre ich auch nicht stark genug, um zu fliehen.

Ein weiteres Hungergefühl durchzuckte meinen Magen und ich spürte, wie meine Entschlossenheit schwand. *Na gut, ich werde essen,* beschloss ich. *Ich darf mich nur nicht von ihm erwischen lassen.*

Wenn mein Gehirn genug Treibstoff hatte, um über das Überleben nachzudenken, würde ich mir den nächsten Schritt überlegen.

Ich bewegte mich zur Thermoskanne mit Wasser und schwenkte sie hin und her, um die restlichen Krümel der Tablette am Boden zu verflüssigen. Dann kippte ich die Thermoskanne nach oben und trank einen vorsichtigen Schluck, wobei ich gegen den Instinkt ankämpfte, die ganze Kanne in einem Zug zu leeren.

Meine Selbstbeherrschung hielt jedoch nur so lange an, bis ich den Teller mit dem Essen so verschlang, als wäre es die letzte Mahlzeit, die ich jemals zu mir nehmen würde.

5

———

ARIADNE

In den folgenden Tagen tauchte immer wieder auf mysteriöse Weise Essen auf.

Und es war nicht mal so, dass ich immer an der gleichen Stelle in der Nähe des Baches blieb. Jeden Tag erkundete ich das Labyrinth ausgiebig auf der Suche nach einem Fluchtweg. Ich verirrte mich oft und stolperte bei jedem Spaziergang über ein neues Gebiet. Was hätte ich für ein Knäuel Schnur oder etwas anderes, das mir helfen würde, einen Weg zu finden, gegeben.

Egal, wo ich mich zum Schlafen hinlegte, wenn ich aufwachte, wartete ein dampfender Teller mit Essen und frisch gereinigtem Wasser auf mich. Das Essen bestand in der Regel aus irgendeinem Getreide, Protein und Gemüse. Eine ausgewogene Mahlzeit, die offensichtlich für jemanden meiner Größe portioniert war, denn ich putzte den Teller jedes Mal leer.

Nach dem, was ich auf unseren begrenzten Flachbildschirm-Stationen gesehen hatte, aßen nur die Reichen solche Mahlzeiten. Dieser Gedanke war zermürbend, wenn man bedachte, dass ich mich buchstäblich in einem Gefängnis befand. Unsere Mahlzeiten in den Slums bestanden aus dem, was wir uns leisten konnten oder was die Nachbarschaft zu bieten hatte. Fleisch war rar und oft konnte man sich nicht darauf verlassen, dass es frisch oder unverseucht war. Unsere Gemeinschaftsmahlzeiten waren in der Regel Eintöpfe aus Getreide, deftiger Brühe und manchmal ein bisschen Gemüse, wenn wir Glück hatten. Ich konnte mich nicht erinnern, jemals wirklich satt gewesen zu sein.

Abgesehen von dieser ersten Nacht sah ich den Minotaurus nie. Und ich war ständig hin- und hergerissen, ob ich das nun eher gruselig oder beruhigend finden sollte, zu wissen, dass er mich ständig beobachtete. Stalken könnte man es auch nennen.

Ich hatte noch nie in meinem Leben so gut gegessen, aber ich wusste, dass es nicht für immer so sein würde. Meine Zeit war begrenzt, und ich musste den Spagat bewältigen, zwischen stark genug sein, um zu entkommen, und nicht so stark sein, dass er mich für kräftig genug hielt, um zu jagen.

Die andere seltsame Sache, die mir in den ersten paar Tagen aufgefallen war? Ich fühlte mich wirklich verdammt einsam.

Ich war noch nie wirklich allein gewesen. Immer war meine Mom oder einer unserer Nachbarn bei mir gewesen. Die Mitglieder unserer Gemeinschaft schauten ständig gegenseitig nach dem Rechten. Menschen verschwanden viel zu oft und es war nicht so, dass die Wandler-Polizei jemals Sozialkontrollen durchführte oder tatsächlich nach Vermissten suchte. Also mussten wir uns umeinander kümmern.

Noch nie hatte ich tagelang, geschweige denn auch nur einen einzigen Tag, nicht mit jemandem gesprochen. Ich wünschte mir fast, der Minotaurus würde mit der Jagd beginnen, nur damit ich eine andere Person hätte, mit der ich mich unterhalten könnte. Selbst sein seltsames Kaninchen wäre besser, als ganz allein zu sein.

Sicher, ich hatte hier ein paar andere Tiere gesehen. Hauptsächlich Insekten zwischen den Pflanzen und Vögel, die durch die Öffnung in der Decke hereingeflogen waren. Einige hatten ihre Nester an den Felswänden gebaut und es war schön, morgens ihrem Gesang zu lauschen. Aber ich hatte nicht vor, lange genug hierzubleiben, um einen wilden Vogel zu zähmen, um ein Haustier zu haben. Es wäre einfach schön, sich nicht so allein zu fühlen.

Eines Morgens beschloss ich, durch das Gebiet mit den künstlichen Steintunneln und Böden zu gehen. Wahrscheinlich würde ich mich verlaufen und den Weg nicht mehr hinausfinden, aber das war ja nun wirklich nichts Neues.

Die gewölbten Türöffnungen waren hoch und sahen uralt aus. Ich betrat einen riesigen Raum, in den wahrscheinlich mein ganzes Wohnhaus hineinpassen würde. Die Decke war fast so hoch wie das Hauptlabyrinth, hatte aber keine Öffnung zum Himmel. Einige Fenster waren noch verglast, manche davon mit verschiedenen Farben und Bildern mit Menschen darauf. Hinter den Fenstern befanden sich nur noch mehr Felsen und Höhlen, und ich fragte mich, wozu sie dann überhaupt dahingebaut worden waren.

Ich wanderte weiter durch die Hallen und bog wahllos nach links und rechts ab. An einem Punkt hörte ich ein Geräusch und versuchte, ihm zu folgen. Wie der Bach war es ein ständiges Hintergrundrauschen, das von den Steinböden und Decken widerhallte. Meine Schritte wurden schneller. Wenn dies ein weiterer Bach war, eine weitere Wasserquelle, konnte ich ihm vielleicht nach draußen folgen.

Mein Weg führte mich in einen weiteren Raum, der kleiner war als der erste, aber immer noch groß genug, um mich zum Innehalten zu bewegen. Ein gekacheltes Wasserbecken nahm den ganzen Raum ein. Der Rand war nur so breit, dass nur ungefähr zwei Leute nebeneinander gehen konnten.

Aus einer steinernen Fischskulptur ergoss sich ein stetiges

Rinnsal von Wasser in den Pool. Dort, wo das Wasser unaufhörlich heraussprudelte, stand das Maul offen. Ich näherte mich
der Steinfigur vorsichtig und war gleichermaßen verwirrt und
beeindruckt. Woher kam das Wasser? Es gab keine weiteren
Bäche, die ich sehen konnte. Der Fisch schien aus der Wand,
aus der er sprang, herausgemeißelt worden zu sein. Gab es
hinter dieser Mauer eine Wasserversorgung?

Als ich näher kam, um genauer hinzusehen, bemerkte ich
noch etwas anderes. Ein paar geflochtene Körbe säumten die
Wände, alle mit verschiedenen Gegenständen gefüllt. In einem
lagen gefaltete Handtücher. Ein anderer enthielt Flaschen mit
Seifen, Ölen und Lotionen. Alle waren luxuriös und winzig –
jede war kleiner als meine Handlänge. Der dritte Korb enthielt
Zahnbürsten – alle einzeln verpackt und mit den Namen der
verschiedenen Zahnarztpraxen versehen, als wären es Muster
zum Verschenken gewesen.

Als ich all diese Produkte gleichzeitig sah, wurde mir schla-
gartig bewusst, wie schmutzig ich war. Ich hatte mich seit dem
Tag, an dem ich hierhergebracht wurde, nicht mehr gewaschen,
was fast eine Woche her sein musste. Ich hatte darüber
nachgedacht, im Bach zu baden, aber das kam mir zu offen und
ungeschützt vor, vor allem, weil ich wusste, dass der Minotaurus
mich ständig beobachtete.

Aber hier drin ...

Ich kaute auf meiner Lippe, als ich um den Rand des
Beckens herumging und mit meiner Hand an der Steinwand
entlangfuhr. Hier gab es keine Fenster, nur zwei offene Eingänge
auf den gegenüberliegenden Seiten des Beckens – der, aus dem
ich gekommen war, und der, der sich gegenüber von mir befand.
Wenn ich mich beeilte und diese Türen im Auge behielt, wäre
ein Bad vielleicht gar nicht so schlecht.

Und wenn der Minotaurus auftauchte, was würde ich
dann tun?

»Dann ertränke ich mich, verflucht noch mal«, murmelte ich.

Ich haderte noch einige Minuten mit mir selbst und ließ meinen Blick über die Türen, das Becken und die Körbe schweifen.

»Okay, also gut. Scheiß drauf!«, beschloss ich und warf schnell meine geliehene Jacke und den Rest meiner Kleidung ab. Mich zu schrubben und abzuspülen würde höchstens fünf Minuten dauern. Je schneller ich es hinter mich brachte, desto eher würde ich mich gut fühlen.

Als ich nur noch in meinem Adamskostüm steckte, schnappte ich mir wahllos ein Handtuch und eine Waschlotion und rutschte dann vorsichtig in den Pool. Zuerst stieß ich ein Keuchen aus, dann ein Seufzen. Der Bach war eiskalt gewesen, aber diese Temperatur war *viel* angenehmer. Es war zwar kein heißes Badewasser, aber nahe an der lauwarmen Temperatur, an die ich aus den Slums gewöhnt war. In diesem Moment fühlte es sich absolut himmlisch an.

Ich schrubbte alle wichtigen Stellen und tauchte dann ganz unter Wasser, um mich abzuspülen. Mein Seifenwasser wanderte langsam durch ein Gitter direkt unter dem Rand des Beckens. Wieder einmal fragte ich mich, woher das Wasser kam und wohin es ging.

Noch mehr Fragen gingen mir durch den Kopf, als ich eilig eine Zahnbürste auspackte und meinen Mund gründlich schrubbte. Benutzte der Minotaurus diese Gegenstände? War das *sein* persönliches Schwimmbecken? Ich dachte daran zurück, wie er sich in der ersten Nacht so nah an mich gelehnt hatte. Ich hatte erwartet, dass er bestenfalls wie ein Stalltier riechen würde, aber er hatte tatsächlich angenehm sauber gerochen.

»Das ist das Letzte, woran du denken solltest, Ari«, murmelte ich nach dem Ausspucken. »Wahrscheinlich werde ich jetzt regelmäßig Selbstgespräche führen«, fügte ich hinzu.

Ich trocknete mich ab, zog meine Klamotten wieder an und fühlte mich so gut wie seit Tagen nicht mehr. »Ich fühle mich wie eine neue Frau«, sagte ich und streckte meine Arme über den Kopf. »Vielleicht folge ich morgen dem wilden Fluss und schaue, ob er irgendwohin nach drauß...«

Etwas packte meinen Oberarm von hinten und hielt ihn fest. Ich erstarrte, während mein Herz wie wild in meiner Brust herumsprang. Ein warmer, sauberer, leicht moschusartiger Duft erfüllte meine Nase, und ich wusste, dass es nur eine Person sein konnte.

Wie zum Teufel hatte sich der Minotaurus so an mich heranschleichen können, ohne auch nur einen Laut von sich zu geben?

Während mein Herz rasend schnell schlug und jeder Muskel in meinem Körper vor Angst verkrampfte, wirkte er unglaublich ruhig. Ich spürte die Wärme seines Körpers an meinem Rücken, die tief und gleichmäßig auf mich einwirkte. Dafür, dass er so stark war, war sein Griff um meinen Arm ziemlich entspannt. Dieses Raubtier hatte seine Beute genau da, wo er sie haben wollte, und keine Angst, dass sie entkommen könnte.

Das Nächste, was ich spürte, war die Wärme seines Atems an meinem Ohr und dann streiften seine Lippen die Ohrmuschel. Ich hörte die Belustigung in seiner Stimme, als er sprach.

»Lauf, Rehauge.«

Obwohl ich wusste, dass der Befehl nur eine Verhöhnung war, dass es genau das war, was er wollte, legte dieses Wort einen Schalter in meinem Gehirn um.

Und ich rannte.

Zum Glück hatte ich gerade meine Schuhe angezogen, bevor er aufgetaucht war, denn es wäre ätzend, barfuß über Steinböden zu rennen. Genau wie beim Betreten der Halle lief ich im Zickzack und ohne Sinn oder Verstand durch die Tunnel. Wer weiß, vielleicht lief ich im Kreis und würde wieder in der Bade-halle landen.

Der Gedanke daran spornte mich nur an, noch schneller zu laufen, meine Arme zu schwingen und meine Beine anzutreiben, so schnell zu laufen, wie sie konnten. Ich warf einen kurzen Blick hinter mich und sah den Minotaurus nicht, aber ich war noch lange nicht siegessicher.

Fuck, meine Brust brannte schon und ein Krampf pikste in meiner Seite. Ich war beileibe keine Ausdauersportlerin und würde das nicht mehr lange durchhalten.

Das ist genau das, was er will, wurde mir klar. *Er will, dass du deine Energie verbrauchst, damit er dich ohne viel Mühe erledigen kann. Bereite dich darauf vor, zum unbekannten Skelett Nummer 384 zu werden.*

Der Gedanke gab mir einen zusätzlichen Energieschub, als ich eine weitere scharfe Linkskurve machte. Vielleicht war ich nicht in der besten Kondition, aber der Wunsch, zu überleben, motivierte mich ungemein.

Ich schluchzte fast vor Erleichterung, als ich einen Tunnel entdeckte, der nach draußen zum Hauptbereich des Labyrinths führte. Ohne nachzudenken, sprintete ich in diese Richtung. Meine Geschwindigkeit und mein Schwung waren zu groß, um zu stoppen, als eine riesige Gestalt aus dem Nichts von oben heruntersprang und den Ausgang versperrte.

Der Minotaurus schnaufte und grunzte amüsiert, als ich mit ihm kollidierte. Er war so massiv, dass ich von seinem Rumpf abprallte und vor ihm auf meinem Hintern landete. Aus irgen-deinem Grund schaute ich zu seinem Gesicht hoch und schrie auf.

Er war wieder teilweise gewandelt, mit seinem Kopf und dem Unterkörper eines Stiers. Da musste direkt vor dem Eingang ein Vorsprung gewesen sein, auf dem er gesessen hatte, denn er duckte sich, um in den Tunnel zu treten, und seine brutal langen Hörner kratzten an den Rändern der gewölbten Öffnung.

Ein Huf trat näher an mich heran, und dann noch einer. Das brachte mich dazu, auf die Beine zu kommen und in die entgegengesetzte Richtung zu rennen – zurück in das Tunnellabyrinth. Aber der Großteil meiner Energie war bereits verbraucht und meine röchelnden Atemzüge kündigten die Niederlage an, die ich fühlte.

Aber wem wollte ich etwas vormachen? Selbst wenn ich es aus diesem Bereich hinausgeschafft hätte, war das gesamte Labyrinth sein Reich.

Trotzdem rannte ich weiter. Diesmal langsamer und ungeschickter, und trotzdem war der Minotaurus nicht in Sicht. Für ihn war die ganze Sache ein verdammtes Katz-und-Maus-Spiel.

Ich landete wieder in dem ersten großen Raum und beschloss, aus einem Fenster zu klettern. Die Felswand auf der anderen Seite war zu schmal, als dass er dort auf mich warten könnte. Und wenn er hinter mir war, war er viel zu groß, um mir durch das Fenster zu folgen.

Wieder einmal fühlte sich die Freiheit so nah an. Ich rannte zu einem Fenster, bei dem der größte Teil des farbigen Glases fehlte. Der Steinsims war dick genug, dass ich darauf sitzen konnte, und er bot mir eine schöne, hohe Plattform, um meine Füße unter mich zu bekommen. Ich senkte meinen Kopf durch die Öffnung und drückte meine Handfläche gegen den Felsen auf der anderen Seite. Er war nur ein paar Zentimeter entfernt. Ich würde auf jeden Fall in die Lücke passen, aber der Minotaurus nicht.

Ich hatte gerade einen Fuß durch das Fenster geschoben, als sich eine Hand um den Knöchel meines anderen Fußes schloss. Ich schrie und schlug und trat aus purer Angst wild um mich. Aber der Minotaurus schlang nur einen baumstammgroßen

Arm um meine Oberschenkel und riss mich aus dem Fenster, als wäre ich ein ungehorsames Haustier.

Er sagte nichts, als er mich auf den Boden stellte, während ich verzweifelt brabbelte und um mein Leben flehte. Meine Augen waren geschlossen, weil ich mich dem nicht stellen wollte. Wahrscheinlich konnte man mich bei all dem Schluchzen und Hyperventilieren nicht mal verstehen. Ich versuchte, das mit meiner Mom zu erklären, dass ich unschuldig war und zu Unrecht hier eingesperrt worden war. Ich sagte einfach alles, was mir in den Sinn kam, weil ich wusste, dass es das Ende war.

Der Minotaurus schwieg. Er hielt mich einfach mit zwei massiven Händen an meinen Schultern fest und brachte mit seinem heftigen Atem meine Haare zum Flattern.

Als mir die Worte ausgingen, spürte ich das Gewicht eines Fingers, der meinen Wangenknochen und die Seite meines Gesichts nachzeichnete. Ich war so erschöpft, so besiegt, dass ich mich nicht einmal dazu durchringen konnte, meinen Kopf wegzuziehen.

»Guck mich an, Beute«, befahl die Bestie.

Meine Augen sprangen auf und ließen frische Tränen fließen. Der Minotaurus hatte sich in seine menschliche Gestalt zurückgewandelt. Auch wenn seine Hörner in dieser Form kleiner waren, bogen sie sich immer noch wie brutale Waffen zur Decke.

Sein Gesichtsausdruck war … merkwürdig.

Seine Stirn war gerunzelt, als wäre er besorgt oder verwirrt. Seine Augen, die die Farbe von mattem Gold hatten, suchten mein Gesicht ab, als ob sie den Grund für meine Tränen und meinen Herzschmerz verstehen wollten.

Nach ein paar Augenblicken schien er zu einer Entscheidung zu kommen. »Ich will nur eines von dir, Rehauge.«

Mein Leben, ganz klar.

Doch dann trat er noch näher heran, sodass er seine Beine

zu beiden Seiten der meinen spreizte. Er beugte sich hinunter und seine furchterregenden Hörner kamen meinem Gesicht immer näher. Sein nackter Oberkörper berührte fast meinen, und seine Wärme flackerte zu mir herüber wie ein Lagerfeuer.

Oh nein! Er meint doch nicht etwa ... Oh, bitte, nein.

Ich hatte vielleicht naiv angenommen, dass der Minotaurus nur töten wollte. Niemals hätte ich gedacht, dass er noch *andere* Wünsche haben könnte.

»Was?«, quiekte ich nach einer langen Pause heraus.

Seine Augen huschten zu meinen Lippen, bevor sie meinen Blick wieder trafen. »Deinen Namen.«

Mein Gehirn legte eine Vollbremsung hin. »Meinen ... Namen?«

»Ja. Sag mir deinen Namen, und ich lasse dich frei.« Ein hungriges Lächeln umspielte seine Lippen. »Damit ich dich an einem anderen Tag jagen kann.«

Ein Teil von mir wollte ihn anflehen, mich jetzt zu töten. Ich wollte das nicht noch einmal tun, nicht *noch eine* Jagd. Lieber würde ich alles aufgeben, als noch einmal so mit mir spielen zu lassen.

Nur der Gedanke an meine Mom ließ mich innehalten. Einen weiteren Tag zu leben, bedeutete eine weitere Chance, sie zu sehen. Eine weitere Chance zu entkommen. Eine winzige Chance, klar. Aber wenn ich jetzt sterben würde, wäre selbst diese Chance dahin.

Also holte ich zittrig Luft und sagte mit aller Tapferkeit, die ich aufbringen konnte: »Ariadne.«

Der Minotaurus tat das Allerletzte, was ich erwartet hatte, und drückte mir einen festen Kuss auf den Mund.

Das ließ meine Augen weit aufspringen, und ich erstarrte wieder, zu betäubt, um zu reagieren. Doch in meinem Kopf drehten sich die Gedanken. Die meisten fragten sich, warum und die anderen waren schockiert und ungläubig, dass dies passierte. Ein paar Gedanken wie *Sein Bart und seine Lippen sind viel weicher, als ich es mir vorgestellt habe,* gingen mir durch den Kopf.

Er zog sich zurück und richtete sich wieder zu seiner vollen Größe auf. »Danke, Ariadne.« Als er sich zum Gehen wandte, warf er mir ein Grinsen über die Schulter zu, das verdächtig nah an einem Flirten lag. »Wir sehen uns wieder, wenn ich dich das nächste Mal erwische.«

6

ZERUHN

Ariadne. Ihr Name war Ariadne.

Eine Bewegung in meinem Blickfeld lenkte meine Gedanken von meiner hübschen kleinen Beute ab.

»Bleib hier, Lago«, knurrte ich. Es war das vierte Mal, dass ich ihm sagen musste, dass er hierbleiben sollte. »Wir werden Ariadne heute nicht sehen.«

Der Rasselbock starrte mich an und zuckte unruhig mit der Nase, während er missmutig mit einem Fuß aufklopfte. Er war neugierig auf sie, seit sie hierhergekommen war, und versuchte immer wieder, weiter von mir wegzuhüpfen, um sie näher zu betrachten.

Ich konnte es ihm nicht verdenken. Die rehäugige Gefangene faszinierte mich wahnsinnig, besonders nach der Jagd gestern. Sie ging mir seitdem nicht mehr aus dem Kopf, wie ein anhaltender Schmerz, der noch lange nach einem Kampf zurückblieb.

Meine Instinkte wollten mir etwas sagen – nicht, dass man denen immer trauen könnte.

Ich war künstlich erschaffen, zusammengesetzt aus menschlicher und tierischer DNA. Es gab nichts Natürliches, *nichts* Richtiges an mir. Selbst als Wandler war ich ein Fehlschuss. Ein Prototyp, der nicht so funktioniert hatte, wie er sollte. Deshalb war es nur logisch, dass meine Instinkte genauso fehlerhaft waren wie der Rest von mir.

Ich wusste nicht, warum mein Gehirn auf Ariadne fixiert zu sein schien. Und ich vertraute *ihr* genauso wenig. Deshalb wollte ich nicht, dass Lago ihr zu nahekam, wenn ich nicht in der Nähe war.

»Was ist, wenn sie mit Steinen nach dir wirft, so wie die letzte Person?«, fragte ich ihn. »Oder versucht, dich zu jagen, wie die davor?«

Der Rasselbock gähnte nur, dann hüpfte er davon und rieb sein Geweih an der Wand meiner Schlafhöhle. Ich starrte wieder an die Decke und legte mich auf mein behelfsmäßiges Bett, das ich aus ausrangierten Decken und Kleidern zusammengeschustert hatte.

Heute Morgen hatte ich für Ariadne etwas zu essen gemacht, es neben sie gelegt, während sie schlief, und sie dann wie üblich beobachtet. Sie schien zögerlicher zu werden beim Essen und ließ das meiste davon auf dem Teller liegen, was mich beunruhigte.

Und es beunruhigte mich, dass mich das beunruhigte.

Ich dachte an den gestrigen Tag und die Jagd zurück. Es hatte mich immer begeistert, die Angst in den Gesichtern meiner Beute zu sehen. Ihr Gebrabbel und Betteln war früher amüsant gewesen. Aber in den letzten Jahren? Es war furchtbar langweilig geworden. Jeder einzelne Gefangene – ob Mann, Frau, Mensch oder Wandler – war immer gleich.

Oberflächlich betrachtet war Ariadne nicht anders.

Aber sie *fühlte* sich nicht gleich an.

Ich rieb mir die Brust, die Stelle, an der ihre Wirkung auf mich besonders stark zu sein schien. Ihre Angst während der Jagd war für mich nicht angenehm oder gar langweilig gewesen.

Ihre Tränen und ihr Ausdruck der völligen Niederlage bereiteten mir ... Unbehagen.

Ich wollte, dass es aufhörte. Ich wollte diesen kämpferischen Blick, den sie den Wandlern zugeworfen hatte, als sie versucht hatte, durch sie hindurch zu rennen. Ich wollte den Sturm in ihren Augen, der kurz zurückgekehrt war, als sie mir ihren Namen genannt hatte.

»Ariadne.« Ihr Name ließ meinen Mund interessante Dinge tun. Er verstärkte das allgegenwärtige Gefühl in meiner Brust.

Sie hatte etwas mit meinen Instinkten gemacht, das mich völlig aus dem Gleichgewicht gebracht hatte. Es bedeutete nichts, aber es war nervtötend, wie sehr mich das aus der Bahn warf. Sogar die Art und Weise, wie ich das Essen hinterließ, war anders. Ich gab ihr jeden Morgen eine komplette Mahlzeit, und das, bevor sie aufwachte, weil ich sie nicht erschrecken wollte. Bei anderen Gefangenen war ich viel sporadischer, und ich scherte mich definitiv nicht darum, ob ich sie erschreckte.

Meine Gedanken wanderten zu der Zeit, kurz bevor ich die Jagd eröffnet hatte, und ein Stöhnen verließ meinen Mund. Sie war in meinem Schwimmbecken gewesen und ihr Anblick hatte mich härter gemacht, als jede andere Frau, die ich je gesehen hatte.

Das Wasser und die Seife waren von ihrer Haut abgeperlt und hatten sich an ihre Form geschmiegt. Was mich am meisten überrascht hatte, war die unbändige Freude, die ich nicht nur wegen des Anblicks ihres unbekleideten Körpers empfand, sondern auch, weil sie nicht mehr so dünn war wie an ihrem ersten Tag hier. Weil ich sie gefüttert hatte.

Aber warum? *Warum* erfüllte mich das, mehr als alles andere, mit so großer Befriedigung?

Ich ließ meinen Kopf zurück auf den Boden fallen und stieß einen gequälten Seufzer aus. Meine Hände zuckten an den Seiten, weil sie nach meinem Schwanz greifen wollten, der sich bei dem Gedanken an sie *wieder* aufgerichtet hatte.

Wenn ich sie einfach töten würde, wie ich es mit jedem anderen Gefangenen hier getan hatte, würde mich das alles nicht belasten.

Aber ... das wollte ich auch nicht tun.

Das war ein weiterer zermürbender Gedanke. Ich wollte Ariadne *tatsächlich* nicht töten. Ich würde ihren Tod sogar verhindern, wenn eine solche Situation eintreten würde.

Ich wollte sie behalten. Bei mir!

Ich rieb mir die Stirn und stieß einen weiteren Seufzer aus. Das Labor, das mich erschaffen hatte, war seit zwanzig Jahren nicht mehr in Betrieb. Sonst würde ich die Wissenschaftler bitten, meine Instinkte neu zu kalibrieren, denn all diese Gedanken waren lästig.

Die Schließung des Labors war der Grund, warum ich hier und nicht mehr in einem kalten, sterilen Raum eingesperrt war. So beschissen meine Schöpfung und meine Existenz auch waren, ich war froh über den Freiraum und die Landschaft. Im Labor hatte ich eine Phobie vor Fesseln und engen Räumen entwickelt. Deshalb zog ich es vor, in einer Höhle zu wohnen, anstatt in den Ruinen der Kapelle unten im Haupttal. Zu viele Wände. Zu niedrige Decken.

Lago hörte auf, sein Geweih an der Wand zu reiben, und neigte seinen Kopf in Richtung Höhleneingang. Er hüpfte näher an die Öffnung heran und stellte sich auf seine Hinterbeine, die Ohren gerade und wachsam.

»Was ist los?« Ich kreuzte meine Füße an den Knöcheln. »Oder versuchst du, mich auszutricksen, um Ariadne wiederzusehen?«

Jeder Muskel in seinem Körper wurde steif, seine Kanincheninstinkte waren auf höchster Alarmstufe für ein Raubtier. Nach ein paar Augenblicken hüpfte er zu mir und zog aggressiv an meinem Hosenbein.

»Was?«, forderte ich und schüttelte ihn ab. »Sie würden nicht noch einen Gefangenen reinschicken, nicht so schnell.«

Ein paar Sekunden später verschluckte ich mich an meinen Worten, als ich das leise Summen von Maschinen hörte. Es gab mehrere Drucktüren im Außentunnel, die immer Gefangene in das Labyrinth führten. Das Brummen konnte nur von diesen Türen stammen.

»Fuck!« Ich sprang auf und achtete kaum darauf, dass meine Hörner an der Höhlendecke kratzten. Gemeinsam stürmten Lago und ich zu meinem Ausguck.

Diese ... Panik und das Unbehagen waren ebenfalls seltsame Gefühle für mich. Es war nicht komplett neu, dass das Labyrinth mehr als einen Gefangenen auf einmal einsperrte. Ungewöhnlich, aber nicht unüblich.

Aber in diesem Moment wollte ich diesen Ort mit niemandem außer Ariadne teilen.

Wir erreichten unser Versteck gerade, als die letzte Drucktür aufglitt. Zwei Wandler hielten einen sich wehrenden Menschen zwischen sich. Er war größer und stärker als Ariadne, aber immer noch kein Gegner für meine im Labor erschaffenen Kollegen, die ihn ins Verderben zerrten.

Doch während ich Ariadnes Kampf bewundert hatte, sah das Gezappel dieses Mannes in meinen Augen einfach nur erbärmlich aus.

»Ihr habt mir keinen fairen Prozess gegeben!«, schrie er. »Ruf an und frag sie! Sie *wollte* mich! Ihr werdet sehen, ich bin unschuldig!«

Die Wandler ignorierten ihn wie immer und warfen ihn ohne Rücksicht auf Verluste in den Dreck. Genau wie Ariadne bemerkte er meine Knochensammlung, die ich am Eingang platziert hatte. Das Zischen der sich schließenden Tür riss ihn aus seinem Schockzustand und er rannte zum Ausgang.

»Wartet, halt! Ihr könnt mich nicht hier drinnen lassen!« Er hämmerte gegen die verstärkte Stahltür, bis ihm klar wurde, dass ihn niemand abholen würde. Während er seine Faust schüttelte und nach Luft schnappte, drehte er sich langsam um, um sich seinem Schicksal zu stellen.

Bei dem Anblick, der sich mir bot, kräuselte sich meine Lippe vor Abscheu. Ich wusste sofort, dass er genau wie alle anderen sein würde. Langweilig und bestenfalls lästig. Ich konnte es kaum erwarten, ihn loszuwerden.

»Ähm, hallo?«

Die zaghafte, weibliche Stimme brachte mich dazu, meine Fäuste zu ballen und ein Knurren zu unterdrücken, während die Augenbrauen des Mannes nach oben wanderten und sein Gesicht sich vor Erleichterung entspannte. Nein! Warum zum Teufel war Ariadne hier?

»H-h-hallo?«, antwortete der Mann. »Ist da jemand?«

Ariadne lugte hinter einem Felsen hervor und lächelte – *sie lächelte!* – über diese erbärmliche Verschwendung von Luft. Sie lächelte ihn an, aber nicht mich?

Dieser Gedanke machte mich so irrational wütend.

Der Mann lächelte zurück und winkte, woraufhin Ariadne zurückwinkte. »Es ist wirklich schön, ein freundliches Gesicht zu sehen«, sagte er.

»Es ist wirklich schön, ein menschliches Gesicht zu sehen«, antwortete sie.

Was? Ich habe doch ein menschliches Gesicht! Ich wollte schreien. Nur nicht menschlich genug, wie meine Hörner und meine Augenfarbe mich ständig erinnerten.

»Möchtest du etwas zu essen?« Ariadne deutete in Richtung ihres halb leer gegessenen Tellers, der einen kurzen Spaziergang entfernt am Bach stand.

Ich unterdrückte ein weiteres Knurren der Frustration. *Biete dem Typen doch kein Essen an! Das habe ich für dich gemacht!*

»Das wäre toll, wirklich. Danke.« Der Mann lächelte sie weiter an, und ich wollte es am liebsten für immer entfernen. Zusammen mit seinem ganzen Kopf von seinem Hals. »Ich bin übrigens Rich.«

»Ariadne.« Sie gab ihm ihren Namen so bereitwillig, während ich sie dafür jagen und fangen musste. Abgesehen davon, dass er ein Mitmensch war, was hatte *er* geleistet, um ihren Namen zu verdienen?

Sie gingen zusammen in Richtung des Baches und meine Wut war kurz davor, überzukochen.

Ich hatte gerade zugesehen, wie meine Beute in die Höhle eines anderen Raubtiers gelaufen war.

ARIADNE

Rich war ein Mann mittleren Alters. Seine Kleidung war abgenutzt und schäbig wie meine, aber er schien nicht aus meiner Nachbarschaft zu stammen. Er musste wohl in einer anderen Gegend der Slums gelebt haben. Ich lehnte mich zurück und sah ihm zu, wie er das restliche Essen verputzte, das der Minotaurus für mich hinterlassen hatte. Als er fertig war, reichte ich ihm den Becher mit gereinigtem Wasser, den er gierig hinunterschlang.

»Danke.« Rich wischte sich den Mund an seinem Ärmel ab und rülpste. »Verdammt, ich schätze, wenn man ins Gefängnis geworfen wird, kriegt man richtig Appetit, was?«

Ich schenkte ihm ein höfliches Lächeln. »Ich schätze, ja. Weshalb wurdest du verurteilt?«

Er verdrehte die Augen. »Irgendein blödsinniger kleiner Diebstahl. Und du?«

»Ja, so was in der Art.«

»Wann wurdest du hier reingeschmissen?« Er trank den Rest des Wassers aus.

»Vor etwa einer Woche.« Ich streckte meine Hand aus. »Gib her, ich kann es wieder auffüllen.«

»Eine ganze Woche?« Richs Augenbrauen hoben sich. »Willst du mir sagen, dass du dem Minotaurus in der ganzen Zeit nicht begegnet bist?«

»Ähm.« Ich biss mir auf die Wange, während ich die Thermoskanne in den Bach tauchte. »Nicht direkt, nein. Ich habe aber Geräusche und so gehört.« Ich konnte mir nicht erklären, warum ich lügen wollte. Es war zwar beruhigend, menschliche Gesellschaft zu haben, aber ich wusste nichts über Rich. Es war gut möglich, dass er für das, wofür er angeklagt wurde, schuldig war, falls er überhaupt die Wahrheit über das Verbrechen sagte.

Und es war schwer zu ignorieren, dass ein Teil von mir den Minotaurus auf seltsame Weise beschützen wollte. Ich wollte ihm nicht sagen, dass er mir Essen hinterlassen hatte oder dass er mich gejagt und dann freigelassen hatte, nachdem ich ihm meinen Namen genannt hatte.

Oder dass er mich geküsst hatte.

Ja, dieser Teil warf mich immer noch aus der Bahn. Ich wollte auf jeden Fall ein besseres Gefühl für Rich bekommen, bevor ich ihm erzählte, was seit meiner Ankunft hier passiert war.

»Also, nur du und ich, hm?« Rich lächelte mich an, aber das tröstete mich nicht. Vielmehr krampfte sich mein Magen vor Unbehagen zusammen. »Ich dachte immer, die Geschichten über den Minotaurus wären Quatsch.«

»Nun, ich würde trotzdem wachsam bleiben«, sagte ich. »Wie ich schon sagte, ich habe Geräusche gehört. Es gibt viele Verstecke. Der Minotaurus könnte nur darauf warten, seinen Zug zu machen.« *Er beobachtet uns definitiv gerade.*

»Ich werde dich beschützen, wenn du Angst bekommst.« Rich lehnte sich zu mir, immer noch auf diese beunruhigende Art lächelnd, und ich wich in einer hoffentlich nicht zu offensichtlichen Bewegung zurück.

»Bis jetzt bin ich gut zurechtgekommen.« Ich legte den Kopf schief. »Du weißt schon, in Anbetracht der Umstände und so.«

»Richtig, und das ist gut. Auf jeden Fall hat irgendetwas die bedauerlichen Säcke, die am Eingang aufgestapelt sind, vernichtet.« Er wies mit dem Kinn auf die Skelette, und ich nickte zustimmend, mit zusammengepressten Lippen.

* * *

Ich verbrachte den Rest des Tages damit, Rich alles zu zeigen, was ich über das Labyrinth wusste, vor allem den offenen Hauptbereich, durch den der Bach floss. Er schien sehr daran interessiert zu sein, den von Menschenhand geschaffenen Bereich mit Steinböden und Tunneln zu erkunden, aber ich erfand Ausreden, warum ich dort nicht hineinging. Aus irgendeinem Grund fühlte ich mich bei dem Gedanken, mit ihm allein im Schwimmbecken zu sein, äußerst unwohl.

Der Minotaurus tauchte nicht auf, und ich wünschte mir fast, er würde es tun. Es war ein nagendes Gefühl, das ich mir nicht erklären konnte. Die wenige Zeit, die wir miteinander verbracht hatten, bestand hauptsächlich daraus, dass ich Angst gehabt hatte und um mein Leben gerannt war, und trotzdem war mir seine Gesellschaft fast lieber als die von Rich.

Irgendetwas an Rich bedrängte mich auf eine Art und Weise, die ich nicht erklären konnte. Selbst wenn ich ihn nicht ansah, spürte ich seinen Blick auf mir, wie Schmutz auf meiner Haut, den ich am liebsten abwaschen würde. Sein Lächeln wurde nie weniger aufdringlich, und er schien mir immer viel zu nahe zu sein. Alles an seiner Anwesenheit bereitete mir ein tiefes Unbehagen.

Wenn man bedachte, dass der einzige andere Mann hier buchstäblich Jagd auf mich machen wollte, wusste ich nicht, wer von beiden in Wirklichkeit das geringere Übel war.

Als die Nacht hereinbrach, wurde es nur noch schlimmer.

»Wir sollten nahe beieinander schlafen«, schlug Rich vor.

»Uns gegenseitig den Rücken freihalten. Vielleicht können wir unsere Körperwärme teilen, falls es zu kalt wird.«

Er sagte das so lässig, dass ich fast glauben konnte, dass er keine ruchlosen Absichten dahinter verbarg. Aber ich spürte, wie sich sein Blick seitlich in mein Gesicht brannte und mich ausgiebig musterte, während ich so tat, als würde ich ihn nicht hören.

»Was sagtest du noch mal, wofür du verurteilt wurdest?«, fragte ich und wusch mir zur Ablenkung die Hände im Bach.

»Hm? Das ist ein ganz schöner Themenwechsel.« Rich gluckste. »Ich dachte, wir überlegen uns, wie wir schlafen.«

»Tu mir den Gefallen.« Ich sah ihn an und bemerkte, dass seine Augen schon wieder auf meinem Gesicht klebten. »Ich habe es nur vergessen, das ist alles.«

»Vandalismus«, schnaubte er. »Ich habe eines dieser schicken Gebäude im Norden der Stadt beschmiert.«

»Ach ja, richtig.« Ich versuchte, ein verlegenes Lächeln aufzusetzen, während ich in Wirklichkeit mit den Zähnen knirschte. »Also, ich denke, wir sollten in Schichten schlafen.«

»Schichten?«

»Ja, eine Person bleibt ein paar Stunden wach, während die andere schläft. Dann wechseln wir.« Ich wischte meine Hände an meiner Hose ab, um sie zu trocknen. »Ich kann die erste Wache übernehmen. Du musst erschöpft sein nach dem Tag, den du hinter dir hast ...«

»Blödsinn!« Rich wedelte mit einer Hand durch die Luft. »Du hast mich herumgeführt, dein Essen und Wasser mit mir geteilt. Du ruhst dich zuerst aus. Ich bestehe darauf.«

»Oh nein, es macht mir wirklich nichts aus. Ich habe mich an diesen Ort gewöhnt. Aber für dich müssen der Stress und das Adrenalin ...«

»Ganz genau.« Er unterbrach mich wieder. »Ich werde sowieso kein Auge zutun. Und außerdem«, er ließ seinen Blick über meinen Körper gleiten, »nichts für ungut, aber ich kann mich wahrscheinlich besser gegen einen Minotaurus wehren als du.«

Ich schluckte. Mein ganzes Wesen schrie mich an, dass das eine schlechte Idee war. Ich wollte nicht schlafen, während er wach war. Aber ich wollte noch weniger, dass wir nebeneinander schliefen.

»Okay«, zwang ich meinen Mund zu sagen. »Weiter oben gibt es eine kleine Höhle, die den meisten Wind abhält, deshalb schlafe ich gern dort. Sie ist gerade groß genug, dass sich eine Person hinlegen kann, so können wir uns beim Bewachen des Eingangs abwechseln.«

Wahrscheinlich war der Wink mit dem Zaunpfahl, dass ich ihn nicht in meiner Nähe haben wollte, während ich schlief, nicht deutlich genug, denn Rich lächelte breit. »Ausgezeichnet. Zeig mir den Weg.«

Ich stapfte in die Richtung und meine Füße wurden mit jedem Schritt, den ich meinem privaten Schlafplatz näher kam, schwerer. Ich suchte die umliegenden Felssäulen nach goldenen Hörnern ab, aber ich sah keine.

»Hm, diese Höhle ist klein«, sagte Rich, als wir unser Ziel erreichten. Er klang enttäuscht.

»Ja. Es passt nur eine Person hinein, wie ich schon sagte. Aber sie ist ein guter Schutz vor dem Wind. Und der Felsen dort ist ein guter Aussichtspunkt.« Ich zeigte auf den Stein, der gut drei Meter entfernt lag. »Wenn du müde wirst, kannst du mich wecken und ich übernehme.«

»Klingt gut.« Er ließ sich viel Zeit, um sich zu dem Felsen zu schlängeln. »Schlaf gut.«

»Danke.« Ich wollte etwas Abstand von ihm gewinnen und zwängte mich in die Höhle, wo ich mich in meinen kleinen Stapel von den Skeletten gestohlener Kleidung kuschelte. Körperlich war ich erschöpft, aber mein Verstand hörte nicht auf zu rasen.

Der Minotaurus wusste wahrscheinlich, dass Rich hier war.

Was bedeutete das für Rich? Für mich? Würde er uns beide auf dieselbe Weise jagen? Irgendwie bezweifelte ich das. Richs Tage waren wahrscheinlich gezählt, aber meine auch. Ich verspürte ein schlechtes Gewissen, weil ich so nervös auf ihn reagierte. Er war wahrscheinlich der letzte Mensch, mit dem ich Kontakt haben würde.

Nein, ich werde fliehen, sagte der hartnäckige Teil meines Gehirns. *Morgen werden wir uns genauer ansehen, wo der Bach ein- und ausfließt. Ein zweites Paar Augen wird helfen, und dann werde ich zu Mom zurückkehren.*

Zufrieden mit diesem Gedanken schlief ich schneller als erwartet ein.

* * *

ALS ICH AUFWACHTE, HÖRTE ICH ZUERST ETWAS, DAS WIE REGEN klang. Ein gleichmäßiges, konstantes ... Etwas. Als ich mir die Augen reiben wollte, ließ mich ein stöhnendes Geräusch erstarren. Und dann hörte ich laute, schwere Atemzüge.

Oh, fuck! Oh nein, sag bloß nicht ...

Das Geräusch war kein Regen, sondern ein Mann, der seinen Schwanz wichste.

Direkt neben mir.

Ich lag auf der Seite, abgewandt vom Höhleneingang. Ich wagte nicht, mich umzudrehen. Es war schon schwer genug, gleichmäßig zu atmen und so zu tun, als ob ich noch schliefe. All meine Instinkte hatten bei diesem Widerling verdammt noch mal recht gehabt. Kein Wunder, dass er so widersprüchlich war, als ich gefragt hatte, wofür er verurteilt worden war.

Rich stöhnte erneut und murmelte leise Flüche vor sich hin. Mein Entsetzen nahm zu, als ich die tastenden Finger auf meinem Rücken spürte. Er hielt inne, wahrscheinlich um zu sehen, ob ich mich bewegte, und fuhr dann fort.

Fass mich verflucht noch mal nicht an, du kranker Bastard!

Ich wusste nicht, was ich tun sollte. Meine Fähigkeit, zu verarbeiten und einen Plan zu entwerfen, geriet ins Stottern, als seine Finger über meine Seite zu meiner Brust griffen.

Was würde er tun, wenn ich seine Hand wegschlagen und ihn anschreien würde, dass er sich verpissen soll? Sich entschuldigen? Es herunterspielen? Oder mich tatsächlich angreifen?

Ich kannte die Antwort nicht. Die sicherste Option schien es zu sein, weiter so zu tun, als ob ich schliefe und zu warten, bis es vorbei war.

Dann ließen andere Geräusche meine Augen aufspringen. Das Klopfen von großen, schweren Hufen auf Stein und wütende, schnaubende Atemzüge.

Richs Hand löste sich sofort von mir. »Heilige Scheiße!«, rief er aus.

Ich drehte mich um und sah eine riesige Silhouette vor der Höhle aufragen. Aus den breiten Nasenlöchern des Stierkopfes entwich Dampf. Die Fäuste des Minotaurus waren geballt, und jeder Muskel in seinem Körper pochte mit einer unmenschlichen Kraft. Der lange Stierschwanz hinter ihm war nur noch ein verschwommener Schatten, weil er so wütend um sich schlug.

Rich starrte den Minotaurus schockiert mit offenem Mund an. Seine Hose war offen, und sein Schwanz hing jetzt klein und schlaff zwischen seinen Beinen.

»Ich ... Guck mal, ich habe sie für dich mitgebracht!« Er fuchtelte mit einer zitternden Hand in meine Richtung. »Ein Opfer für dich! Als Tribut an d-deine Macht und Größe.«

Fast hätte ich über seine lächerliche Lüge lachen wollen. Dann fiel mir ein, dass er dachte, ich hätte den Minotaurus noch nie gesehen.

»Eine s-solche Stärke und Kraft wie d-die deine sollte geehrt werden. Mach mit ihr, was du willst. I-ich bitte nur darum, dass du für dieses Geschenk mein Leben v-verschonst.« Richs ganzer

Körper zitterte, als er den Kopf senkte und versuchte, bescheiden zu wirken, während er mich vor den Bus warf.

Der Minotaurus würdigte mich jedoch keines Blickes. Seine glühenden Augen blieben auf den feigen Mann gerichtet, dessen Hose noch immer offen war. Dann bewegte er sich und schlug mit der Geschwindigkeit eines erfahrenen Raubtiers zu. Das Nächste, was ich hörte, war das ekelhafte Aufschlagen von Richs Kopf gegen den Ausguckfelsen.

Rich stieß ein jämmerliches Wimmern aus und strampelte mit den Füßen in der Luft, da der Minotaurus ihn an der Kehle festhielt. Ich konnte nicht wegsehen, als das gehörnte Monster Rich mit seinem muskelbepackten, voll ausgestreckten Arm hochhob. Im Vergleich zu der riesigen Kreatur, die ihn mit eisernem Griff festhielt, sah dieser Perverse wie ein Kind aus.

Richs Gesicht färbte sich langsam lila, während er vergeblich an der Hand des Minotaurus, die sich um seinen Hals gelegt hatte, zerrte. Dann öffnete der Minotaurus seine Hand und warf seinen Kopf nach vorn, genau in dem Moment, als er Rich fallen ließ.

Ich würde das Geräusch von Hörnern, die einen Körper durchbohrten, so lange ich lebte, nicht mehr vergessen. Ich schrie, aber es löschte das Geräusch nicht aus. Nichts würde das jemals tun. Genauso wenig würde ich jemals den Anblick vergessen, der sich mir direkt vor meinen Augen bot.

Die Hörner des Minotaurus ragten aus Richs Rücken heraus, bedeckt mit Blut und Eingeweiden. Ich rollte mich aus meiner Schlafhöhle und kotzte sofort über den ganzen Boden.

Selbst dann konnte ich meinen Blick nicht abwenden.

Der Minotaurus griff mit beiden Armen nach oben und rupfte Rich so mühelos von seinen Hörnern, als würde er ein Huhn von einem Bratspieß nehmen. Dann nahm er seine menschliche Gestalt an, während Blut und Eingeweide noch immer an seinem Gesicht, seinen Armen und seinem Oberkörper heruntertropften. Mit einem kranken Platschen schleuderte er Rich erneut gegen den Felsen und hielt ihn an der Kehle fest. Zu meinem Entsetzen blinzelten Richs Augen langsam und sein Unterkiefer bewegte sich auf und ab, als ob er zu sprechen versuchte.

Obwohl er auf den Hörnern des Minotaurus aufgespießt worden war, lebte er noch.

Der Minotaurus beugte sich nah an das Gesicht des Sterbenden heran, fletschte die Zähne und blitzte ihn an. »Du wirst nicht anfassen, was mir gehört.«

Er ließ die Kehle des Mannes los, und Rich fiel in einem blutigen Haufen zu Boden. Wenn er noch nicht tot war, war es nur noch eine Frage von Minuten. Erst dann schaute mich der Minotaurus an.

Seine Augen fixierten meine, während er Richs Blut aus seinem Gesicht wischte. Diese gespenstische goldene Farbe seiner Augen brannte, als ob sie in einer Schmiede geschmolzen worden wären. Abgesehen davon konnte ich seinen Gesichtsausdruck nicht deuten, was wahrscheinlich an meinem eigenen Schock und der Tatsache lag, dass sein Gesicht immer noch voller Blut war.

So schnell wie der Moment gekommen war, endete er auch wieder. Der Minotaurus blickte weg und starrte hinunter auf Rich, der immer noch blutend auf dem Boden lag. Er bückte sich, um das Bein des Sterbenden zu packen, dann drehte er sich um und ging, Richs Körper hinter sich herschleifend.

8

———

ARIADNE

Danach konnte ich nicht mehr schlafen, geschweige denn essen oder trinken oder die Realität ertragen, wenn ich ganz ehrlich sein sollte. Jedes Mal, wenn ich die Augen schloss, sah ich Richs verstümmelten, blutigen Körper, aus dessen Rücken die Hörner des Minotaurus ragten. Ich fühlte mich fast so krank wie am Anfang, als ich das Wasser aus dem Bach getrunken hatte.

Der Tagesanbruch kam und der Minotaurus kehrte nicht zurück. Ich konnte nicht einmal erahnen, wohin er gegangen war. Wohin hatte er Rich gebracht? Was hatte er mit der Leiche gemacht? Oh Gott, war er auch noch ein Kannibale?

Mein Magen krampfte sich zusammen und ich fing an zu husten. Ich musste von hier verschwinden. Alles lief auf diese eine Sache hinaus. Ich hatte gerade gesehen, wie ein Mann brutal ermordet worden war, und das war mehr als genug. Es spielte keine Rolle, dass Rich ein widerlicher Perverser gewesen war. Ein solch brutaler Tod war unangemessen.

Wenn mein Verstand sich nicht auf seine Hinrichtung fixierte, dann auf den Minotaurus selbst. Ich hatte ihn noch nie so wütend gesehen. Als er mich gejagt hatte, wirkte er fast verspielt. Es war ja auch ein Spiel für ihn. Letzte Nacht war das ganz anders gewesen. Er war überhaupt nicht auf Rich eingegangen, außer um ihn zu töten.

Es hatte fast den Anschein gehabt, als hätte er mich beschützen wollen.

Ich schnaubte so heftig, dass mein Husten wieder anfing. »Ja, klar, Ari.«

Der Minotaurus war nur verärgert gewesen, dass er sein Spielzeug mit jemand anderem teilen musste. Für alle hier war ich nichts anderes als ein Spielzeug.

Tja, ich hatte es satt, ein Spielzeug zu sein. Und ich wollte verdammt noch mal hier raus.

Mit diesem festen Entschluss verließ ich die Felsformation, die ich als *meine* Höhle deklariert hatte, und ging in Richtung des Baches. Heute würde ich ihm folgen und sehen, wohin er führte. Mit etwas Glück würde er mich von hier wegbringen. Schließlich musste jedes Wasser doch irgendwohin, oder?

Mein Magen knurrte, als ich am rauschenden Bach entlanglief. Der Minotaurus hatte mir heute Morgen nichts zu essen gebracht. Vielleicht hatte mein Bauch das Memo nicht erhalten, aber mein Kopf konnte sich nicht von der Vorstellung lösen, dass der Minotaurus den armen Rich zum Frühstück zubereitete.

»Hehe. Dann hätte ich doch lieber Schenkel statt Arme«, kicherte ich. »Ich bin wirklich am Durchdrehen, oder?«

Ich tauchte die Thermoskanne in den Bach und warf eine Reinigungstablette hinein. Das Wasser musste reichen, bis ich wieder draußen war.

Mein Spaziergang dauerte etwa eine halbe Stunde. Ich konnte immer noch nicht fassen, wie *groß* dieses Labyrinth war. Es schien, als ob alle Slums von MinoTek hineinpassen würden, und am Ende noch Platz wäre.

Ich kam an einen sanften Abhang und der Anblick, der sich mir eröffnete, ließ mein Herz vor Verzweiflung sinken.

Der Bach mündete in einen kleinen See.

Er war schön, kein Zweifel. Weiches grünes Gras bedeckte den Boden, und es gab hier sogar Bäume. Auf der anderen Seite des Sees, der eigentlich eher ein Teich war, befanden sich weitere Felsstrukturen. Die Sonne schien hell, und ich merkte, dass die Öffnung in der Höhlendecke hier breiter war. Es fühlte sich fast so an, als wäre ich draußen in einem Tal zwischen ein paar felsigen Hügeln.

Aber auch die schönste Aussicht änderte nichts an der Tatsache, dass ich immer noch hier im Labyrinth mit einem Monster gefangen war.

»Fuck!« Ich wollte meine Thermoskanne mit Wasser gegen die Felsen schleudern, aber dieses Ding war es, was mich am Leben hielt. Es fühlte sich an wie eine weitere Verhöhnung seinerseits. Immerhin hatte *er* den Behälter und die Reinigungstabletten zur Verfügung gestellt. Arrogantes, mörderisches, wahrscheinlich kannibalistisches, gehörntes Arschloch.

Wütend drehte ich mich um, um in die andere Richtung zu gehen. Jetzt, da ich wusste, wo der Bach mündete, war es an der Zeit herauszufinden, woher das Wasser kam.

Und wenn *das* nicht zu einem Ausweg führte ...

»Denk nicht darüber nach, geh einfach weiter«, sagte ich.

»... Hilfe ...«

Ich dachte, ich hätte mir die zaghafte Stimme eingebildet, bis ich gleich darauf ein schmerzhaftes Stöhnen hörte.

»Hallo?«, rief ich und mein Herz raste, als ich mich wieder zum Teich drehte. Es war definitiv nicht der Minotaurus, diese Stimme konnte er nicht vortäuschen. Also ein anderer Mensch?

»... Hier drüben ... Hilfe, bitte ...«

Ich ging direkt auf die raue, flüsternde Stimme zu und merkte erst jetzt, wie unglaublich dumm ich mich verhielt. Selbst wenn es nicht der Minotaurus war, könnte es eines seiner Spiele sein. Mein erster Instinkt war immer, zu helfen, wenn ich gebraucht wurde, und auch wenn er es noch nicht wusste, war das eine Schwäche, die er ausnutzen konnte.

Geh einfach nur nicht zu nah ran, beschloss ich und spähte um einen Felsen am Ufer des Teiches herum. Diese Strategie war hinfällig, als ich sah, von wem die Stimme kam.

Meine Augen weiteten sich beim Anblick des jungen Mannes, der auf dem Boden lag. Er war blass und schweißgebadet und trug nur ein weißes T-Shirt und Boxershorts. Sein Kopf hob sich kraftlos vom Boden ab, seine Augen waren rot und seine Lippen rissig. Ich sah die gleiche Erkenntnis in seinen Augen.

Es war der Wandler-Polizist, der mich aus meinem Haus verschleppt hatte.

Sein Blick wanderte zu meinem Wasserbehälter und seine rissigen Lippen öffneten sich. »... Bitte ...«

Verdammt war mein verfluchtes, sentimentales, hilfsbereites Herz. Ich schraubte die Thermoskanne auf und ging mit extra viel Vorsicht auf ihn zu, aber das war nicht nötig. Irgendetwas stimmte ganz und gar nicht mit ihm, und er würde mich nicht verletzen können, selbst wenn er es versuchte.

Seine Augen waren geschlossen, die violetten Adern in seinen Lidern hoben sich deutlich von seiner blassen Haut ab. »... es tut mir leid, wegen damals ... bin einfach nur ... so durstig ...«

»Ist schon gut.« Ich wusste nicht, warum ich das sagte. Nichts war gut. Trotzdem kniete ich mich neben ihn und streckte meine Hand aus, damit er aus dem Gefäß trinken konnte. Der Wandler schien kaum stark genug zu sein, um zu schlucken. Er spuckte mehr Wasser aus, als er trank.

»Was ist mit dir passiert?«, fragte ich, nachdem er ein paar Schlucke herunterbekommen hatte.

Er blinzelte und Tränen tropften ihm aus den Augen und die Nase hinunter. »... Sterben ...« Er blinzelte wieder, als würde er versuchen, sich auf mich zu konzentrieren. Ich bemerkte, dass seine Augen milchig wurden. »... Tut mir leid ... wegen ...«

»Ist schon gut«, sagte ich wieder. »Du hast doch nur Befehle befolgt, nicht wahr? Es schien, als hättest du keine andere Wahl gehabt.«

Der Kopf des Wandlers schüttelte schwach. »Keine ... Wahl ...«

Ich griff nach seiner Hand und hatte Mitleid mit dem Mann, der mich von zu Hause weggezerrt und hier hineingeworfen hatte. Was für eine kranke Ironie.

Ich spürte Fell unter meinen Fingern, und als ich hinunterschaute, sah ich, dass seine große Hand mit schwarzen Krallen versehen war und sich in eine Wolfspranke gewandelt hatte.

Der Wandler stieß ein weiteres schmerzhaftes Stöhnen aus, Blutgefäße quollen auf seiner blassen Haut hervor. »Lauf«, röchelte er. »... kann es ... nicht ... kontrollieren.«

Ich ließ seine Hand fallen und stand auf. Erst jetzt bemerkte ich, wie sich Schaum um seinen Mund bildete und seine Zähne zu langen Fangzähnen wurden. Unfähig, den Blick abzuwenden, ging ich rückwärts und stieß prompt mit dem Rücken an eine Wand.

Eine warme Wand, die atmete und ebenfalls vor Schmerzen stöhnte. Ich drehte mich um und sah mich von Angesicht zu Angesicht mit einem Gorilla. Auch dieser Wandler hatte Schaum vor dem Mund und seine Augen waren blutunterlaufen. Wo zum Teufel kam der denn jetzt her?

Als ich vor ihm zurückwich, ertönte hinter mir ein leises Knurren. Ich warf einen Blick über die Schulter und sah einen riesigen Wolf, der sich den schaumigen Speichel vom Maul leckte und durch seine aufgestellten Nackenhaare riesig aussah.

Fuck, ich war noch dümmer, als ich dachte, wenn ich es geschafft hatte, zwischen *zwei* Wandler zu geraten, die sich gegenseitig umzubringen drohten.

»Ariadne!«

Ich wusste nicht, ob ich gerettet oder noch mehr am Arsch war, als der Minotaurus meinen Namen rief. Er kletterte von den höchsten Felsen herunter, flink wie ein Ziegenbock, und starrte die beiden Wandler an, als er auf dem Boden aufkam. Wenigstens hatte er sich von Richs Blut gereinigt, was eine Erleichterung war.

»Bleib hinter mir!«, bellte der Minotaurus.

Oh, dann wollte er mich also retten. Damit konnte ich umgehen.

Aber als ich losrannte, versuchten der Wolf und der Gorilla mir zu folgen.

Ich hörte das Kampfgebrüll und sah für den Bruchteil einer Sekunde einen riesigen schwarzpelzigen Arm auf mich zuschwingen. Ich schloss die Augen und tauchte ab, um mich in Sicherheit zu bringen, aber der Schlag kam nicht an.

Die nächsten Minuten waren erfüllt mit Geräuschen von aufeinanderprallendem Fleisch, Schreien des Schmerzes und der Aggression, knackender Knochen und mehr Brutalität, als ich mir je vorstellen wollte. Ich schloss die Augen, presste mir die Handflächen auf die Ohren und blieb so, bis die meisten Geräusche verklungen waren.

Als ich mich traute, hinzusehen, lag der Wolf tot in einem grauen Fellhaufen, sein Hals war in einem seltsamen Winkel gekrümmt. Der Minotaurus und der Gorilla umkreisten sich aufmerksam, beide erschöpft und schwer verletzt. Der Minotaurus, jetzt in seiner stierköpfigen Gestalt, hatte blutige Hörner, und der Gorilla klammerte sich an eine klaffende Wunde in seiner Seite. Der Minotaurus schleifte einen blutigen Huf hinter sich her, und es sah so aus, als ob er mehrmals in seine Arme und seinen Oberkörper gebissen worden wäre. Ein großer roter Bluterguss erstreckte sich fast über seine gesamte rechte Seite.

Der Gorilla fletschte die Zähne, aber das Brüllen, das folgte, war schwach. Als er seine Hand über seiner Wunde bewegte, konnte ich einige seiner inneren Organe sehen. Der Minotaurus stampfte mit seinem guten Huf auf und brüllte mit geweiteten Nasenlöchern, aber auch er klang schwach.

Es war jetzt ein Ausdauertest, bei dem beide herausfinden wollten, wer als Letzter noch stehen würde.

Der Minotaurus senkte seinen Kopf und zielte mit seinen Hörnern auf den Gorilla, als dieser sich nach vorn stürzte.

»Nein!«, quietschte ich und hielt mir den Mund zu.

Er stürzte und landete hart auf seinen Unterarmen und hatte kaum noch Kraft, sich selbst aufzufangen. Der Gorilla war auch gefallen, aber rückwärts, um den Hörnern auszuweichen. Und das war es, was ihn besiegte.

Sie waren am Ufer des Teiches, und der Gorilla war auf dem blutverschmierten Gras ausgerutscht. Er fiel ins Wasser, und es dauerte nur eine Minute, bis die Oberfläche wieder ruhig war.

Alles war ruhig, fast schon wieder friedlich. Vögel zwitscherten, und das Wasser tröpfelte. Das schwerfällige Atmen des Minotaurus war das einzige Anzeichen dafür, dass etwas nicht stimmte. Das und der Körper des Wolfes, natürlich.

Der Minotaurus wandelte sich zurück in seine menschliche Gestalt, was in seinem Zustand sehr anstrengend zu sein schien. Seine Augenlider hingen schwer herunter und seine goldenen Augen sahen mich einen Moment lang an.

»Ariadne ...«, flüsterte er, bevor er das Bewusstsein verlor.

9

ZERUHN

Einen Moment lang hatte ich gedacht, der Tod würde mich doch noch holen. Die Schwärze zog mich wie eine große, dunkle Welle unter sich, und ich ließ mich widerstandslos von ihr mitreißen. Ein Kampf auf Leben und Tod zwischen zwei Wandlern war sicher nicht die schlechteste Art zu sterben. *Endlich kann diese beschissene Existenz ein Ende haben.*

Aber kaum hatte mich das süße Nichts erfasst, rissen mich die Qualen und Verletzungen meines Körpers zurück. Ich stöhnte auf, sowohl vor Schmerz als auch vor Frustration, als das Bewusstsein und die Gefühle zurückkehrten. *Ein weiterer Tag, ein weiterer Tod, der nicht mein eigener ist.*

Ich öffnete langsam die Augen und erwartete, dass mir die grelle Sonne in die Augen schien, wie immer, wenn ich nach einem Kampf mit einem Wandler aufwachte. Aber dieses Mal schwebte etwas über mir und blockierte das Licht.

»Lago, geh runter!«, krächzte ich. Es wäre nicht das erste Mal, dass er sich auf meine Brust setzte, während ich bewusstlos war.

Irgendetwas zerrte und kribbelte an meiner Seite, und ich wollte blindlings danach schlagen.

»Reiß die nicht raus!«, tadelte mich jemand. »Ich habe gerade erst die Blutung gestoppt.«

Ich öffnete meine Augen vollständig und blinzelte mehrmals ungläubig. Es war Ariadne an meiner Seite, meine rehäugige Beute. Sie nähte eine Wunde an meinem Bauch, direkt unter meinem Bauchnabel, zusammen. Ihre Augenbrauen waren konzentriert zusammengezogen, als sie eine kleine Knochennadel und ein Stück Faden durch mein Fleisch zog. Der Anblick war auf seltsame Weise faszinierend und grotesk zugleich, und trotzdem konnte ich meine Augen nicht von ihrem Gesicht abwenden.

»Was machst du da?«, fragte ich sie, nachdem ich ihr einen Moment bei der Arbeit zugesehen hatte.

»Wonach sieht's denn aus? Ich nähe dich wieder zusammen.« Ariadne klang nicht gerade erfreut über diese Aufgabe. »Damit deine Eingeweide nicht den Boden vermüllen, so wie die von den beiden.« Sie zuckte mit dem Kopf und deutete auf die Leichen der beiden Wandler, die ich getötet hatte. »Oder wie Rich«, fügte sie mit leiser Stimme hinzu. Ich konnte mir nur vorstellen, dass Rich der widerliche menschliche Mann gewesen war, der bei der ersten Gelegenheit seinen Schwanz herausgeholt hatte.

»Du hilfst mir.« Normalerweise war ich nicht so schwer von Begriff, aber das warf mich aus der Bahn. »Warum?«

Ariadne zuckte mit den Schultern und fuhr unbeirrt mit ihrer Arbeit fort. »Es erschien mir falsch, es nicht zu tun. Es war schon zu spät, um den anderen zu helfen.«

»Du hättest *den anderen* geholfen?« Ich hätte fast gelacht, aber Atmen und Sprechen waren schon schmerzhaft genug. »Die Wandler hätten dich in Stücke gerissen und sich bis zum Tod um deinen Leichnam bekämpft. Und der Mensch?« Die Erinnerung daran, wie sie so bereitwillig mit ihm gesprochen und ihn angelächelt hatte, entlockte meiner Brust ein Knurren. »Wenn du gewollt hättest, dass er dich anfasst, warum habe ich dann deine Angst und deinen Ekel gerochen?«

»Ich *wollte* nicht, dass er es tut! Ich wollte nur ...« Sie stoppte sich selbst, offenbar nicht bereit zu diskutieren.

»Dann habe ich dir einen Gefallen getan«, sagte ich mit zusammengebissenen Zähnen. »Seine Versuche wären nur noch schlimmer geworden, wenn ich ihn am Leben gelassen hätte.«

Sie starrte mich an und hielt mit der Nadel über mir inne, als wollte sie mich damit stechen. »Was hast du mit seiner Leiche gemacht?«

Ich blinzelte sie an. Vielleicht war ich doch tot, denn dieser ganze Austausch war zu seltsam, um Realität zu sein. »Was spielt das für eine Rolle?«

»Hast du ihn gegessen?«

Ich lachte laut auf und bereute es sofort, als die Muskelbewegung schmerzhaft an den Fäden zerrte, die meine Wunde zusammenhielten. »Nein. Ich esse keine Menschen. Ich habe ihn begraben, damit er die Gegend nicht vollstinkt.« Sie sah einen Moment lang erleichtert aus, bis ich hinzufügte: »Wenn seine Knochen saubergeleckt sind, lege ich ihn zu meiner Sammlung am Eingang.«

Das hatte ich nicht mit *allen* Skeletten der Menschen gemacht, die ich getötet hatte. Nur mit denen, die ich am wenigsten mochte.

Ariadne stieß einen Atemzug durch ihre Nase aus, ähnlich wie mein Stierkopf, wenn er verärgert war. Allerdings sah das bei ihr viel süßer aus. »Was stimmte mit den Wandlern nicht?«, fragte sie als Nächstes mit leiser Stimme. »Warum haben sie sich so verhalten?«

Meine Augenbrauen wanderten überrascht nach oben. »Das weißt du nicht? Sie waren schlicht und einfach abgelaufen.«

»Abgelaufen?« Sie runzelte die Stirn.

»Am Ende ihrer Lebensdauer«, stellte ich klar. »Erledigt.

Ausgelaufen. Wenn Wandler ihr Ende erreichen, werden sie tollwütig und gewalttätig. Sie töten alles, was sich ihnen in den Weg stellt, bis etwas anderes sie tötet.«

»Aber ...« Ariadnes Stirnrunzeln vertiefte sich. »Der Wolf sah so jung aus wie ein Mensch. Anfang zwanzig, vielleicht höchstens fünfundzwanzig.«

Armes Ding. Sie wusste es wirklich nicht. Die kalten, abgestorbenen Überreste meines Herzens schmerzten tatsächlich ein wenig für sie.

»Dreiundzwanzig bis fünfundzwanzig Jahre ist die typische Lebenserwartung eines Wandlers.« *Nur nicht für diesen hier*, dachte ich verbittert. »Normalerweise werden sie mit fünfzehn Jahren in den Dienst gestellt und dienen dem Staat acht bis zehn Jahre lang.«

Ariadne blieb der Mund offen stehen. »Das ist ja furchtbar! Ich meine, für Menschen ist das *so* jung!«

»Wandler werden nicht geboren. Sie werden erschaffen«, sagte ich. »Die meisten von ihnen sind Klone.«

»Das wusste ich. Ich habe nur nie darüber nachgedacht, schätze ich. Ich kann mir nicht vorstellen, mit fünfundzwanzig Jahren am Ende meines Lebens zu stehen, das ist verrückt.«

»Die Wissenschaftler waren nie in der Lage, ihre Lebensspanne darüber hinaus zu verlängern, nicht ohne dabei andere Eigenschaften zu beeinträchtigen«, erklärte ich. »Die Vorprogrammierung, die menschliche DNA, die mit der von Tieren gekreuzt wird, die großen Mengen an Testosteron für Muskelmasse und Kraft – all das beschleunigt die Abnutzung des Körpers und des Gehirns.«

Ariadne sah mich mit einem wachsamen Blick an, ihre Augen verengten sich. »Woher weißt du so viel? Und Moment mal, bist *du* nicht auch ein Wandler?«

»Kein besonders guter.« Ich lachte, bevor ich mich daran erinnerte, wie schmerzhaft jede Bewegung war. »Wenn du mir wirklich helfen willst, hol den Erste-Hilfe-Kasten aus meiner

Schlafhöhle. Lago wird dir den Weg zeigen.« Ich zuckte mit dem Kinn in Richtung des Rasselbocks, der einige Meter entfernt Gras mampfte.

»Erste-Hilfe-Kasten?« Ariadne schaute zwischen mir und Lago hin und her, wobei ihr Haar bei der Bewegung ihres Kopfes eine schimmernde dunkle Welle formte.

»Du hast mich gut zusammengenäht.« Ich schaute auf ihre Arbeit hinunter. Sie hatte die schlimmsten Wunden an meinem Bauch, meinen Rippen und meinem Unterarm geschlossen. »Aber ich nehme an, dass du kein steriles Werkzeug benutzt hast, also werde ich ohne die Sachen aus dem Kasten trotzdem an einer Infektion sterben.«

Ariadne schnaubte, als sie sich aufrichtete. »Ich weiß, wie das mit der Infektionsprävention funktioniert. Entschuldige bitte, dass ich es seltsam finde, dass *der Minotaurus* einen Erste-Hilfe-Kasten hat.«

Sie ging los und folgte Lago, und ich genoss den Anblick ihrer langen Beine, bis ich sie nicht mehr sehen konnte. Ich schloss wieder die Augen, während ich auf ihre Rückkehr wartete, und atmete vorsichtig und dosiert, um meine Wunden nicht zu verschlimmern.

Die Tatsache, dass ich einen Erste-Hilfe-Kasten hatte, änderte nichts an der Tatsache, dass meine Beute, eine Gefangene des Labyrinths, meine Wunden genäht hatte. Ich war mir so gut wie sicher, dass Ariadne mir das Leben gerettet hatte.

Aber warum?

Ich hatte ihr schreckliche Angst gemacht. Sie zog die Gesellschaft eines perversen Menschen der meinen vor. Ich hatte diesen erbärmlichen Mann nicht nur getötet, weil er sich ohne ihr Einverständnis selbst befriedigt hatte, sondern auch, weil meine egoistischen, territorialen Instinkte sie nicht mit einem anderen teilen wollten. Er hätte versucht, sie mir wegzunehmen, um sie für sich zu haben. Das hatte ich nicht zulassen können.

Und ich würde es wieder tun.

Ich tötete mühelos und oft. Aber ich hatte es nie aus diesen Gründen getan. Ich hatte mich noch nie so besitzergreifend gegenüber einer Gefangenen gefühlt. Und es wurde mit jeder Stunde, die verging, nur noch schlimmer.

Frauen waren selten im Labyrinth, aber Ariadne war nicht die erste. Einige der früheren Gefangenen hatten auch schon miterlebt, wie ich gegen abgelaufene Wandler gekämpft hatte. Wahrscheinlich hatten sie alle meinen Tod herbeigesehnt.

Sie auf die Weide schicken, so nannten die Wachen das Abladen von Wandlern hier. Manchmal brachten sie sich gegenseitig um, bevor ich sie erwischte. Um ehrlich zu sein, betrachtete ich diese Tötungen immer als Gnade. Mit einem tollwütigen, verfallenden Geist zu leben, schien eine besondere Art von Folter zu sein. Ein anderer Wolf, wahrscheinlich ein Klon des Wolfs, der mich gerade gebissen hatte, hatte mich letztes Jahr angefleht, ihn zu töten.

Ich dachte, ich hätte schon alles gesehen. Aber niemand, der hier hereingeworfen worden war, hatte jemals zuvor meine Verletzungen versorgt. In meinem Kopf drehte sich immer noch alles, als Lago und Ariadne zurückkamen. Ich setzte mich vorsichtig auf, nahm ihr den Kasten ab und fing an, nach dem antiseptischen Spray zu kramen.

»Gern geschehen«, brummte Ariadne gereizt.

Ich hielt inne. Ein ungewöhnliches Gefühl, das ich als Verlegenheit identifizierte, machte sich in meiner Brust breit. »Tut mir leid. Danke.«

Dann machte sie ein Gesicht, das ich nicht deuten konnte. Ich konnte alle möglichen molekularen Prozesse aufzählen, aber menschliche Ausdrücke waren schwierig für mich. Ich hatte nie genug Zeit mit jemandem verbracht, um die Bandbreite seiner Mimik und Emotionen zu deuten.

»Was?«

»Nichts.« Ihre Gesichtszüge glätteten sich mit einem kleinen

Kopfschütteln. »Ich schätze, ich habe nicht wirklich einen Dank von dir erwartet.«

Ich wollte alle ihre Gesichtsausdrücke im Detail studieren, ihre Augenbrauen und ihre Lippen mustern, um die Unterschiede in ihren Gefühlen genau zu erkennen. Alles, was sie tat, dachte, fühlte, wusste … Ich wollte alles herunterladen und wie kostbare Erinnerungsstücke aufbewahren.

»Warum nicht?«, drängte ich. »Ich bin dir dankbar für das hier.« Ich hielt den Erste-Hilfe-Kasten hoch. »Und auch für die Nähte.« Ich legte meinen Kopf schief und beobachtete immer noch ihren Gesichtsausdruck, um irgendwelche Anhaltspunkte zu finden. »Obwohl ich mir nicht sicher bin, was dich dazu bewogen hat, mir zu helfen.«

»Ja. Ich auch nicht, um ehrlich zu sein.« Ariadne strich sich die Haarsträhnen aus dem Gesicht. »Wie dem auch sei, du wolltest mir erzählen, woher du so viel über Wandler weißt.« Jetzt legte sie den Kopf schief und ahmte damit beinahe meine Mimik nach. »Du bist doch einer, oder? Aber du siehst älter aus als fünfundzwanzig.«

»Richtig. Ich wurde vor vierunddreißig Jahren, acht Monaten und einundzwanzig Tagen aus der Intubation entlassen.« Ich unterdrückte ein schmerzhaftes Zischen, als ich das Antiseptikum auf meine Verletzungen sprühte. »Aber wie du wahrscheinlich schon bemerkt hast, kann ich mich nicht vollständig in meine Tierform wandeln.« Ich kratzte an der Basis meines linken Horns. »Und ich behalte einige tierische Eigenschaften auch in meiner menschlichen Gestalt.«

»Das kann ich sehen.« Ariadnes Blick hob sich, als sie die Länge meiner Hörner betrachtete.

»Ich war einer der Prototypen, bevor die MinoTek-Ingenieure den Wandler-Bauplan auf den heutigen Stand gebracht hatten. Ich wurde also nicht mit der gleichen Menge an Hormonen und fremder DNA vollgepumpt wie die heutige Generation.«

»Du kannst also länger leben, hast aber nicht die vollen Wandlerfähigkeiten«, stellte Ariadne fest. »Gibt es noch mehr wie dich?«

»Es gab welche. Die Wissenschaftler haben sie alle getötet.«

»Was?«, keuchte sie. »Warum?«

»Alle Prototypen waren auf unterschiedliche Weise defekt. Schwache Immunsysteme. Unterentwickelte Gehirne und andere Organe. Einige hatten schreckliche, schmerzhafte Missbildungen.«

»Das ist ja furchtbar.« Ariadne legte eine Hand auf ihre Brust. »Aber sie haben dich ja offensichtlich nicht umgebracht.«

Ich konnte mir ein Lächeln nicht verkneifen. »Sie haben es versucht.«

»Und sind gescheitert?«

»Ariadne.« Fuck, ich liebte es, wie ihr Name in meinem Mund schmeckte. »Hast du es noch nicht bemerkt? Sie haben jeden einzelnen Tag, seitdem ich lebe, versucht, mich umzubringen.«

10

———

ARIADNE

Der Minotaurus sprach so nonchalant über Tod und Töten. Das war, vorsichtig ausgedrückt, beunruhigend.

Trotzdem erwischte ich mich dabei, wie ich begierig darauf war, die warme Tiefe seiner Stimme und den Rhythmus, in dem er sprach, zu hören. Er war viel redseliger, als ich erwartet hatte. Ich hatte kurze, stumpfe Sätze und grüblerisches Schweigen erwartet, aber er sprach über Prototypen und Gentechnik wie jemand, der in Upper MinoTek zur Schule gegangen war.

»Sie haben mich hier reingeworfen, weil alle Versuche des Staates, mich zu töten, fehlgeschlagen sind.« Er sagte es fast stolz, wobei er sein Kinn leicht anhob. »Niemandem, den sie hier reingeworfen haben, ist es gelungen, mich zu töten, also bleibe ich im Labyrinth.« Sein glühender Blick wanderte zu mir. »Es sei denn, du wirst diejenige sein, die es schafft, Ariadne.«

Ich konnte mich nicht entscheiden, ob die Art und Weise, wie er meinen Namen aussprach, wie eine Verhöhnung oder wie eine Liebkosung klang. »Warum sollte ich dich töten?«

»Warum nicht? Ich kann deine Angst sehen und riechen.« Er

schaute weg, seine goldenen Hörner schnitten schnell durch die Luft. »Ihr Menschen riecht immer nach Angst.«

»Das heißt nicht, dass ich dich töten würde. Außerdem«, ich schob mein Haar zurück, genervt davon, wie sehr er mich aus der Fassung brachte, »bist du verletzt. Es wäre kein fairer Kampf.«

»Fair?« Er lachte, bevor er eine schmerzverzerrte Grimasse zog. »Ist Fairness in der Menschenwelt wirklich wichtig?«

Da hatte er nicht ganz unrecht, aber das wollte ich ihm gegenüber nicht zugeben.

»Es wäre egal, wie du es gemacht hättest«, fuhr er fort. »Sie würden Loblieder über dich singen. Ariadne, diejenige, die den Minotaurus besiegt hat! Vielleicht lassen sie dich sogar hier raus und paradieren mit dir durch die Straßen.«

»Und dann würden sie mich wieder hier reinwerfen und ich wäre allein und würde um mein Leben kämpfen, während sie noch mehr Gefangene hierherbringen und dein Leichnam verrottet«, schnauzte ich. »Also nein, danke. Ich habe keine Ambitionen, allein als Königin des Labyrinths zu leben.«

Der Minotaurus schwieg einen Moment lang und sah nachdenklich aus. »Es ist schwierig, die meiste Zeit deines Lebens ganz allein zu verbringen. Da hast du recht.«

Tu's nicht, dachte ich. *Fang nicht an, Mitleid mit ihm zu haben.*

»Wie auch immer«, seufzte ich. »Ich bin keine Mörderin und ich könnte dich auch nicht einfach zum Sterben zurücklassen. Das ist falsch.«

Diesmal lachte er sanfter, weil er auf seine Wunden achtete. »Das ist lieb von dir, Rehauge. Aber auch töricht.«

»Wie kommst du darauf?« In meiner Stimme schwang Abwehrhaltung mit.

Diese goldenen Augen wanderten wieder zu mir. »Das hier wird nichts ändern. Dass du dich um meine Wunden kümmerst, heißt nicht, dass ich dich nicht wieder jagen werde, wenn ich wieder gesund bin.«

»Oh, keine Sorge«, schnaufte ich. »Ich habe nicht erwartet, dass du es dir anders überlegen würdest.«

Seine Augen verengten sich für einen Moment, als ob er beleidigt wäre. »*Warum* hast du mir dann geholfen?«

Weil ich dazu erzogen wurde, Leuten in Not zu helfen. Meine Mom würde mich das nie vergessen lassen, wenn ich es nicht täte. Weil egal, wer du bist oder was du getan hast, ich nicht will, dass du leidest.

Anstatt all das auszusprechen, zuckte ich mit den Schultern. »Es ist einfach das Richtige.«

Der Minotaurus schnaufte und drehte sich vorsichtig um, um seinen Bewegungsspielraum zu testen. »Du hast einen ausgeprägten Sinn für Recht und Unrecht, Ariadne.«

»Irgendjemand muss ihn ja haben.«

* * *

Ich hatte die Wunden des Minotaurus mit einer Knochennadel, die ich in meiner Schlafhöhle gefunden hatte, und einem abgerissenen Stück Schnur von meinem Hemd genäht. Aber er hatte immer noch einen gebrochenen Knöchel, und ich wusste nicht, was ich dagegen tun sollte.

Also richtete er ihn selbst, und dann musste ich ihm helfen, ihn zu verbinden. Er zeigte keine offensichtlichen Anzeichen von Schmerzen, außer dass er die Zähne zusammenbiss und hier und da ein paar Grunzer von sich gab. Es war klar, dass er seine gebrochenen Knochen schon einmal selbst gerichtet und seine Wunden wahrscheinlich auch selbst genäht hatte, jedenfalls soweit ich das anhand seiner Narben beurteilen konnte.

Zum zweiten Mal versuchte ich, das aufsteigende Mitleid für ihn zu verdrängen. Ich konnte mir nichts Einsameres vorstellen, als seine eigenen Wunden zu versorgen, nachdem man angegriffen worden war, ohne dass sich jemand anderes um einen kümmerte.

Er hat auch Menschen getötet, die wehrlos waren, erinnerte ich mich. Und jetzt war meine Mutter eine weitere Person, die gezwungen war, für sich selbst zu sorgen. Sie war diejenige, um die ich mir Sorgen machen musste, nicht um ihn.

»So kann ich nicht laufen«, grunzte der Minotaurus, nachdem er seinen Knöchel fest umwickelt hatte. »Du musst in meine Höhle zurückkehren und meine Krücken holen. Sie lehnen an der rechten Wand.«

Natürlich besaß er schon Krücken, und natürlich war er mit einem gebrochenen Knöchel, zusätzlich zu all seinen anderen Verletzungen, besonders mürrisch.

Auf meinen trotzigen Blick hin wurde sein Gesicht ein wenig weicher. »Bitte«, fügte er in einem sanfteren Ton hinzu. »Je schneller ich auf Krücken gehe, desto schneller brauchst du mir nicht mehr zu helfen.«

»Von mir aus.« Ich richtete mich auf. »Ich bin gleich wieder da.«

Ich war mir ziemlich sicher, dass ich den Weg kannte, weil ich mir vorhin den Erste-Hilfe-Kasten geschnappt hatte, und das war auch gut so, denn Lago wollte diesmal in der Nähe des Minotaurus bleiben. Als ich über meine Schulter schaute, hatte sich die Kreatur auf dem Bauch liegend ausgestreckt und entspannte sich neben dem verletzten Minotaurus. Ich sah weg, als der Minotaurus dem Tier sanft den Rücken streichelte.

Was für eine verwirrende Person. Wie konnte jemand, der so blutrünstig war, Momente der Wärme und Güte zeigen? Er hatte nicht gewusst, dass ich ihn beobachtete, also konnte es nicht nur Show gewesen sein. Ich beeilte mich mit meinen Schritten, denn meine Neugierde war geweckt. Vorhin hatte ich mir nur den Erste-Hilfe-Kasten geschnappt und war wieder losgerannt, aber jetzt hatte ich etwas Zeit zum Schnüffeln.

Die Schlafhöhle des Minotaurus war größer als die, die ich für mich gefunden hatte. Sie hatte ungefähr die Ausmaße einer kleinen Einzimmerwohnung, und er hatte diesen Raum eindeutig zu seinem Zuhause gemacht. Die Krücken fielen mir sofort ins Auge, denn sie waren eindeutig fabrikgefertigt – aus leichtem Metall mit Kunststoffteilen. Genau wie bei dem Erste-Hilfe-Kasten fragte ich mich: Woher hatte er diese Sachen?

Ich stand in der Mitte seiner Höhle und drehte mich langsam im Kreis, um mir alle Habseligkeiten des Minotaurus anzusehen.

Ein unförmiges Bücherregal lehnte an der hinteren Wand und war vollgepackt mit Büchern. Viele von ihnen waren dick und die Seiten kräuselten sich, als hätten sie Wasser abbekommen und wären dann getrocknet. Als ich näher trat, um die Buchrücken zu lesen, sah ich eine chaotische Mischung aus Belletristik und Sachbüchern. Es gab mehrere Werke über wissenschaftliche Theorien und sogar Lehrbücher über Technik und Physik. Ein Regal bestand ausschließlich aus Romanen – Titel, von denen ich noch nie gehört hatte, wie *Fahrenheit 451*, *Wer die Nachtigall stört* und *Aufstand der Tiere*.

Neben den Büchern standen in einem anderen Regal über ein Dutzend Flachbildschirme, die chaotisch an Kabeln befestigt waren. Es sah aus wie ein unfertiges Projekt, als ob der Minotaurus elektronische Geräte nur zum Spaß auseinandergenommen hätte.

Ich kratzte mich am Kopf, während ich mich weiter umsah. Ich wusste, dass er lesen und schreiben konnte. Er war intelligenter als ein typischer Wandler, die anscheinend nicht viel mehr konnten, als Befehle zu wiederholen und Menschen zu zwingen, sie zu befolgen. Aber die Bücher und Gegenstände hier und die Art, wie er sprach, erweckten den Eindruck, dass er auch viel intelligenter war als der typische Mensch.

Eine Erinnerung aus der Zeit, als ich etwa acht Jahre alt war, schoss mir durch den Kopf. Ich war in der Schule, in einem einzigen Raum mit schimmeligem Geruch und Wasserschäden an der Decke. Der Lehrer benutzte eine alte Tafel mit Kreide –

nichts im Vergleich zu den Privatschulen in Upper MinoTek mit Touchscreen-Tablets und KI-Lehrtafeln.

Ich war mit einem Jungen befreundet gewesen, dessen Name mir entfallen war, aber alle Lehrer bezeichneten ihn als *begabt* und als ein *Genie*. Ich hatte damals nicht gewusst, was das bedeutete, aber er langweilte sich immer, weil die Schulaufgaben zu leicht für ihn waren. Er beendete seine Aufgaben früh und gab mir dann Tipps für die Antworten.

Eines Tages waren zwei Vertreter von MinoTek in unserer Klasse erschienen. Wir waren alle erstaunt gewesen über ihre eleganten, sauberen Anzüge ohne Flecken oder Falten. Sie hatten sich kurz mit unserer Lehrerin unterhalten und dann meinen Freund aus der Klasse geholt. Er hatte mit den Augen gerollt, als sie ihn abgeführt hatten, denn für ihn war das wohl normal gewesen. Erwachsene hatten oft mit ihm gesprochen, hatte er gesagt. Sie hatten ihm komplizierte Fragen gestellt, als ob sie herausfinden wollten, wie klug er wirklich war.

Nach diesem Tag hatte ich ihn nie wieder gesehen.

Als ich die Lehrerin ein paar Tage später nach ihm gefragt hatte, sagte sie, dass er auf eine andere Schule, die seiner Begabung besser entsprach, versetzt worden war. Auch das konnte ich als Achtjährige nicht verstehen. Aber als ich jetzt, achtzehn Jahre später, in der Höhle des Minotaurus stand, machte es mich stutzig.

Der Minotaurus war nicht zurückhaltend, wenn es darum ging, zu erwähnen, dass er im Labor erschaffen wurde. War seine Intelligenz auch ein Produkt davon? Oder war sie eine natürliche Gabe, so wie bei meinem Freund, der mir weggenommen worden war?

Und egal, wie die Antwort lautete, woher hatte er diese Bücher und all die anderen Dinge? War er hier wirklich ein Gefangener wie ich, der zum Sterben zurückgelassen wurde?

Die Fragen schwirrten mir im Kopf herum, als ich mir die Krücken von den Wänden schnappte und mich aufmachte, die

Höhle zu verlassen. Etwas anderes fiel mir auf, und ich hielt in der Tür inne, um es mir genauer anzusehen. Neben seinem Bett, das aus einer dünnen, aber sauberen Matratze und mehreren geordneten Lagen von Decken bestand, lag das Foto einer Frau. Kein digitales Bild, sondern ein echtes, auf Papier gedrucktes Foto. Selbst die Leute in den Slums trugen nur noch selten physische Fotos mit sich herum.

Das Bild war ungerahmt und lag auf einem kleinen Beistelltisch. Die Frau lächelte strahlend, ihre Freude leuchtete durch die Tintenkleckse auf dem Papier. Sie war dunkelhaarig, vielleicht in ihren Dreißigern und trug ein Kleid.

Außerdem war sie schwanger und stützte mit einer Hand einen Babybauch im dritten Trimester, während sie in die Kamera lächelte. Diese Frau war in diesem Moment absurd glücklich gewesen. Wahrscheinlich hatte sie zwischen dem Lächeln für das Foto laut gelacht, denn sie strahlte das Glück praktisch in alle Richtungen aus.

Ich starrte das Foto eine ganze Weile lang an, noch verwirrter von dem Minotaurus und den Rätseln, die ihn umgaben. Wer war diese Frau? Sie war offensichtlich wichtig genug, um sie an sein Bett zu stellen, damit er sie jede Nacht sehen konnte.

Und was noch wichtiger war: Warum interessierte mich das?

Ich eilte mit Krücken davon und hoffte, dass meine Verzögerung nicht bemerkt worden war.

»Hat es dir Spaß gemacht, in meinen Sachen rumzuschnüffeln?«, schnaufte der Minotaurus und griff nach den Krücken, als ich mich näherte.

So viel dazu.

»Ich habe nicht *rumgeschnüffelt*«, protestierte ich und reichte sie ihm. »Ich habe mich nur ein bisschen umgesehen.«

»Hast du das Wörterbuch in meinem Bücherregal gesehen?« Er klemmte sich die Krücken unter die Achseln und drückte sich hoch. »Du kannst die Definition von Schnüffeln gerne selbst nachschlagen.«

Ich ließ mich nicht beirren und beobachtete misstrauisch, wie er sich aufrichtete. Die Krücken zogen an seinen genähten Wunden und er schien immer noch Schwierigkeiten zu haben, tief einzuatmen. Der Bluterguss, der sich über die gesamte rechte Seite zog, färbte sich ebenfalls rötlich-lila.

»Brauchst du Hilfe?«, fragte ich, bevor ich darüber nachdenken konnte. Er hatte sich aufgerichtet, aber er sah aus, als würde er gleich wieder umfallen.

»Nein, ich will nur ...« Er taumelte zur Seite und ich rannte hin, um seine unverletzte Seite zu stützen.

»Ich hab dich.« Er war schwerer als ein Sack Ziegelsteine, aber mit meiner Hilfe, den Krücken und seinem einen guten Bein schaffte es der Minotaurus, stehen zu bleiben.

Er machte ein verärgertes Geräusch. »Nur bis zu meiner Höhle, wo ich mich ausruhen kann.«

»Zauberwort?« Ich konnte mir ein Lächeln nicht verkneifen. Diese Situation war einfach nur bizarr und morbide, warum also nicht gleich um Manieren bitten?

Der Minotaurus biss die Zähne zusammen und knurrte: »Bitte.«

Ich legte eine Hand auf seine Taille und schlang die andere um seinen Rücken, wobei ich darauf achtete, seine Verletzungen zu meiden. Da fiel mir ein, dass ich ihn noch nie ein Hemd tragen gesehen hatte, und ich fragte mich, ob er überhaupt eins besaß.

Seine Haut fühlte sich warm an und die harten Muskeln darunter spannten sich bei jeder Bewegung an. Man musste ihm hoch anrechnen, dass er wirklich versuchte, nicht zu viel von seinem Gewicht auf mich zu verlagern. Ich fragte mich, wie viel davon sein Stolz war und wie viel der Versuch, mich nicht unter seiner Masse zu erdrücken.

Es war ein langsamer, mühsamer Weg zu seiner Höhle. Die

Sonne war bereits über den Spalt in der Decke gewandert, und das Licht im Labyrinth wurde immer schwächer. Ich hatte nicht bemerkt, dass der Kampf der Wandler und die Folgen den größten Teil des Tages in Anspruch genommen hatten.

»Hast du einen Namen?«, fragte ich, als der Eingang zur Höhle des Minotaurus in Sicht kam. Von allen Dingen, die ich über ihn wissen wollte, schien es mir am naheliegendsten, damit anzufangen. Es waren Tage vergangen, seit er meinen Namen erfahren hatte. Es schien nur fair, dass ich im Gegenzug seinen erfuhr.

Er entfernte sich von mir und stützte sich an der Felswand ab, die in seine Höhle führte. Drinnen angekommen, stellte er seine Krücken ab, drehte sich auf seinem guten Fuß um und ließ sich auf sein Bett auf dem Boden fallen.

»Zeruhn«, sagte er. »Mein Name ist Zeruhn.«

»Das ist ... einzigartig«, überlegte ich. »Bedeutet er etwas?«

»Pah.« Ein Lächeln umspielte seine Lippen. »Nicht wirklich. Ich war der Prototyp Nummer 0-9. Einer der englischen Wissenschaftler sagte immer Zero-Nine und irgendwann fasste er das zu dem Namen Zeruhn zusammen, weil es besser klang als zwei Zahlen. Menschlicher, denke ich.«

»Ich verstehe.« Ich mochte seinen Namen, aber aus irgendeinem Grund war ich zu schüchtern, ihm das zu sagen.

Es folgte eine peinliche Stille. Er hatte es sich zu Hause gemütlich gemacht, während ich einfach davor stand. Ich räusperte mich. »Also, äh, gute Nacht, Zeruhn.«

»Stopp.« Seine Stimme klang wie ein Knurren. »Du hast seit gestern nichts mehr gegessen.« Er schob sein Kinn in Richtung Höhleneingang. »In der Kühlbox hinter der Biegung gibt es Wasser und ein paar Vögel. Ich werde sie für uns zubereiten.«

»Ich kann sie für dich holen, aber ich ...«

»Ariadne.« Zeruhns goldene Augen wurden hitzig. »Du hast nur das gegessen, was ich dir gegeben habe, und ich will nicht, dass du verhungerst. Hol vier Vögel und genug Wasser für uns beide.«

Ich zögerte noch einen Moment, dann drehte ich mich um, um seinen Anweisungen zu folgen. Ein Teil von mir fragte sich, warum ich nicht so schnell wie möglich zu meiner eigenen kleinen Höhle rannte, aber vor allem war ich dankbar, dass ich bald eine Mahlzeit im Bauch hatte.

Und so ungern ich es auch zugeben wollte, ich war auch froh, jemanden zu haben, mit dem ich essen und reden konnte.

Die Kühlbox entpuppte sich als solarbetriebener Mini-Kühlschrank, dessen Zellenplatten perfekt positioniert waren, um so viel Sonne wie möglich abzubekommen. Darin befanden sich eine rostfreie Flasche mit Wasser, das bereits gereinigt war, wenn ich raten müsste, und mehrere Stücke Fleisch.

Die Vögel waren bereits gerupft, ausgenommen und gewaschen. Wenn ich es nicht besser wüsste, würde ich sagen, dass sie genauso aussahen wie das Fleisch, das ich manchmal auf dem Markt in meiner Heimat kaufte, wenn nicht sogar besser. Als ich zu Zeruhn zurückkam, hatte er bereits einen kleinen Campingkocher mit einem Topf Reis aufgestellt.

»Ist der auch solarbetrieben?«, fragte ich und setzte mich ihm gegenüber auf den Stuhl.

»Jetzt schon.« Er nahm mir das Fleisch ab und begann, es mit Gewürzen einzureiben. »Vorher war es ein Propangasherd, aber ich habe ihn auf Solarbetrieb umgestellt, als mir das Gas ausging.«

»Wie hast du das gelernt? Und woher hast du das ganze Zeug?« Ich deutete in der Höhle auf die Krücken, die Bücher und die verschiedenen elektronischen Geräte, die überall herumlagen.

»Ich werde dir alle meine Geheimnisse verraten, Ariadne.« Er setzte die Vögel auf eine kleine Pfanne auf dem Herd. »Für einen Preis.«

»Einen Preis?« Mir drehte sich der Magen um. Natürlich würde er etwas wollen. Das taten sie immer.

»Du darfst diesen Preis bestimmen.« Ein böser Humor erhellte seine Augen. »Überlege es dir gut.«

»Okay, ich werde es dich wissen lassen.« Ich rieb mir die Stirn, während das Essen kochte. Die Müdigkeit des Tages hatte mich schließlich eingeholt und ich wollte unbedingt etwas essen und dann einen ganzen Tag lang schlafen.

Zeruhn und ich aßen beide mit Heißhunger und waren zu sehr damit beschäftigt, uns die Bäuche vollzuschlagen, um noch viel zu reden. Aber nachdem jeder Bissen weg war, wurde der Teil von mir, der darauf bestand, dass ich gehen sollte, immer lauter.

Aber die Höhle war warm und gemütlich. Ich spürte, wie meine Augenlider vor Müdigkeit hingen, und es wäre so ein Leichtes, mich einfach hinzulegen ...

»Du kannst bleiben, wenn du willst.« Zeruhn sagte es so leise, dass ich ihn fast nicht hörte. »Ich werde dich nicht anfassen. Und mich auch nicht, wenn wir schon beim Thema sind.« Seine Lippen kräuselten sich vor Abscheu, und ich erschauderte bei der Erinnerung an Rich, wie er über mir thronte.

Hörner und Wandlung außen vor, ich konnte nicht leugnen, dass es einen großen Unterschied gab, wie die beiden Männer auf mich wirkten. Rich war mir von Anfang an unheimlich gewesen und hätte mich sicher benutzt. Zeruhn war eindeutig der gefährlichere der beiden. Er war wesentlich mächtiger und er tötete ohne zu zögern.

Und doch hatte ich fast das Gefühl, dass er keine Gefahr für *mich* darstellte, aber auch *nur* für mich.

Er löste nicht das gleiche Bauchgefühl aus wie Rich. Ich glaubte ihm, als er gesagt hatte, dass er mich nicht anfassen würde, aber war das nur wieder meine Dummheit?

»Und was war mit dem letzten Mal, als du es getan hast?«, fragte ich.

Zeruhns Augen verengten sich. »Was hab ich beim letzten Mal gemacht?«

»Mich berührt.«

»Und wann bitte habe ich das getan?«

»Du ... hast mich *geküsst*.« Es war schockierend, es laut auszusprechen, als ob diese Worte es in der Realität zementierten. »Nach dem Schwimmbecken.«

»Ah, ja.« Zeruhns Gesicht entspannte sich, als er den Campingkocher ruhig wegstellte. »Das war mein Preis.«

»Dein *Preis*?« Ich schrak zurück.

»Ich habe dich gejagt«, sagte er, als ob das die vernünftigste Erklärung überhaupt wäre. »Und dann habe ich dich gefangen. Diesen Kuss hatte ich mir verdient, weil ich dich gefangen hatte, Rehauge.« Das verruchte Lächeln kehrte zurück. »Zusammen mit deinem Namen, versteht sich.«

Ich schüttelte ungläubig den Kopf. Er war in der Lage, einen Propangasherd in einen solarbetriebenen umzuwandeln, aber dann sagte er so einen seltsamen Höhlenmenschenscheiß.

»Aber ... dann hast du mich gehen lassen.«

»Das habe ich«, sagte er mit einem Nicken. »Es wird eine Weile dauern, bis ich dich wieder jagen kann, aber beim nächsten Mal«, seine Zunge fuhr heraus, um seine Lippen zu befeuchten, »wirst du mich vielleicht mit mehr belohnen.«

11

ZERUHN

Ich wachte schon früh auf, es war noch dunkel. Das Erste, was ich sah, war Ariadnes Silhouette, die von den Decken, die sie über sich gezogen hatte, verhüllt wurde. Aber das dämpfte nicht das Verlangen, sie zu mir zu ziehen, bis sich ihr Körper an meinen schmiegte. Ich würde mein Versprechen einhalten, sie nicht zu berühren, aber das hieß nicht, dass ich es nicht wollte.

Ich stützte mich an der Wand ab, richtete mich auf und hüpfte auf meinem guten Bein zu meinen Krücken. Meine Verletzungen taten immer noch weh und ich biss mir auf die Zunge, um nicht zu stöhnen oder ein Geräusch zu machen. Da war es wieder, dieses verwirrende, instinktive Bedürfnis, Ariadne zu umsorgen, zu pflegen und sie bei guter Laune zu halten.

Oder einfach nur generell, um sie zu halten. Diese höllischen Instinkte sprachen zu mir wie führende Stimmen, wie Menschen und ihre Götter oder ihre Geisteskrankheiten. Ich wünschte mir, sie würden die Klappe halten.

Trotzdem gefiel mir der Gedanke, Ariadne bei mir zu behalten. Ich mochte es, sie in meiner Höhle zu haben, mit ihr zu essen und sogar nebeneinander zu schlafen, auch wenn wir uns nicht berührten. Sie schien genauso verwirrt zu sein wie ich, und es war ein kleiner Trost zu wissen, dass ich nicht der Einzige war, den das alles aus der Bahn warf.

Ich hatte während einer Jagd schon Leben genommen, aber noch nie einen Kuss. Ich hatte noch nie jemandem erlaubt, so lange im Labyrinth zu leben, wie ich es bei ihr tat. So lange ich auch mit den Menschen und Wandlern hier zu tun hatte, so war das alles hier trotzdem völliges Neuland.

Lago hatte sich zum Schlafen in der Nähe von Ariadne zusammengerollt, gerade weit genug entfernt, um sie nicht mit seinem Geweih zu stoßen. Er bewegte sich und drehte sich ein paarmal im Kreis, als ich meine Krücken unter meinen Armen befestigte, und schlief dann sofort wieder ein.

Ich stieß ein leises Lachen aus, als ich mich auf den Weg aus der Höhle machte. Die kleine Kreatur war schon ganz vernarrt in sie, und ich hatte gesehen, wie sie ihn einige Mal gestreichelt hatte, bevor sie letzte Nacht eingeschlafen war. Ich würde sie niemals behalten können, aber ich wollte ihre Anwesenheit im Labyrinth so lange wie möglich auskosten.

Einige Meter von der Höhle entfernt schien es weit genug zu sein, um zu pinkeln. Ich lehnte meine Krücken an einen anderen Felsbrocken und belastete vorsichtig mein schlimmes Bein. Der Schmerz und die Schwellung waren bereits zurückgegangen. Wenn es um die Heilung von Verletzungen ging, hatte es sicher seine Vorteile, im Labor erschaffen worden zu sein.

Ich versuchte, nicht an Ariadne zu denken, während ich meinen Schwanz anfasste. Ich versuchte, mich nicht zu streicheln, wenn ich an ihre großen, stürmischen Augen und ihre Hände auf mir dachte, als sie mich zusammengenäht hatte. Ich wollte, dass sie mir vertraute, dass meine Versprechen mit meinen Taten übereinstimmten, wenn es um sie ging. Aus irgendeinem Grund war es mir wichtig, ihr gegenüber ehrlich zu sein, was vorher noch nie der Fall gewesen war.

Vielleicht, weil sie die erste Person war, die jemals ehrlich zu mir war.

Jeder spielte ein Spiel im Labyrinth. Jeder tat das, von dem er dachte, dass es ihm helfen würde, am längsten zu überleben, sei es, dass er vorgab, mich nicht zu fürchten, sich mit mir anzufreunden oder mich zu ficken.

Ariadne war verwirrt, verängstigt, mutig, mitfühlend und erfrischend echt. Sie gab nicht vor, etwas anderes zu sein. Vielleicht war das der Grund, warum sie meine Instinkte auf eine andere Art und Weise kitzelte.

Ich beendete das Pissen und drehte mich mit meinen Krücken zur Wand, hoffnungslos in Gedanken an meine hübsche Beute verloren. So sehr, dass ich nicht bemerkte, wie der Roboterarm aus der Wand fuhr. Das Nächste, was ich spürte, war ein Metallkragen, der sich um meinen Hals schloss und mich mit einem unnachgiebigen Griff fixierte.

Meine Gedanken kehrten sofort in das Labor mit seinen blendend hellen Lichtern, den Edelstahlflächen und dem Geruch von giftigen Reinigungsmitteln zurück. Ich kämpfte wie damals gegen das Halsband und zerrte an der Metallklammer, die mich wie ein Tier, das geschlachtet werden sollte, festhielt. Die Menschen hatten Wandler noch nie als etwas anderes gesehen, wirklich nicht.

Neben der Stelle, an der der Arm herausragte, schob sich eine Felsplatte zur Seite und gab eine Tür frei. Noch eine verdammte versteckte Tür. Ich dachte, ich hätte sie alle gefunden, aber anscheinend nicht. Ich knurrte, als ein menschlicher Mann herauskam und mich wie eine Kakerlake, die er gerade in seinem Badezimmer gefunden hatte, musterte. Er trug einen maßgeschneiderten Anzug mit einem verschnörkelten MT-Logo an seinem Aufschlag. Ein hochrangiger MinoTek-Beamter. Das war überraschend. Diese Typen gaben sich normalerweise nicht die Mühe, mich von Angesicht zu Angesicht zu kontaktieren.

»Ganz ruhig, Zero-Nine«, sagte der Mann in einem

beschwichtigenden Ton zu mir. »Ich bin Simon Gibbs, der Stabschef von Premierminister Minos. Du wirst dich beruhigen und zuhören wollen.«

»Wenn du wirklich willst, dass ich dir zuhöre, musst du mehr als nur meinen Hals sichern.« Ich griff nach dem Halsband und versuchte, so viel Platz wie möglich zwischen meinem Hals und dem Metall zu schaffen.

»Sie haben mir gesagt, dass du der vernünftigste der Prototypen bist.« Gibbs legte den Kopf schief. »Derjenige mit dem menschenähnlichsten Gehirn. Ich würde nur ungern enttäuscht werden.«

»*Sie* haben mir einen IQ von 162 gegeben, aber klar.« Ich erlaubte einem Teil von mir, mich zu wandeln, und ließ meine Hörner länger werden. »Glaub ruhig, was sie dir sagen.«

Die Mundwinkel seiner bereits schmalen Lippen zogen sich weiter nach unten. »Du hast immer noch eine lebende Gefangene hier drin. Ariadne Saavas. Sie ist schon seit über einer Woche im Labyrinth.«

Das ließ mich innehalten. Ich hatte immer gedacht, dass das Labyrinth überwacht würde, aber ich wusste nicht, in welchem Umfang. Es ergab für mich auch keinen Sinn, dass dieser Mann sich um die Kleinkriminellen kümmerte, die bei mir landeten. Die Leute wurden hier hineingeworfen, weil Männer wie er sich nicht mit einem richtigen Strafsystem herumschlagen wollten.

»Und? Was kümmert es dich, wie lange ich mit meiner Beute spiele?«

»Das Labyrinth soll ein Todesurteil für alle sein, die es betreten. Sie muss beseitigt werden.«

»Das wird sie auch«, sagte ich. »Wenn ich mit ihr fertig bin. Das ist mein Reich. Darf ich nicht auch ein bisschen Spaß haben?«

Gibbs verschränkte die Hände hinter dem Rücken und plusterte seine Brust leicht auf. »Der Premierminister hat ein großes Interesse daran, dass sie stirbt. Und zwar bald.«

Wenn er dachte, dass ich mich einen Dreck darum scherte, was der Premierminister von MinoTek wollte, irrte er sich gewaltig. »Dann sag ihm, er soll sie selbst umbringen.«

Das würde nie passieren und das wussten wir beide. Ich war nicht mal ganz davon überzeugt, dass der Premierminister eine echte Person war. Sein Lakai rollte nur mit den Augen. »Was wäre, wenn wir einen Anreiz vereinbaren würden, wenn du sie so schnell wie möglich tötest?«

»Das kommt auf den Anreiz an.« Ich hatte immer nur zu meinen eigenen Bedingungen getötet, aber jetzt war ich neugierig.

»Freiheit«, antwortete er. »Na ja, Freiheit in einem vernünftigen Rahmen.«

Ich schnaubte. »Ich glaube, wir beide haben sehr unterschiedliche Vorstellungen davon, was ein *vernünftiger Rahmen* ist.«

»Du erhältst eine bedingte Staatsbürgerschaft mit der Möglichkeit, ein vollwertiger Bürger zu werden, wenn du alle Bedingungen erfüllst«, sagte er. »Und freie Modifikationen.«

»Modifikationen?«

»Du könntest die Hörner loswerden. Und das, äh, zusätzliche Anhängsel.« Er nickte in Richtung meines Schwanzes, der neugierig hinter mir zuckte. »Vielleicht können sie dir sogar eine Iris implantieren, damit du eine normale Augenfarbe bekommst. Du könntest wie ein Mensch leben, tun, was du willst, und überallhin gehen, wo du willst.«

Eine lange Pause entstand zwischen uns. »Innerhalb von MinoTek«, stellte ich klar.

»Ja, natürlich.«

»Und alles, was ich tun muss, ist, die Frau zu töten?«

»Das ist richtig.« Sein Adamsapfel wippte, als er schluckte. »Das sollte dir nicht schwerfallen, wenn man bedenkt, dass du das regelmäßig machst.«

Meine Neugierde übermannte mich. »Warum ist der

Premierminister an diesem Mädchen interessiert? Sie ist doch nichts Besonderes.«

»Es steht mir nicht frei, das zu sagen.« Gibbs' Haltung versteifte sich, er war eindeutig an seiner Grenze, was den Umgang mit einem Abschaum wie mir betraf. »Also, wirst du es tun?«

»Klar, meinetwegen.« Ich zerrte noch einmal an seinem Halsband. »Aber hör auf, dieses verdammte Ding gegen mich zu benutzen.«

»Erledige diese Aufgabe und du brauchst dir keine Sorgen mehr zu machen.« Er lächelte zufrieden. »Aber denk dran, erledige sie *bald*. Und es sollte keinen Zweifel an ihrem Tod geben. Lass eine Leiche zurück, wenn möglich.«

»Oh, ich werde ihre Leiche schön und ansehnlich für den Premierminister zurücklassen. Sind wir hier fertig?«

Er schluckte wieder nervös und wandte sich dann der Tür zu. Der Roboterarm ließ mich schließlich los, als die Felsplatte hinter ihm zuglitt. Ich rieb mir einige Augenblicke lang den Hals und dachte über das seltsame Gespräch nach.

Der mächtigste Mann des gesamten Stadtstaates wollte also, dass meine Beute mit den Sturmaugen starb? Interessant. Zu meinem Glück war ich gut im Lügen und scherte mich einen Dreck darum, was Regierungsbeamte wollten. Aber interessant war es trotzdem. Wenn sie sie so unbedingt tot sehen wollten, musste es einen Grund dafür geben.

Ich kehrte gerade zur Höhle zurück, als die Dämmerung das Labyrinth zu erhellen begann, also baute ich den Herd auf, schnappte mir eine Packung Eier und begann, das Frühstück zuzubereiten. Ariadne und Lago wachten gerade auf, als das Essen zu brutzeln anfing.

»Das riecht gut, Zeruhn«, sagte sie mit einem Gähnen und rieb sich die Augen.

Das Kompliment hätte mich nicht beeindrucken dürfen,

aber meine Brust kribbelte vor Freude. Das schien in letzter Zeit öfter der Fall zu sein.

»Was ist mit deinem Nacken passiert?«

»Ah.« Ich fuhr mir mit der Hand an den Hals, der noch immer von dem verdammten Halsband schmerzte. »Ich wurde von ein paar Ästen getroffen, als ich zum Pinkeln rausgegangen bin. Manchmal vergesse ich, wie groß ich bin.«

»Bist du schon eine Weile auf?« Ariadne setzte sich aufrecht hin, ihr Blick wurde wacher, wenn nicht sogar misstrauisch.

»Nicht allzu lange.« Ich drehte ein Ei um. »Hast du gut geschlafen?«

»Tatsächlich, ja.« Sie streckte sich und fuhr sich mit den Fingern durch ihre dicke, dunkle Haarmähne. »So gut habe ich noch nie geschlafen, seit ich hier gelandet bin.« Mit einem verlegenen Lächeln ließ sie die Hände an die Seiten sinken. »Aber ich würde für eine Haarbürste töten.«

»Oh, hier.« Ich beugte mich zur nächsten Schublade und kramte darin herum, bis ich meine Ausbeute fand – eine rechteckige Bürste, bei der die meisten Borsten noch intakt waren. »Reicht das?«

Ariadne starrte mich einige Augenblicke lang an, bevor sie die Bürste aus meiner ausgestreckten Hand nahm. »Das reicht, ja. Danke.«

Ich schaute wieder auf den Herd und wusste nicht, was ich antworten sollte. Ihr dabei zuzusehen, wie sie ihr Haar bürstete, erschien mir fast pervers. Nicht so schlimm wie währenddessen meinen Schwanz zu streicheln, aber es fühlte sich für das, was wir waren, zu intim an.

»Wie geht es dir?«, fragte sie leise.

Diese Frage bereitete mir großes Unbehagen. Das hatte mich noch nie jemand gefragt. »Ich erhole mich«, murmelte ich als Antwort.

»Das ist gut.«

Ist es das wirklich?, fragte ich mich.

»Ich denke immer noch über den Preis nach«, sagte Ariadne nach ein paar Momenten des Schweigens.

»Preis?« Ich war abgelenkt und nicht so wachsam, wie ich es hätte sein sollen. Wahrscheinlich lag es daran, dass ich immer noch das Metallhalsband um meinen Hals spürte und außerdem fand ich es erregend, wie sie ihr Haar bürstete.

»Der Preis, den du für das Verraten deiner Geheimnisse verlangst.« Ariadne fuhr mit der Bürste in ihrer Hand um meine Höhle herum. »Das Geheimnis, woher du all diese Dinge hast und woher du so viel weißt.«

Ich richtete mich auf und schaltete den Herd aus. »Ich weiß, ich habe es dir überlassen, aber ich habe eine Idee.«

»Ach ja?« Sie klang wirklich neugierig, ohne den geringsten Hauch von Angst in ihrer Stimme.

»Erzähl mir von dir.« Ich schob ein paar gekochte Eier auf einen meiner Teller mit der kleinsten Menge an Chips und reichte ihn ihr. »Und dann werde ich dir von mir erzählen.«

Es schien ein fairer Austausch zu sein. Ich wollte mehr über diese rehäugige Schönheit wissen. Und vielleicht würde ich auch herausfinden, warum irgendein dreckiger Politiker sie unbedingt tot sehen wollte.

»Ist das alles?« Sie schien überrascht zu sein. »Ich meine, da gibt es nicht viel zu erzählen«, fügte sie mit einem verlegenen Lachen hinzu. »Danke für das Frühstück.«

»Danke mir, indem du mir deine Lebensgeschichte erzählst.« Ich lehnte mich mit meinem eigenen Teller zurück, während Lago aus der Höhle hüpfte, um zu grasen.

Ariadne benutzte eine meiner vielen ungleichen Gabeln, um vorsichtig in ihr Ei zu stechen. »Na ja, ich bin in MinoTek geboren und aufgewachsen, aber meine Mom kam von außerhalb des Stadtstaates.«

»Woher?« Orte außerhalb von MinoTek faszinierten mich. Mein ganzes Leben lang wollte ich unbedingt wissen, was es außerhalb dieser höllischen Stadt gab.

»Einem Ort namens New York City.« Ariadne schaute an die Decke, während sie in ihren Gedanken war und an dem Ei herumstocherte. »Sie sagte, es gibt sie nicht mehr, aber es war eine große Stadt. Kein Stadtstaat, aber sie lag auch in einem Staat namens New York.«

»Was hat sie hierhergebracht?«

»Die Stadt war am Verfallen und alle wurden umgesiedelt. Sie sagte, sie sei als junge Frau auf einen Hochgeschwindigkeitszug aufgesprungen und so weit gefahren, wie sie nur konnte, ganz allein.« Ariadne lächelte vor sich hin. »Irgendwie wünschte ich, ich hätte das auch gekonnt.«

»Tun wir das nicht alle?«, murmelte ich um einen Bissen flüssiges Eigelb herum. »Und hier hat sie deinen Vater getroffen?«

Ariadne zuckte mit den Schultern. »Ich denke schon. Er war nie da, und sie hat nie über ihn gesprochen. Ich kenne nicht einmal seinen Namen oder weiß, wie er aussah.«

Das überraschte mich. Es widersprach allem, was ich über die menschliche Familiendynamik gelesen hatte. »Sollten nicht zwei Elternteile gemeinsam Kinder großziehen?«

»Das klappt nicht immer.« Ariadne stellte ihren Teller auf ihrem Schoß ab. »Manchmal kommt ein Kind unerwartet und ist sogar unerwünscht. Die Erziehung von Kindern kann auch anstrengend sein, vor allem, wenn man wie wir arm aufwächst. Man braucht mehr Geld und materielle Dinge, um sie zu versorgen. Für manche Eltern ist es einfacher, wegzugehen.«

Es beunruhigte mich, wie beiläufig sie das alles sagte. Wie alle Wandler war ich unfruchtbar gemacht worden, damit meine beschissenen Gene den natürlichen Genpool nicht vergiften konnten. Aber wenn ich ein Kind zeugen *könnte*, wäre es für mich unvorstellbar, es zusammen mit seiner Mutter auszusetzen. Wandler wurden zu bestimmten Zwecken erschaffen. Wir hatten nicht die Freiheit, Partner zu finden und Familien zu gründen. Das war für mich ein unerreichbares Ziel, und ich hasste es, dass die Menschen, die sich so leicht fortpflanzen konnten, solche Dinge als selbstverständlich ansahen.

»Ich habe sie einmal nach meinem Vater gefragt«, fuhr Ariadne fort, wobei ihre Stimme leicht schwankte. »Ich weiß nicht, warum ich mich damals so sehr darüber aufgeregt habe. Ich war wahrscheinlich einfach nur ein typischer Teenager, glaube ich. Aber ich drängte und drängte sie, bis sie ausrastete. Sie schrie mich an, ich solle aufhören und fing dann an zu weinen. Ich habe sie noch nie so aufgebracht gesehen.« Ariadne stellte ihren Teller beiseite und legte die Hände in den Schoß. »Danach habe ich sie nie wieder nach ihm gefragt.«

»Weißt du, warum sie so aufgebracht war?«, fragte ich. Das menschliche Verhalten verwirrte mich schon in guten Zeiten, aber eine solche Reaktion auf einen Mann, der ein Kind mit ihr gezeugt hatte, war mir ein absolutes Rätsel.

Ariadnes Augen blickten zu den meinen auf, eine stählerne Härte lag in ihnen, die mein Blut erhitzte. »Ich habe das noch nie jemandem erzählt, aber wenn ich raten müsste«, sie atmete tief durch, »würde ich sagen, dass die Schwangerschaft mit mir ... nicht einvernehmlich war.« Ihr Blick senkte sich wieder. »Das war der Grund, warum er nie da war und warum sie ihn nie erwähnt hat. Es war einfach ... eine traumatische Erfahrung für sie.« Ariadne schüttelte den Kopf, ihre Augen blinzelten schnell und sie schniefte. »Ich habe es erst Jahre später bemerkt und mich nie dafür entschuldigt, dass ich sie so verärgert habe.«

»Du hast es nicht gewusst.« Ein schwerer Druck machte sich in meiner Brust breit, ein unangenehmes, fast schmerzhaftes Gefühl, nur weil ich Ariadnes Leid sah. »Du konntest es nicht wissen. Ich bin sicher, dass sie dir deswegen nicht böse ist.«

»Tja, na ja. Sie hat trotzdem eine Entschuldigung verdient.« Ariadne schniefte und wischte sich schnell über die Augen.

Zwischen uns herrschte Schweigen, während ich überlegte, was ich als Nächstes sagen sollte. Ich mochte Ariadnes freches

Mundwerk und ihr Lächeln. Ihre Traurigkeit war etwas, das ich für immer verbannen wollte.

Etwas anderes nagte an mir und ich wollte es unbedingt wissen. »Was du glaubst, was mit deiner Mutter passiert ist.« Ich versuchte, es so sanft wie möglich zu sagen. »Machen menschliche Männer das … oft?« Das erinnerte mich an denjenigen, der versucht hatte, Ariadne im Schlaf zu berühren, und der Gedanke daran brachte meine Wut wieder zum Kochen. Wenn es einen Kill gab, den ich niemals bereuen würde, dann war es dieser.

Ariadne stieß daraufhin ein freudloses Lachen aus. »Sie tun es so oft, dass wir alle Männer als gefährlich ansehen, bis sie beweisen, dass sie es nicht sind.«

»Ich habe bewiesen, dass ich extrem gefährlich bin«, sagte ich. »Aber du scheinst mich nicht so zu behandeln, als ob ich es wäre.«

Sie nahm ihren Teller wieder in die Hand und lächelte auf das gekochte Ei hinunter. »Aus irgendeinem Grund habe ich keine Angst davor, dass du *diese Sache* mit mir machst.« Sie nahm einen Bissen und kaute nachdenklich. »Du hast mir noch nicht wehgetan. Was verrückt ist, wenn man bedenkt, dass du wahrscheinlich die gefährlichste Person in der ganzen Stadt bist.«

»Das bin ich definitiv«, versicherte ich ihr.

»*Wirst* du mir wehtun?«

»Nein.«

»Aber du hast mich *gejagt*«, sagte sie. »Du hast gesagt, dass du es wieder tun wirst, wenn dein Bein wieder gesund ist.«

»Ich habe dir beim ersten Mal nicht wehgetan und ich habe auch nicht vor, dir beim nächsten Mal wehzutun.« Ich ließ meine Gabel laut auf meinen Teller klappern. Ich sollte sie eigentlich töten, aber das war das Letzte, was ich tun wollte. Ich hatte keinen Zweifel daran, dass der Mensch, Gibbs, zurückkommen würde, wenn ich diese Aufgabe nicht erledigte. Aber um ihn machte ich mir keine Sorgen. Ich würde mich um ihn kümmern, wenn er sich entschließen würde, zurückzukommen. Je mehr ich mit Ariadne sprach, desto stärker wurde das Bedürfnis, sie zu beschützen.

»Und falls ich es noch nicht deutlich gemacht habe«, fügte ich hinzu, »ich werde mich dir niemals aufdrängen.«

»Nein, du wirst mir stattdessen nur Küsse stehlen«, schoss Ariadne zurück. Oh, da war er wieder, dieser schöne Sturm in ihren Augen.

»Du kannst sie mir gerne jederzeit freiwillig geben«, antwortete ich.

Sie schnaubte wieder und stocherte heftig in ihrem Ei herum, wobei sich ihre Wangen röteten.

12

ARIADNE

Hör auf zu flirten! Hör auf zu flirten!
Hör auf zu flirten!
*Hör auf, dich ablenken zu lassen, verdammt
noch mal!*

Es war fast ... angenehm, mit Zeruhn zu frühstücken. Er schien gut gelaunt zu sein, trotz seiner Verletzungen. Er neckte mich, lächelte und stellte mir Fragen über meine Herkunft, während er mir noch etwas zu essen gemacht hatte. Es fühlte sich fast so an, als hätte ich ein Date mit einem Mann.

Ein wirklich gutes Date.

Vielleicht lag es daran, dass ich wusste, dass er nie mit jemand anderem sprach, aber ich fühlte mich wohl dabei, ihm von meiner Mom zu erzählen. Ich traute ihm immer noch nicht ganz, aber das lag eher daran, dass ich ihn noch nicht so richtig kannte, und nicht an dem, was ich schon wusste.

Er hatte Menschen getötet. Ich musste immer noch aus dem Labyrinth entkommen. Diese beiden Tatsachen waren wichtig. Aber je länger ich mit ihm aß und sprach, desto weniger dringend erschienen mir diese Dinge. Schuldgefühle überkamen mich bei dem Gedanken. Ich saß und frühstückte und flirtete mit einem attraktiven Mann, während meine Mom wahrscheinlich krank vor Sorge war und an ihrer Arthritis litt.

»Woher kommt das Wasser aus dem Bach?« Ich versuchte, lässig zu klingen, während ich unsere leeren Teller stapelte.

»Von einem Wasserfall am Rande der Höhle.« Zeruhn antwortete mir locker, nahm die Teller und stellte sie zur Seite. »Ich bringe dich hin, wenn mein Bein geheilt ist. Es ist wirklich wunderschön.« Seine Augen verweilten auf mir, als er das letzte Wort sagte, und mein Gesicht erhitzte sich wieder.

»Bringst du mich dorthin, bevor oder nachdem du mich wieder gejagt hast?« *Gottverdammte Scheiße, was hatte ich darüber gesagt, nicht mehr zu flirten?*

Das zu hören, war allerdings vielversprechend. Wenn er mich direkt zu einem Fluchtweg bringen würde, wäre das umso einfacher.

Der Minotaurus grinste, und ich ärgerte mich über das damit verbundene Flattern in meinem Magen. »Die Jagd macht keinen Spaß, wenn du weißt, wann sie losgeht, Rehauge.«

Auch diesen Kosenamen hatte er schon mehrmals benutzt, und ich versuchte, mir nicht anmerken zu lassen, wie sehr er mir gefiel. Alle hatten meinen Namen immer mit Ari abgekürzt, also war es schön, mal etwas anderes zu hören.

»Na gut, also?« Ich hielt erwartungsvoll meine Hand mit der Handfläche nach oben in den Raum.

Zeruhn starrte auf meine Handfläche, dann richtete er seinen Blick wieder auf mich. »Was denn?«

»Ich habe gezahlt und dir von mir erzählt. Jetzt bist du dran.«

Er lachte, lehnte sich zurück auf seine Ellbogen und streckte seine Beine behutsam vor sich aus. »Was möchtest du wissen?« Lago hüpfte an seine Seite und Zeruhn krauelte ihn am Ansatz eines Geweihs.

»Wie seid ihr beide Freunde geworden?« Ich beschloss, mit dem einfachsten Thema zu beginnen.

Zeruhns Gesichtsausdruck wurde weicher, als Lago sich streckte und auf den Rücken drehte. »Er ist wie ich. Ein im Labor erschaffener Prototyp.«

»Das habe ich mir schon gedacht.«

»Die Wissenschaftler, die meine Entwicklung beaufsichtigt haben, haben ihn in ihrer Freizeit erschaffen. Er war das Haustier des Labors. Anscheinend haben viele Labore ihre eigenen Kreationen geschaffen, um sie zur Unterhaltung in ihrer Nähe zu haben.«

Seine Stimme nahm einen traurigen Ton an, und ich begann zu bereuen, dieses Thema als erstes gewählt zu haben.

»Er hatte viele gesundheitliche Probleme, wie es bei diesen genetischen Experimenten oft der Fall ist. Sein Geweih wuchs schneller als der Rest seines Körpers, und er war meistens nicht stark genug, um seinen Kopf zu heben.«

»Die Wissenschaftler haben nichts getan, um ihm zu helfen?«

Zeruhn schüttelte verächtlich den Kopf und rollte mit den Augen. »Experimente wurden immer wieder abgebrochen und neu begonnen. Es hat sie nicht interessiert.«

»Armer kleiner Kerl.«

»Wir beide wurden stundenlang allein gelassen, wenn sie nicht gerade Tests an uns durchführten.« Zeruhn strich über eines von Lagos langen Ohren, während die Augen des Rasselbocks langsam zufielen. »Das hat uns zusammengeschweißt, weil wir sonst niemanden hatten.«

Mein Blick wanderte zu dem Foto der schwangeren Frau neben seinem Bett. Wenn es nur ihn und Lago gab, welche Bedeutung hatte sie dann? Als ich Zeruhn wieder ansah, war sein Blick fest auf mich gerichtet. Scheiße, er hatte mich erwischt.

»Was ist mit dem Labor passiert?«, fragte ich hastig mit einem schnellen Atemzug. Ich konnte ihn nicht nach ihr fragen, noch nicht. Vielleicht würde er es mir sagen, aber zu fragen war mir zu aufdringlich.

»Es wurde stillgelegt.« Er konzentrierte sich wieder darauf, den Rasselbock neben sich zu streicheln. »Alle Fördermittel flossen in profitablere Labore, die erfolgreich die Wandler hervorgebracht haben, wie du sie heutzutage siehst.« Er legte den Kopf schief und ein Lachen entwich seinem Mund. »Viele der Wissenschaftler haben geweint. *Mein Leben ist ruiniert!*«, ahmte er sie spöttisch nach.

»Weil ... sie ihre Arbeit verloren haben?«, vermutete ich.

»Ja.« Zeruhn lachte weiter. »Siebenstellige Gehälter wurden über Nacht auf Null reduziert.«

»Und das findest du lustig?«

»Wenn sie beiläufig jede genetisch unvollkommene Kreatur, die sie erschaffen haben, gefoltert und dann abgeschlachtet haben?« Seine goldenen Augen leuchteten und seine Lippen verzogen sich zu einem noch breiteren Grinsen. »Ich konnte an diesem Tag nicht aufhören zu lachen, Rehauge.«

Das ist grausam, wollte ich sagen, aber ich hielt mich zurück. Zeruhn, Lago und wahrscheinlich unzählige andere hatten Grausamkeiten erlebt, die ich mir nicht einmal ansatzweise vorstellen konnte. Konnte ich es ihm wirklich verübeln, dass er das Unglück der Wissenschaftler als poetische Gerechtigkeit ansah?

Die Armut war die Grausamkeit, die ich kannte. Den ständigen Kampf und die Ungerechtigkeit konnte ich nachempfinden, aber ich war noch nie wirklich von den Menschen in meinem Leben misshandelt worden. In dieser Hinsicht hatte ich großes Glück. Ich hatte nie einen Zweifel daran, dass meine Mom mich liebte. Meine Nachbarn waren auch schon meine Freunde und Babysitter gewesen. Ich konnte mir die Einsamkeit, ohne meine Gemeinschaft aufzuwachsen, nicht vorstellen.

»Waren sie wirklich so schrecklich zu dir?«, fragte ich.

Zeruhn zuckte mit den Schultern, aber ich sah die Anspannung in seinen breiten Schultern. »Manchmal haben sie mit mir gesprochen und mich wie einen anderen Menschen behandelt. Aber das geschah hauptsächlich, um meine Intelligenz und Lernfähigkeit zu testen.«

»Sie haben dich wirklich klug gemacht, nicht wahr?«, fragte ich.

Er sah aus, als wäre ihm diese Frage unangenehm. »Ja«, stieß er hervor. »Ich wurde mit einem IQ auf Genie-Niveau entworfen. Hauptsächlich, um zu sehen, ob ein hochintelligenter Wandler möglich ist.« Er kratzte sich abwesend am Ansatz seiner Hörner. »Es ist möglich, dass meine Gehirnmasse meine Wandlerfähigkeiten behindert hat, aber das hat man nie genau herausgefunden. Was sie aber herausgefunden haben«, seine Hand fiel auf seinen Schoß, »ist, dass die Regierung Wandler mit einem viel geringeren Intellekt bevorzugt.«

»Das ergibt Sinn«, sagte ich. »So sie sind formbar und gehorsam.«

»Das hält sie davon ab, sich kaputtzulachen, wenn deine Zukunft den Bach runtergeht.« Er grinste.

Diesmal entkam auch mir ein Lachen. »Du bist furchtbar«, sagte ich und schüttelte den Kopf.

»Der absolut Schlimmste«, stimmte er zu und grinste noch breiter.

Scheiße. Dieses *Nicht-flirten*-Mantra brachte wirklich gar nichts.

»Du hast also im Labor lesen und schreiben gelernt?«, fragte ich weiter. »Und wie man, keine Ahnung, Dinge solarbetrieben macht?«

»Die Umstellung auf Solarenergie ist einfach, wenn man die Materialien hat.« Zeruhn winkelte das Knie seines guten Beins an und stützte seinen Arm darauf ab. »Aber ja, ich habe Physik und Ingenieurwesen auf Universitätsniveau studiert. Mit dreizehn hatte ich mindestens vier Promotionsstudiengänge abgeschlossen.«

»*Dreizehn?!*«, krächzte ich.

»Aus irgendeinem Grund habe ich nur langsam kapiert, dass die Laborpraktikanten mich ihre Schularbeiten für sie erledigen lassen haben.« Zeruhn schaute weg, ein verlegener Gesichtsausdruck ging über sein Gesicht. »Niemand hat mir beigebracht, wie manipulativ und eigennützig Menschen sein können. Das habe ich selbst herausgefunden.«

»Da bist du nicht der Einzige«, sagte ich. »Das ist eine schwierige Lektion für viele Menschen, egal in welcher Lebensphase sie sich befinden.«

Zeruhn nickte vielsagend, bevor er mich wieder mit einem hellen, goldenen Blick fixierte. »Je mehr ich mit dir spreche, desto mehr wird mir klar, dass du eine seltene Art von Mensch bist.«

Na, also *das* nannte ich doch mal 'nen guten Witz. »Ich, selten?« Ich schnaubte. »Definitiv nicht.«

»Doch bist du«, beharrte er. »Glaubst du, ich habe mit jedem, der das Labyrinth betritt, solche Gespräche geführt?« Er legte den Kopf schief, sein Blick war neugierig und feurig. »Ich habe alle möglichen Leute hier durchkommen sehen und ... du bist die erste Person, mit der ich wirklich gesprochen habe. Oder mit der ich zusammen gegessen habe.«

Ich schluckte und konnte den Satz in meiner Kehle nicht zurückhalten. »Weil du sie alle getötet hast.«

»Ja.« Die Antwort war ruhig, fast geflüstert. Ich hatte eine hitzigere Antwort erwartet, ein gewisses Maß an Aggression. Aber der Minotaurus schien fast müde zu sein.

»Warum?«, fragte ich gegen meinen gesunden Menschenverstand. »Ich wurde hier verurteilt, weil ich Flugblätter gelesen habe. Ich bin völlig unschuldig in Bezug auf ein tatsächliches Verbrechen. Ich war sicher nicht der Erste.«

»Wahrscheinlich nicht.«

Ich schüttelte den Kopf, während ich ihn anstarrte und versuchte, den Mann, mit dem ich gerade noch geflirtet hatte, mit dem Monster, das am Eingang Skelette hinterließ, in Einklang zu bringen.

»Warum tötest du sie dann?«, wiederholte ich.

»Was die Leute außerhalb dieser Höhle tun, kümmert mich nicht.« Da war sie, die unterschwellige Aggression. Ein Knurren erklang aus Zeruhns Kehle. »Hier drinnen zeigt sich immer die wahre Natur eines Menschen. Und weißt du, was ich sehe, Ariadne? Was ich jedes Mal sehe, egal ob es sich um einen Mann oder eine Frau handelt, ob sie unschuldig sind oder echte Verbrecher?«

»Was?«

»Jemanden, der nicht zögern würde, *mich* zu töten, wenn er die Chance dazu hätte.«

»Das kann nicht sein ...«

»Es ist wahr, Ariadne«, sagte er. »Manchmal versuchen sie, sich mit mir anzufreunden, mich zu manipulieren, mich zu ficken, oder sie betteln und weinen einfach nur, aber das Ergebnis ist immer das gleiche.« Zeruhns Stimme wurde wieder weicher. »Ich töte sie, bevor sie mich töten. Mehr ist es nicht.« Er schüttelte den Kopf und starrte in die Ferne. »Früher hat es mich gestört, aber es sind so viele Jahre vergangen. Es sind so viele Menschen hier vorbeigekommen und es ist immer dasselbe.«

Ich konnte ihn nur schockiert anstarren und fragte mich, wie viele Menschen er getötet hatte. Mein Bauchgefühl sagte mir, dass er ehrlich war und es wirklich ums Überleben ging. Er sah nicht gerade reumütig aus, aber es war klar, wie schwer das alles auf ihm lastete.

Zeruhns Blick kehrte zu mir zurück. »Als du meine Wunden genäht hast, anstatt mich zu töten, hast du das Muster durchbrochen. Du hast mir gezeigt, dass du anders bist.« Er legte den Kopf schräg und seine Hörner fingen einen

Sonnenstrahl ein. »*Deshalb* bin ich neugierig auf dich, Rehauge.«

Das hätte mich wahrscheinlich erschrecken sollen, und das tat es auch, ein bisschen.

Aber was ich nicht zugeben wollte, war, wie sehr es mich innerlich erwärmte.

13

ARIADNE

Ich blieb noch einen ganzen Tag bei Zeruhn, na ja, es war ja auch nicht so, als hätte ich sonst irgendwas zu tun gehabt. Und seltsamerweise stellte ich fest, dass ich seine Gesellschaft wirklich genoss.

Am nächsten Tag fühlte sich Zeruhns Knöchel schon viel besser an, und er wurde schnell unruhig. »Lass uns zum Bach gehen und uns etwas waschen«, schlug er nach unserem Frühstück mit Eiern und kartoffelähnlichem Wurzelgemüse vor. »Dann werden wir sehen, was mein Knöchel davon hält, zum Wasserfall zu gehen.«

»Nach zwei Tagen?«, fragte ich und schüttelte meine Decke aus, bevor ich sie zusammenfaltete. »Du kannst unmöglich so schnell wieder laufen.«

Zeruhn schnaufte, als er seine Krücken unter seinen Armen fixierte. »Wenn du ein im Labor erschaffener Freak bist, ist alles möglich.«

Nenn dich selbst nicht so, wollte ich sagen. Ich biss mir auf die Zunge, bevor es herauskam, denn mein Gehirn verstand, dass ich diesen Mann *bestärken* wollte, dass ich etwas sagen wollte, das ihn ermutigen würde, nicht so selbstverachtend zu sein.

"

Wenn ich es objektiv betrachtete, erschien es mir lächerlich. Warum sollte es mich interessieren, was ein selbsternannter Mörder von sich selbst hielt?

Aber es war mir nicht egal.

So wahr mir der Himmel helfe, es schien, als würde ich anfangen, mich um *ihn* zu sorgen.

Wir hatten den ganzen gestrigen Tag damit verbracht, in der Höhle zu faulenzen und zu reden. Ich erzählte ihm von meiner Kindheit, wovon er gar nicht genug bekommen konnte. Zeruhn schien von der Idee einer Gemeinschaft fasziniert zu sein, von meinen Nachbarn, die einander in Zeiten der Not halfen. Von den gelegentlichen Partys und Straßenfesten, die wir feierten, die aber fast immer von der Wandler-Polizei aufgelöst wurden. Davon, wie ich und die anderen Kinder der Nachbarschaft herumliefen und den Erwachsenen Streiche gespielt hatten. Diese großen goldenen Augen waren nie von meinem Gesicht gewichen, während er nach jedem noch so kleinen Detail gefragt hatte.

Und ich war froh, dass ich ihm davon erzählen konnte, dass mir jemand wirklich zuhörte. Seine weit aufgerissenen Augen waren bezaubernd, gewissermaßen.

Er gab jedoch nicht so viel von sich preis, und ich konnte mich immer noch nicht dazu durchringen, nach dem Foto der Frau zu fragen.

Heute jedoch schwirrten Zeruhn und Lago mit ähnlich viel Energie umher. Der Rasselbock rannte im Zickzack, sprang hoch und drehte sich in der Luft. Er erinnerte mich an die streunenden Welpen aus meiner Nachbarschaft, und ich konnte nicht aufhören, über seine Mätzchen zu lachen. Zeruhn war auf seinen Krücken definitiv schneller, da er mehr Gewicht auf sein schlechtes Bein legte, als ich erwartet hatte.

Die Sonne stand am höchsten Punkt, als wir den Bach erreichten, und die Luft war angenehm warm. Alles fühlte sich ... okay an. Für einen Moment konnte ich so tun, als wäre ich nicht in einem Gefängnis, und auf einem Spaziergang mit einem Killer.

Einem Killer, den ich immer wieder anstarren musste, vor allem, wenn er am Rande des Baches kniete, Wasser in die Hände nahm und sein Gesicht damit bespritzte. Das Wasser tropfte an seinem Hals und seiner nackten Brust hinunter – ich hatte immer noch nicht gesehen, dass er irgendwann mal ein Hemd angezogen hatte.

Als Zeruhn mich anschaute und grinste, musste ich aufpassen, dass mir kein Speichel aus dem Mund lief.

»Das Wasser ist kalt. Es fühlt sich gut an«, sagte er und schwang vorsichtig seine Beine vor sich.

Während er vorsichtig den Druckverband um seinen Knöchel abwickelte, spritzte auch ich mir das Gesicht ab und keuchte angesichts der kühlen Temperatur auf meiner Haut. Fuck, das fühlte sich *fantastisch* an. Mein letztes Bad hatte ich vor Tagen im Steinbecken genommen, und mir wurde schnell bewusst, wie schmutzig ich war.

Zeruhn hatte seine Hose bis zu den Knien hochgekrempelt, und als er seinen Knöchel auspackte, war er wie durch ein Wunder nur geringfügig mehr geschwollen als der andere.

»Wow«, sagte ich und starrte wieder ganz unverhohlen. »Du bist fast so gut wie neu.«

»Hab ich dir doch gesagt«, antwortete er, bevor er beide Füße in den Bach tauchte. »Ahhh«, seufzte er und ließ seinen Kopf nach hinten fallen, während ihm die Augen zufielen.

Okay, das eiskalte Wasser musste sich an seinen Knöcheln fantastisch angefühlt haben, aber *musste* er dabei auch noch so heiß aussehen?

»Ich werde reingehen, ich bin total schmutzig.« Zeruhn warf mir einen Blick zu. Er hatte zwar immer noch getrocknetes Blut von dem Kampf an sich, aber das letzte Wort klang irgendwie auch sexuell geladen.

»Ich auch«, platzte ich heraus. Jupp, ein Bad in einem eiskalten Bach war genau das, was ich brauchte.

Seine Augenbrauen hoben sich, als ob er überrascht wäre, aber er sagte nichts dazu. »Ich werde meine Hose ausziehen, nur damit du es weißt.«

Oh, stimmt. Scheiße! Offensichtlich hatte ich bei meinem unverhohlenen Glotzen ein paar Gehirnzellen verloren.

»Ich ... ich werde nicht hinsehen.« Ich wandte meinen Blick von seinem amüsierten Lachen ab.

»Wie du willst«, sagte er und fügte hinzu: »Ich werde dich auch nicht angucken.«

Tja, das nannte ich mal ritterlich von ihm. Obwohl er die ganze Zeit, die ich hier war, schon ziemlich ritterlich mir gegenüber gewesen war. Abgesehen von der Sache mit dem Jagen und dem gestohlenen Kuss.

Mein Gesicht erhitzte sich, als ich das Rascheln von Kleidung hörte, und obwohl ich nicht hinsehen wollte, erhaschte ich einen Blick auf Zeruhns breiten, muskulösen Rücken, als er in den Bach stieg.

Und seinen Arsch.

Oh, fuck, ich habe gerade seinen Arsch gesehen!

Ich schaute weg, aber es war zu spät. Ich hatte genug gesehen, um zu wissen, dass sein Hintern im Vergleich zu einem so großen, vernarbten Körper knackig und seltsam niedlich war. Der Strom reichte ihm nur bis zu den Knien, also hatte ich auch seine dicken, muskulösen Oberschenkel gesehen. Und seinen Stierschwanz, der ein merkwürdiges Ding war.

Der Ansatz saß genau über seinem Hintern, zwischen den Grübchen an der Basis seiner Wirbelsäule. Der ganze Schwanz war mit einem kurzen, dichten Fell bedeckt, an dessen Ende ein paar längere Haare wie eine Quaste hingen. Das Anhängsel zischte über die Oberfläche des Baches, als hätte es einen eigenen Willen. Ich wagte noch einen Blick zurück und sah, wie es wie eine zusätzliche Hand Wasser über Zeruhns Beine spritzte. Mit seiner Hilfe war sein Hintern in wenigen Minuten gründlich abgespült.

Und verdammt war mein dummes Gehirn, aber ich konnte nicht umhin, mich zu fragen, wie die Vorderseite aussah.

»Alles okay bei dir?«

Zeruhns Gesicht neigte sich zur Seite, obwohl er immer noch nicht hinter sich blickte. Ich betrachtete das Profil seiner Lippen und die gerade Länge seiner Nase und merkte, dass ich wohl zu offensichtlich gestarrt hatte.

»Ähm, ja! Ja, natürlich. Warum?«

»Du bist so still da hinten. Wir können ins Schwimmbecken gehen, wenn du lieber nicht in den Bach steigen willst.« Dann beugte er sich vor – warum schaute ich immer noch hin? – und spritzte sich eine Handvoll Wasser auf den Oberkörper.

»Ach nein, alles gut. Wir können später ins Schwimmbecken gehen. Es ist zwar ziemlich kalt, aber ich würde gern den Wasserfall sehen, falls du noch Lust dazu hast.« Ich griff in das rauschende Wasser und legte dann meine Hände an Stirn und Nacken, um mich abzukühlen.

»Es ist ein kleiner Aufstieg, aber ich habe Lust darauf.« Zeruhn schüttete sich weitere Handvoll Wasser über sein Haar. So viel zu meinen Absichten. Ich schätzte, ich würde einfach weiter starren.

»Warum ist dieser Bereich anders?«, fragte ich, hauptsächlich um mich abzulenken. »Da, wo das Schwimmbecken ist, meine ich. Als wäre es ein richtiges Gebäude mit Gängen und Räumen, während der Rest des Labyrinths ... eher wild ist, würde ich sagen.«

»Das Labyrinth ist ein Hohlraum, der durch ein gewaltiges Erdbeben entstanden ist«, sagte Zeruhn sachlich, während er sich Wasser über die Arme spritzte. »Vor Jahrhunderten riss die Erde auseinander und schuf diesen Ort unter der Oberfläche. Zum Unglück der Menschen damals fiel alles, was sich auf der Verwerfungslinie befand, in die Kluft.«

»Oh, das muss verheerend gewesen sein.«

»Ja. Menschen starben. Autos, Gebäude und alle Arten von Infrastruktur wurden zerstört.« Zeruhn schaute wieder zur Seite, in Richtung des Schwimmbeckens. »Außer der Kirche. Sie wurde zwar beschädigt, aber sie war noch weitgehend intakt.«

»Eine Kirche?« Ich legte den Kopf schief, weil ich das Wort nicht kannte.

»Ja.« Ich sah den Anflug eines Lächelns, als er sich wieder dem Wasser zuwandte. »Ein Ort, an dem sich Menschen versammeln, um einen Gott zu verehren.«

»Gott?«, wiederholte ich. »Das klingt nicht nach etwas, das MinoTek gutheißen würde.«

»Du hast recht. Der Staat hat sich in eine Art eigene Religion verwandelt.« Zeruhn schüttelte verärgert den Kopf. »Er kontrolliert jeden Aspekt des täglichen Lebens und ist eine allgegenwärtige Macht.«

»Woher weißt du so viel darüber? Wie das Leben früher war, meine ich?«, fragte ich. »Meine Mom hat gesagt, dass es keine Wandler gab, als sie ein Mädchen war. Und bevor sie hierhergekommen ist, konnten sie und ihre Familie die Stadt einfach verlassen, wann immer sie wollten.«

»Geschichtsbücher«, antwortete er kurz und bündig. »Und sie hat recht. Wandler sind eine ziemlich neue Erfindung.«

»Und wie kommt man in einer tiefen Erdspalte an Geschichtsbücher?« Ich trottete mit den Füßen durch den Bach. »Oder Solarzellen? Oder Krücken, wenn wir schon beim Thema sind? Bekommst du sie von den Wächtern?«

»Mir wird nichts gegeben.« Zeruhn drehte sich langsam um, und ich verdeckte im letzten Moment meine Augen. Das kalte Wasser an meinem Hals und im Gesicht war völlig nutzlos, denn meine Haut erhitzte sich wieder und brannte heißer beim Klang seines kehligen Lachens. »Ich bin jetzt angezogen, Rehauge. Du kannst gucken.«

Ich spähte durch meine Finger und wusste nicht, ob ich erleichtert oder enttäuscht sein sollte, als ich sah, dass seine braune Leinenhose wieder tief auf seinen Hüften saß.

»Wollen wir zum Wasserfall wandern?« Zeruhns Stierschwanz zischte verspielt hinter ihm herum, während er seine Hände in die Hüften stemmte. »Ich zeige dir, wo alle meine Waren herkommen.«

* * *

ALS ER *WANDERN* GESAGT HATTE, HATTE ER KEINE SCHERZE gemacht. Wenn es nach mir ginge, würde ich sagen, dass Klettern ein treffenderer Begriff war.

Was als zügiger Spaziergang bergauf begann, endete damit, dass ich meine Hände, Knie und Füße an Felsbrocken, flachen Klippen und felsigen Vorsprüngen malträtierte. Zeruhn kam natürlich nicht mal ins Schwitzen. Genauso wenig wie Lago, der seine eigene Route nahm und von Stein zu Stein sprang. Aber ich? Ich war außer Atem, und meine Hände waren nach nur einer Stunde wund und blutig.

»Ich wusste nicht, dass das für Menschen so schwierig ist«, sagte Zeruhn und begutachtete meine Handflächen mit einem Stirnrunzeln.

»Nicht alle Menschen, da bin ich mir sicher. Ich bin einfach nicht in Form«, keuchte ich.

»Hier.« Zeruhn drehte sich um und ließ sich in die Hocke sinken. »Steig auf meinen Rücken.«

»Was? Nein!« Mein Herzschlag beschleunigte sich bei dem Gedanken, seine nackte Haut zu berühren, vor lauter Panik und vielleicht auch wegen etwas anderem.

»Ich trage dich, das ist kein Problem«, beharrte er.

»Nein, dein … dein Knöchel«, stotterte ich. »Du solltest es immer noch vorsichtig angehen. Das zusätzliche Gewicht auf deinem Rücken könnte ihn wieder verletzen.«

Zeruhn drehte seinen Kopf nach hinten und sah mich an.

»Ich komm schon klar, Rehauge. Aber wir sind noch mehr als einen Kilometer vom Wasserfall entfernt, und so wirst du nicht mehr lange durchhalten. Lass dich einfach von mir tragen.«

Verdammt, ich wollte ihn wirklich sehen. Und der Gedanke, von ihm huckepack getragen zu werden, widerte mich nicht gerade an. Tatsächlich war es mir sogar unangenehm, wie sehr mir die Idee gefiel.

»Okay«, lenkte ich ein. »Aber setz mich ab, wenn ich zu schwer werde.«

»Natürlich.«

Damit beugte ich mich über seinen Rücken und schlang meine Arme locker um seinen Hals. Ich stellte meine Füße weit auf und ließ zu, dass er unter meine Oberschenkel griff und mich anhob.

»Bequem?« Er zog meine Beine nach vorn, sodass ich sie um seine Taille legen konnte. »Ich brauche meine Hände zum Klettern, also halt dich gut mit deinen Armen und Beinen fest.«

»Mm-hm, verstanden. Warte mal, was ist das?«

Etwas berührte meinen Hintern und meinen Rücken. Ich schaute hinter mich und sah, dass Zeruhns Stierschwanz sich sanft an meine Wirbelsäule drückte, als ob er mir zusätzlichen Halt geben wollte, während ich mich an ihm festhielt. Das pelzige Ende bewegte sich in der Nähe meines Schulterblatts hin und her.

»Das tut mir leid. Er hat seinen eigenen Kopf.« Er setzte mit langen, großen Schritten wieder zum Wandern an.

»Ist schon okay.«

Er ging über eine relativ flache Fläche, also ließ ich eine Hand um seinen Hals los, um den pelzigen Schopf an seiner Schwanzspitze zu streicheln.

Zeruhn blieb wie angewurzelt stehen und sein ganzer Körper erschauderte. »Warn mich, bevor du das tust«, stöhnte er.

»Oh, sorry!« Ich schlang meine Hände wieder um seinen Hals.

»Ist schon okay, wirklich. Es ist nur ... eine empfindliche Stelle.«

»Das Ende deines Schwanzes oder das ganze Ding?« Ich wusste nicht, warum ich das fragte, warum ich etwas über *irgendeine* der empfindlichen Stellen an seinem Körper wissen wollte.

»Das ganze Ding, aber die Spitze besonders.« Er ging weiter und fügte leise hinzu: »Der Ansatz auch.«

Noch mal: Das brauchte ich nicht zu wissen. Warum hatte ich dann das Gefühl, dass ich diese Information mental für später abspeicherte?

Er setzte wieder zum Klettern an und erklomm kurze Felswände, indem er einfach sprang, sich an der Kante festhielt und uns hochzog. Selbst mit mir, einem Rucksack in Menschengröße, wurde er nicht langsamer oder müde. Lago schlängelte sich im Zickzack nach oben, konnte aber problemlos mit uns Schritt halten.

Das Sonnenlicht war hier oben heller und es gab mehr Pflanzen, Bäume und Vogelnester in den Klippen. Ich sah sogar ein paar streunende Katzen, die von Felsen zu Felsen sprangen und sich flink zu den Nestern bewegten. Das ließ meine Hoffnung, hier rauszukommen, noch größer werden. Wir mussten jetzt in der Nähe eines Fluchtweges sein.

»O mein Gott, sind das Nektarinen?« Ich zeigte auf einen Baum auf einem eigenen kleinen Felsvorsprung mit Tonnen von rötlich-rosa Früchten.

»Ich weiß nicht, wie sie heißen«, gab Zeruhn zu. »Aber ich habe von diesem Baum gegessen. Die Früchte sind köstlich.«

»Hat die Frucht einen Kern in der Mitte?«, fragte ich. »Die Schale ist glatt und platzt wie eine Membran, wenn du hineinbeißt? Sie ist innen richtig süß und saftig?«

»Ja zu allen genannten Punkten«, kicherte er.

»Uff, das ist meine Lieblingsfrucht«, stöhnte ich. »Unsere Nachbarin hatte einen Nektarinenbaum und schenkte uns immer riesige Säcke voller Früchte. Wir haben daraus Marmelade gemacht, Kuchen gebacken oder sie einfach so gegessen. Ich habe nie genug davon bekommen.«

Zeruhn wandte sich sofort dem Baum zu und begann, die kurzen Felsvorsprünge, auf denen er wuchs, zu erklimmen.

»Oh, nein, Zeruhn«, protestierte ich. »Das musst du nicht nur für mich tun.«

Ich hatte kaum zu Ende gesprochen, als er uns auf die Klippe zog und vor dem Baum stehen blieb. Die Luft roch hier so süß und ein heftiger Stich von Heimweh traf mich mitten in die Brust. Zeruhn pflückte ein paar reife Früchte vom Baum und reichte mir eine.

»Das sind auch meine Lieblingsfrüchte«, sagte er so leise, dass ich ihn fast nicht hörte.

Wir machten uns wieder auf den Weg, und ich versuchte mein Bestes, ihn nicht mit einem einarmigen Griff zu erwürgen, während ich mit der anderen Hand meine Nektarine aß. Er trug sein Obst zwischen den Zähnen, während er kletterte, und ich gab mir Mühe, auf die Landschaft zu achten und nicht auf die Muskeln in seinem Kiefer, während er kaute.

Es war wirklich wunderschön hier oben, und ich aß glücklich meine Nektarine. Aber je höher wir kamen, desto mehr Traurigkeit und Verzweiflung überkam mich. Zeruhn hatte übermenschliche Kraft und Beweglichkeit. Er kletterte über Felsvorsprünge und Klippen, die drei, vielleicht sogar vier Meter hoch waren, und das immer und immer wieder. Ein Weltklasse-Athlet könnte das vielleicht schaffen, aber ein durchschnittlicher Labyrinth-Gefangener? Das war unmöglich.

»Wir sind da«, sagte er und schnaufte dabei kaum, als wir vor unserem endgültigen Ziel standen.

Ich rutschte von seinem Rücken und schaute nach oben, wobei sich mein Nacken immer weiter nach hinten krümmte. Die Öffnung in der Höhle war so nah wie noch nie und doch so weit weg, vielleicht noch dreißig Meter. Es gab hier nichts mehr zum Klettern, die Felswand, die nach oben führte, war glatt, wahrscheinlich durch Jahrhunderte hindurch von den Wasser-fällen, die über den Rand stürzten, geformt.

»Dort oben ist das Sperrgebiet gleich außerhalb von Upper MinoTek«, erklärte Zeruhn. »Die Leute nutzen es als Müllhalde und manchmal spült das Wasser Dinge hierher. So bin ich an meine Bücher und alle meine Vorräte gekommen. Auch die Artikel für das Schwimmbecken. So ziemlich alles, außer Essen.«

Ich hörte ihn, aber alles, was er sagte, war Rauschen. Ich konnte nicht aufhören, auf das Wasser zu starren, das über den Felsvorsprung herunterkam. Hier war sie, meine letzte Chance zu entkommen.

Und es war verdammt noch mal unmöglich.

»Ariadne?« Zeruhn berührte meine Schulter. »Geht es dir gut?«

»Ja«, sagte ich ohne Umschweife. »Es ist wirklich schön hier oben. Danke, dass du es mir gezeigt hast.«

Er sagte nichts, und ich wusste, dass der arme Kerl verwirrt sein musste. Den ganzen Morgen über war ich gesprächig und aufgeregt gewesen, und jetzt hatte sich meine Stimmung komplett gedreht. Ich hatte ihm nie gesagt, dass ich gehofft hatte, zu entkommen, also konnte ich ihm jetzt nicht erklären, warum ich so enttäuscht war.

»Stimmt etwas nicht?« Zeruhn schob sich vor mich und versperrte mir die Sicht auf das tosende Wasser, auf den einzigen Ausweg.

»Nein.« Ich konnte ihn nicht einmal mehr ansehen, konnte die Details seines attraktiven Gesichts mit den Hörnern nicht mehr genießen. Alles, woran ich denken konnte, war, dass ich hier in der Falle saß.

Ich würde meine Mom nie wiedersehen.

»Nein, es geht mir gut. Ich bin nur ... erschöpft, denke ich.« Ich drehte mich weg, damit er nicht sehen konnte, wie ich mir die Tränen wegwischte.

»Willst du dich ausruhen? Ich kann dich eine Weile in Ruhe lassen und nach Vorräten suchen.«

»Können wir einfach zurückgehen?«, quietschte ich und versuchte, mein Schniefen zu verbergen.

»Zurück in die Höhle? Wir sind doch gerade erst angekommen!«

»Ja, tut mir leid. Ich kann nur ... nicht ...« Jetzt heulte ich hemmungslos und brachte es nicht über mich, Zeruhn anzusehen. Wenn ich sein Gesicht sehen würde, käme ich in Versuchung, alles zu erklären und das konnte ich nicht riskieren.

Im Moment war er warmherzig und freundlich zu mir, aber würde er so bleiben, wenn er wüsste, dass ich vorhatte zu fliehen? Außerdem flirtete er mit mir und war auf seltsame Weise besitzergreifend. *Du wirst nicht anfassen, was mir gehört,* hatte er zu Rich gesagt, nachdem er den Mann mit seinen Hörnern aufgespießt hatte. Was würde der Minotaurus mit seiner Beute machen, wenn er herausfände, dass sie versuchte, ihm ein für alle Mal zu entkommen?

»Ja, wir können gehen«, sagte Zeruhn zu meiner Erleichterung.

Er hockte sich vor mich und ich kletterte ohne ein weiteres Wort auf seinen Rücken. Unser Abstieg in das Haupttal des Labyrinths verlief ebenso wortlos. Ich hatte schon fast erwartet, dass er mich anschnauzen und eine Erklärung von mir verlangen würde. Er hatte zugegeben, dass er menschliche Gefühle nicht so gut verstand wie Fakten und Zahlen. Aber er hatte kein einziges Wort gesagt.

Wir kehrten in seine Höhle zurück, die in gewisser Weise auch zu meiner Höhle geworden war. Denn ich würde diesen Ort nicht mehr verlassen können. Würde er überhaupt wollen, dass ich auf unbestimmte Zeit in seinem Bereich blieb?

Ich würde diese Brücke überqueren, wenn es soweit war. In diesem Moment wollte ich mich in meinem neu entdeckten

Kummer suhlen. Nie wieder würde ich durch meine gewohnte Gegend gehen, mit meinen Nachbarn sprechen oder über die Kinder lachen, die mit den streunenden Hunden herumliefen.

Ich würde meine Mutter nie wieder umarmen, für uns kochen oder ihre Stimme hören.

Das alles lastete wie ein Betonklotz auf mir, sodass ich kaum noch atmen konnte. Auch wenn die Dinge vorher düster und beängstigend gewesen waren, so hatte ich doch wenigstens etwas, woran ich mich festhalten konnte. Ich hatte wenigstens ein Ziel, das mir half, das durchzustehen.

Jetzt hatte ich nichts mehr.

Ich legte mich auf meine Decken auf dem Boden von Zeruhns Höhle und ... wünschte mir einfach, ich könnte mich aus dem Leben werfen. Mein Herz pumpte Blut. Meine Lunge zog sich zusammen und dehnte sich aus. Aber ich fühlte mich nicht mehr lebendig.

Irgendwann musste ich eingeschlafen sein. Wie schade, dass ich aufwachen musste.

Ich war steif und schmerzte, weil ich mich nicht viel bewegt hatte, und drehte mich um, um es mir gemütlicher zu machen. Ich konnte mich doch nicht ewig mit einem wunden Hintern im Elend suhlen, oder?

Neben meinem Bett stand etwas, das vorher noch nicht dagewesen war. Etwas, das ein wenig Gefühl in die kalte, gefühllose Hülle, zu der ich geworden war, zurückbrachte.

Eine Holzkiste, die mit Nektarinen gefüllt war.

14

ZERUHN

Ich konnte es nicht einmal ansatzweise begreifen. In der einen Minute schien Ariadne aufgeregt und glücklich. Sie hatte sich seit dem Vortag darauf gefreut, den Wasserfall zu sehen. In der nächsten Minute wurde sie missmutig und verschlossen, ihre Lippen zogen sich zu einem permanenten Trauergesicht nach unten.

Das Schlimmste daran war, dass sie aufhörte, mit mir zu reden.

Sie hörte auf, mich mit Fragen zu löchern, und in den nächsten drei Tagen hatte sie kaum noch geantwortet, wenn ich sie etwas fragte. Sie hatte kaum etwas gegessen und hatte die Kiste mit den Früchten, die ich ihr gebracht hatte, völlig ignoriert.

Ariadnes Rehaugen hatten ihren Glanz verloren. Statt stürmisch und hell, waren sie stumpf und leblos. Ihr Blick konzentrierte sich auf nichts, selbst wenn Lago und ich direkt vor ihr standen. Sie war mit ihren Gedanken ganz woanders, und ich wollte sie unbedingt zurückholen.

Mir war vorher nicht bewusst gewesen, wie sehr ich es genossen hatte, sie hier zu haben. Nicht nur als meine Beute, die ich jagen musste, sondern auch als Gesellschaft, als jemand, mit dem ich reden und mir die Zeit vertreiben konnte. Jede Minute, die ohne ihre Stimme oder ihre Anwesenheit verging, war eine Qual für mich.

Meine seltsamen Instinkte, meine ungewöhnlichen Triebe waren mir egal, wenn es um sie ging. Ich wollte einfach nur, dass das in Ordnung gebracht wurde. Ich wollte diese dunkle Wolke, die sich über sie gelegt hatte, auslöschen und wünschte mir, sie würde mir sagen, wie ich das anstellen könnte.

Lago klebte an ihrer Seite und schmiegte sich mit seinem Geweih an sie, so sanft wie er konnte. Ich ertappte mich dabei, dass ich sie auf ähnliche Weise berühren wollte, sie an meine Brust drücken und mich um sie wickeln wollte, als könnte ich sie so vor allem schützen, was gerade passierte.

Als sie auf meinem Rücken zum Wasserfall geritten war, war die Art und Weise, wie ihr Körper mich umhüllte, zu meinem neuen Lieblingskörpergefühl geworden. Noch nie zuvor hatte jemand so viel von mir berührt. Sie hatte meinen Rücken wie eine Decke umhüllt, ihre Arme und Schenkel hatten mich mit einer Spannung umklammert, von der ich mich nie wieder lösen wollte.

Aber ich wusste, dass sie es nicht mochte, von fremden Männern berührt zu werden, also hatte ich meinen Abstand gehalten. Als sie bei Einbruch der Nacht am Bach gesessen hatte, hatte ich ihr eine Decke über die Schultern gelegt und sie in Ruhe gelassen. Ich hatte versucht, sie zu fragen, was los war, aber sie antwortete nur: »Es gibt nichts, was du tun kannst.«

Ich hatte versucht, andere Fragen zu stellen und ihr mehr über das Labyrinth zu erzählen, um sie abzulenken, aber ich hatte nie eine Antwort bekommen.

Am Ende des dritten Tages war ich mit meinen Kräften am Ende. Ariadne schien auf irgendeine Art und Weise Schmerzen zu haben, und ich hatte versucht, sie sanft daraus zu holen. Sie hatte nicht reagiert, egal was ich getan hatte, und ich war verzweifelt, irgendeine Reaktion von ihr zu bekommen. Irgendetwas, das mir sagte, dass sie noch da war, selbst wenn es eine extreme Reaktion war.

Wie Wut. Oder Angst.

Am nächsten Morgen saß sie wieder am Bach und sah zu, wie das Wasser vorbeirauschte. Ich starrte ihre unbewegliche Gestalt ein paar Augenblicke lang an, bevor ich meine Wandlung begann.

Meine Füße stampften mit massiven Hufen auf den Boden. Die Muskeln an meinem ganzen Körper wurden immer größer und kompakter, während meine Hörner lang und scharf genug wurden, um einen Menschen mit Leichtigkeit zu zerreißen – so wie ich es schon viele Male zuvor getan hatte. Mein Gesicht veränderte sich zuletzt, als ich dem seltsamen Gefühl, wie mein Schädel wuchs und sich in den eines Stiers verwandelte, nachgab.

Ich stampfte noch einmal mit einem Huf auf und warf meinen Kopf mit einem kräftigen Schnaufen hin und her. Das war die einzige Warnung, die Ariadne bekommen würde. Ihre Schultern spannten sich an und hoben sich leicht in Richtung ihrer Ohren, aber ansonsten bewegte sie sich bei dem Geräusch nicht.

Na gut. Du hättest einen größeren Vorsprung haben können, Beute.

Ich ging auf sie zu und sah, wie sich ihr Körper bei jedem meiner Schritte zusammenzog. Aber sie bewegte sich immer noch nicht. Sie war mit ihren Gedanken woanders und tat so, als ob ich nicht da wäre. Tja, sie würde nicht mehr lange so tun können.

Ich stellte mich direkt hinter sie. Da sie auf dem Boden saß, reichte sie mir in dieser Form kaum bis zu den Knien. Ich beugte mich hinunter und packte sie mit einer Hand im Nacken, was ihr ein erschrockenes Keuchen entlockte – und vielleicht sogar ein bisschen Angst.

Ariadne wehrte sich, aber ich hielt sie fest. Nicht so sehr, dass es ihr wehgetan hätte, aber gerade so fest, dass sie sich nicht bewegen konnte. Sie hatte mich dazu gezwungen, das musste sie verstehen. Ich hatte erfolglos versucht, sie zu mir als Mann zurückzuholen. Jetzt würde sie sich mir als Bestie unterwerfen.

»Zeruhn!«, schrie sie und versuchte mit ihren kleinen Fingern, meine Hand aus ihrem Nacken zu ziehen und zu entreißen. »Was machst du da? Lass mich los!«

Ich tat das Gegenteil und drückte nur noch ein bisschen fester zu. Dann beugte ich mich näher heran, bis mein Mund ihr Ohr berührte. Sie zuckte zusammen, als mein Stierkopf sie berührte, und das löste in mir den ersten Anflug von Vorfreude aus. *Endlich eine Reaktion.*

»Lauf um dein Leben, Beute«, sagte ich, undeutlich und mit starkem Akzent durch meinen unmenschlichen Mund, aber sie verstand, was ich meinte.

Ich ließ Ariadne los, und genau wie ich gehofft hatte, sprang sie auf und rannte los wie der Blitz.

Die Duftspur, die sie hinterließ, war von Angst geprägt, aber nicht mehr so stark wie bei der ersten Jagd auf sie. Gut so. Ich wollte, dass sie wachgerüttelt wurde, aber nicht, dass sie danach Angst hatte, mit mir zu sprechen.

Ich brüllte ihrer schrumpfenden Gestalt hinterher und folgte ihr in gemächlichem Tempo. Selbst wenn ich sie aus den Augen verlor, würde mich dieser verlockende Duft zu meiner rehäugigen Beute führen. Dann müsste sie mich angucken und mich wirklich *sehen.* Was auch immer sie ablenkte, es hatte nichts damit zu tun, dass sie sich in den Fängen des Minotaurus befand.

Ihre keuchenden Atemzüge ließen meinen Schwanz hart werden, und ich schlang meine Hand darum und versuchte, das Ding zu unterwerfen. Ich wollte sie, aber das war nicht der Sinn dieser Jagd. Wenn sie sich von mir auf diese Weise erobern lassen würde, dann würde ich es tun. Aber in diesem Moment wollte ich *meine* Ariadne zurück. Diejenige, die rot wurde, wenn ich sie neckte, die Fragen stellte und sich um meine Wunden kümmerte, wenn es sonst niemand getan hatte.

Mein Schwanz hörte jedoch nicht zu, also ließ ich ihn los und konzentrierte mich wieder auf meine Verfolgung. Im Moment war sie außer Sichtweite, aber ihr Duft zog im Zickzack durch das Grasfeld neben dem Bach. Als ob mich das aufhalten würde.

Sie war in Richtung der Kirche gelaufen, was mich überraschte. Nach der letzten Jagd dachte ich mir, dass sie es irgendwo anders versuchen würde. Außerdem konnte ich mich in diesen Tunneln mit geschlossenen Augen zurechtfinden, während sie sich hoffnungslos verirren würde.

Ich habe dir doch gesagt, dass du es mir nicht zu leicht machen sollst, dachte ich und schnalzte mit der Zunge. Vielleicht musste ich ihr den Hintern versohlen, wenn ich sie erwischte.

Ariadnes Duft war in diesen Steinmauern stärker, die Luft war abgestandener als draußen. Sie duftete süß, fast wie die Nektarinen, die sie so sehr liebte. Ihr Duft haftete an meiner Haut, fast so, als wäre sie über mir drapiert und würde meine Berührung willkommen heißen.

Ich bog in einen Korridor ein und folgte ihrem Geruch wie ein Hund, der einen Knochen sucht. Mein Schwanz war jetzt hart und stramm und sehnte sich danach, in unserer warmen, weichen Beute zu versinken. Das Organ würde sie in dieser Form absolut zerstören, aber, scheiße, es machte Spaß, sich vorzustellen, wie sie ihn aufnehmen würde.

Meine Hufe hallten auf dem Steinboden wider und warnten Ariadne zweifellos vor meiner Verfolgung. Gut, ich wollte sie wissen lassen, dass ich direkt hinter ihr war. Dass ich nicht aufhören würde, bis sie mir gehörte.

Ich spürte eine Bewegung in einem anderen Korridor und dann das Vibrieren kleiner, eiliger Füße. Ich brüllte, bis eine Reihe von Echos entstanden war. Auf diese Weise würde sie sich komplett verirren und denken, ich sei direkt hinter ihr, obwohl ich direkt hier war und auf der Lauer lag.

Genau wie ich es vorausgesagt hatte, stürmte Ariadne aus einem Seiteneingang und schaute hektisch hinter sich. Sie prallte gegen meine Brust und wurde durch die Wucht nach hinten geschleudert. Ich grinste bei ihrem Anblick – errötetes Gesicht, hektischer Atem und große, wache Augen. So eine perfekte, schöne Beute.

Mit einem kleinen Schrei rannte sie wieder los. Ich folgte ihr mit kurzen Schritten, um ein wenig Abstand zwischen uns zu halten. Sie schaute über die Schulter und beschleunigte das Tempo, während sie mit den Armen pumpte. Ich hielt mit ihr Schritt, denn ich wusste, dass sie bald müde werden würde. Mein Mensch war zerbrechlich. Sie war darauf *angewiesen*, dass ich sie auffing.

Bei der Jagd übernahmen meine tierischen Instinkte den größten Teil des Gesprächs, während die menschliche Seite in den Hintergrund trat. Ich konnte mir nicht erklären, *warum* ich jagen musste, warum mich diese Verfolgung so sehr begeisterte und aufregte. Ariadne brachte es für mich auf eine ganz neue Ebene. Sie brachte einen Nervenkitzel in die Jagd, den ich noch nie erlebt hatte. Und sie war eine Beute, die ich fangen und behalten wollte.

Für immer.

Das Warum interessierte mich nicht mehr. Ich wusste nur, dass ich sie behalten musste, dass ich ihre Stimme und ihre Neugierde brauchte wie die Luft zum Atmen.

Ariadne wurde langsamer und hielt sich mit einer Hand die Seite, während sie sich mit der anderen an der Wand abstützte. Sie bewegte sich weiter, obwohl ihr Lauf zu einem zügigen Schritt verlangsamt worden war. Ihre Atemzüge kamen keuchend, fast als ob sie Schmerzen hätte. Zeit, die Jagd zu beenden. Ich wollte sie erschöpft, aber nicht tot sehen.

Ich holte sie schnell ein und hob sie vom Boden hoch,

indem ich einen Arm um ihre Taille legte. Sie strampelte und schlug um sich, aber ihr Kampf war schwach, und sie sagte nicht, dass ich sie loslassen sollte. Ich fragte mich, ob das ein Fortschritt war. Hatte sie wirklich weniger Angst als vorher?

Mit ein paar langen Schritten schleppte ich sie auf die ebene Fläche der ehemaligen Kapelle. Ich hatte in Geschichtsbüchern gelesen, dass dies ein Altar gewesen war, ein Ort, an dem man den Göttern und Heiligen der alten Religionen Opfergaben dargebracht hatte. Meine rehäugige Beute würde eine gute Opfergabe abgeben, aber sie gehörte mir.

Ich legte sie mit dem Rücken auf den Altar, klemmte mich zwischen ihre Schenkel und drückte ihre Hände nach unten, als ich wieder meine menschliche Gestalt annahm. In dieser Form hatte sie weniger Angst vor mir und schien es zu genießen, mich in dieser Gestalt zu sehen.

»Ich habe dich erwischt, Ariadne.« Ich schwebte dicht über ihr und genoss ihren hektischen Atem, ihre geweiteten Augen und ihre geröteten, geöffneten Lippen. »Gibst du mir jetzt meinen Preis, oder muss ich ihn mir von dir nehmen?«

Ich würde mir nie mehr als einen Kuss von ihr nehmen. Ich würde sie jagen, aber niemals missbrauchen. Ich fragte mich, ob sie das wusste oder mich genauso sah wie Rich, den Menschen, dessen Blut meine Hörner beschmiert hatte, weil er es gewagt hatte, *meine* Beute anzufassen. Und wie ein Feigling versucht hatte, sie zu berühren, während sie geschlafen hatte.

Der Gedanke an ihn weckte meinen Blutrausch und machte mir Lust, einen anderen erbärmlichen menschlichen Abfall zu zerfleischen. Aber er war weg und stellte kein Problem mehr dar. Jetzt gab es nur noch mich und sie, genau wie ich es wollte.

Ich genoss den Anblick meiner süßen Eroberung, die vor mir lag, und wartete auf Ariadnes Reaktion. Und was sie tat, schockierte mich.

Sie hob ihren Kopf vom Altar, befreite einen Arm, schlang ihn um meinen Hals und presste ihren Mund auf meinen.

15

ARIADNE

Mein Herz hatte bereits gerast. Meine Lungen waren von der Anstrengung, vor ihm wegzulaufen, bereits verengt gewesen. Jetzt schalteten mein Herz und mein Atem auf Hochtouren, während ich genau diesen Mann küsste.

Aber es war nicht einfach nur ein Kuss. Ich konnte es nicht mal ansatzweise beschreiben oder erklären, was mich dazu getrieben hatte. Es war ein Kampf um die Kontrolle, ein Aufeinanderprallen von Lippen und Zähnen und ein wildes Spiel der Zungen. Und es war nicht nur Zeruhn, der das mit mir machte. Ich gab genauso viel, wie ich bekam. Scheiße, ich hatte *angefangen*.

Der Mund des Minotaurus schmiegte sich an meinen und er folgte mir in jedem Takt. Er stöhnte, als ich auf seine Lippe biss, schob seine Zunge in meinen Mund, als ich nach Luft schnappte, und krallte seine Finger besitzergreifend in meine Hüften. Seine eigenen Hüften wippten nach vorn und ich keuchte bei dem schweren Druck der Erektion in seiner Hose. Mein Inneres pulsierte gierig und das Verlangen, von ihm ausgefüllt zu werden, ließ mich bereits wimmern. Es war so lange her, dass ich berührt oder geküsst worden war, und noch nie war es so überwältigend gewesen wie jetzt.

Ich wollte nachgeben, mich weiter von Zeruhns köstlich weichem Mund mitreißen lassen und ihn mit meinen Schenkeln umklammern, bis er mir gab, wonach ich mich sehnte. Nachdem ich mich tagelang wie betäubt gefühlt hatte, fühlte ich mich endlich wieder *gut*. Sogar noch besser als gut – begeistert. Im Nachhinein betrachtet fühlte sich diese Jagd wie ein Vorspiel an. Sie hatte mich aus meinem Trott gerissen und mein Blut in Wallung gebracht. Das Beste daran war, dass es mich von dem Elend der letzten Tage ablenkte.

Aber ich konnte das nicht tun. Ich sollte nicht von einem Mann erregt werden, der auch eine Bestie war. Von jemandem, der so viele Menschen getötet hatte, und das mit Leichtigkeit.

»Zeruhn, warte«, sagte ich, als sich unsere Lippen für einen Atemzug trennten, und drückte eine Hand auf seine Brust. »Warte kurz. Ich ... brauche nur einen Moment.«

Ich machte mich auf das gefasst, was jetzt kommen würde. Wut, zweifellos. Vielleicht brannte etwas von der Gewalt, die ich nur zu gut kannte, in ihm. Männer mochten es nicht, wenn ihr Spaß unterbrochen wurde. Viele von ihnen waren aufdringlich und gewalttätig, besonders bei uns Mädchen aus den Slums.

Aber der Minotaurus wich nur mit einem schiefen Grinsen zurück und sah mit seinen entspannten, betrübten Augen sehr zufrieden aus. »So einen Gewinn habe ich bei dieser Jagd nicht erwartet. Du schmeckst göttlich, Ariadne.« Er legte den Kopf schief und fuhr mit der Nase an meinem Hals entlang. »Und dein Duft. Einfach köstlich.«

Die leichte Berührung seiner Nasenspitze reichte aus, um mich erschauern zu lassen, und ich drückte eine Hand auf seine Schulter. »Bitte, kann ich kurz etwas Abstand bekommen?«

Zeruhn zog sich weiter zurück, seine Augenbrauen zogen sich zusammen, aber nicht aus Wut. Er schien besorgt zu sein. Um mich. Diese goldenen Augen brannten sich in mich und verlangten stillschweigend, zu erfahren, was los war. Es war zu intensiv, zu viel. Ich sprang von dem flachen Tisch, auf den er mich gesetzt hatte, und ging ein paar Schritte weg.

»Verlass mich nicht wieder«, knurrte Zeruhn. »Nicht, wenn ich dich gerade erst zurückbekommen habe.«

Ich drehte mich zu ihm um und sah ihn verwirrt an. »Verlassen? Ich bin doch nirgendwohin gegangen.«

»Du warst in den letzten Tagen nicht *hier* bei mir.« Er kam vorsichtig auf mich zu, sein Stierschwanz wedelte hinter ihm. »Du warst woanders, irgendwo, wo ich dich nicht erreichen konnte. Du isst nicht. Ich habe deine Stimme kaum gehört. Deine Augen haben mich nicht *gesehen*. Nicht so, wie sie es mal getan haben, vor dem Wasserfall.« Sein Stierschwanz schmiegte sich eng an seinen Körper, klemmte fast schon zwischen seinen Beinen und nur die Spitze zuckte zögerlich.

»Oh, Zeruhn ...«

Ein Schmerz erfüllte meine Brust, als ich begriff, was er sagte. Er hatte mich *vermisst*. Er hatte das ... was auch immer das zwischen uns war vermisst. Er hatte versucht, meine Aufmerksamkeit zu gewinnen, denn natürlich hatte er keine Ahnung, warum ich mich völlig in mich selbst zurückgezogen hatte. Und er war besorgt gewesen, hatte versucht, mich zu füttern, mit Decken warm zu halten und mich mit einer Kiste Nektarinen aufzumuntern. Er hatte sich Sorgen um mich gemacht und wusste nicht, wie er mich aus meinem Trübsinn herausholen konnte, außer durch eine Jagd auf mich.

Dieser animalische Mann, der Dutzende, wenn nicht Hunderte von Menschen getötet hatte, sorgte sich um mich. Und verdammt noch mal, ich fing an, mich auch um ihn zu sorgen.

»Es tut mir leid«, sagte ich. »Ich hätte dir sagen sollen, warum ich mich so verhalten habe, aber ich wusste nicht, wie du reagieren würdest.«

»Worauf reagieren?« Er kam näher, ließ mir aber immer noch den Raum, den ich wollte.

»Ich wollte wissen, woher das Wasser kommt, um zu sehen, ob ich dadurch entkommen kann.«

»Ariadne.« Zeruhn streckte die Hand aus und strich mir zaghaft über das Gesicht. »Du hättest mich einfach fragen können, dann hätte ich dir die Mühe erspart.«

Ich begegnete seinem Blick und sah Wärme, Zuneigung und sogar Mitgefühl in seinem Blick. »Also, gibt es sie?«

»Eine Möglichkeit, dem Labyrinth zu entkommen?« Als ich nickte, sagte er: »Nicht, solange dein Herz noch schlägt.« Ich schloss niedergeschlagen die Augen und er strich mir sanft mit dem Daumen unter dem Auge entlang. »Es tut mir leid. Wenn es einen Ausweg gäbe, wäre ich auch nicht hier.« Dann fuhr sein Daumen mit einer federleichten Berührung über meinen Kiefer. »Und ich hätte dich nie getroffen.« Sein Tonfall hob sich bei diesem letzten Satz, als ob meine Anwesenheit es irgendwie besser für ihn machte.

»Ich habe ... jemanden, der mich draußen braucht«, gab ich zu. »Jemand, der verletzlich und auf mich angewiesen ist. Und wenn ich nicht rauskomme, hat sie niemanden.«

»Ein Kind?«, fragte Zeruhn und klang dabei fast hoffnungsvoll.

»Nein. Eher meine Mutter. Sie hat Arthritis. Ihre Gelenke schmerzen sehr und es fällt ihr schwer, sich zu bewegen.«

»Ich verstehe.« Zeruhns Finger streichelten nun meinen Nacken, die Berührung war warm und entspannend. Er war immer noch eine Armlänge von mir entfernt, aber mein Bedürfnis nach Abstand nahm schnell ab. Ich wollte wieder den Druck seiner Brust und seiner Hände auf mir spüren. »Wenn ich dich hier rausholen könnte, damit du zu ihr zurückkehren kannst, würde ich es tun.«

»Du würdest deine Beute freilassen?«, fragte ich mit einem freudlosen Lachen. »Für immer?«

»Ich habe meine Mutter nie kennengelernt«, antwortete er, sein Gesicht immer noch todernst. »Du kannst dich glücklich schätzen, von deiner Mutter großgezogen worden zu sein. Und sie hat es sicher mehr verdient als ich, dass du dich um sie kümmerst.«

Ich blickte zu ihm auf. »Warte, ich dachte, du wurdest in einem Labor erschaffen.«

»Alle Wandler werden von menschlichen Leihmüttern geboren. Ich bin nicht genetisch mit ihr verwandt, aber sie hat mich ausgetragen.« Zeruhns Kehle gab ein räusperndes Schlucken von sich. »Mir wurde gesagt, dass sie mich adoptieren wollte, als sich herausstellte, dass ich ein gescheiterter Prototyp war. Aber das ist gegen das Gesetz, eine Anordnung des Premierministers selbst.«

»Was? Das ist ja furchtbar. Warum sollte es illegal sein, Prototypen zu adoptieren?«

»Irgendwelche schwachsinnigen Haftungsgründe. Sie sagten, sie wüssten nicht, was passiert, wenn ich in die Pubertät oder ins Jugendalter komme. Der Hormonrausch könnte mich gewalttätig machen oder weitere Probleme mit meinen Genen zutage fördern.«

»Ist sie die Frau neben deinem Bett? Das Foto.«

»Ja, ich habe es aus einer Akte gestohlen.«

»Und du hast sie nie kennengelernt?«

Er schüttelte den Kopf. »Damit wollten sie verhindern, dass die Laborkreationen familiäre Bindungen eingehen. Die Testergebnisse durften nicht durch emotionale Reaktionen beeinträchtigt werden.«

»Das tut mir so leid, Zeruhn.«

Er zuckte mit einer Schulter und sein Mundwinkel zog sich nach oben. »Ich habe sie nicht erwähnt, um meine Geschichte mit deiner zu vergleichen. Ich wollte nur erklären, warum ich dich definitiv zu deiner Mutter zurückbringen würde, wenn ich die Möglichkeit dazu hätte.« Er holte tief

Luft. »Sosehr es mich auch schmerzen würde, deine Gesellschaft zu verlieren.«

»Ich … mag deine Gesellschaft auch«, gab ich zu. »Ich werde mir natürlich immer Sorgen um meine Mom machen. Aber ich nehme an, es könnte schlimmer sein.«

»Stimmt. Du könntest mit Rich in einem Labyrinth festsitzen.«

»Okay, jetzt mag ich deine Gesellschaft überhaupt nicht mehr.«

Ein trockenes Lachen verließ seine Kehle und seine Finger wanderten von meinem Nacken zum Rand meiner Hand. »Willst du was essen? Und dich vielleicht im Schwimmbecken waschen?«

Ich schnaubte. »Willst du mir sagen, dass ich stinke?« Ich wusste bereits, dass ich stinke. In den letzten Tagen war ich nicht gerade auf Selbstfürsorge bedacht.

»Ich nehme an, du könntest noch schlimmer müffeln«, erwiderte er mit einem neckischen Lächeln. »Warte im Schwimmbecken auf mich. Findest du den Weg?«

»Ich werd's schon irgendwie dahin schaffen.«

Er schwankte auf mich zu, als wollte er mich küssen, bevor er ging, schien es sich dann aber anders zu überlegen. Stattdessen drehte er sich abrupt um und joggte mit wedelndem Stierschwanz aus der Ruine.

Nach ein paar Irrwegen durch das Labyrinth der Gänge fand ich den Weg zum Schwimmbecken. Der steinerne Fisch sprudelte immer noch aus seinem Maul, und die Körbe mit Seife, Zahnbürsten und Handtüchern waren ordentlich an den Wänden aufgereiht.

Ich schnappte mir ein paar der kleinen Seifenflaschen und fing an, sie in das Wasser zu kippen. Zum einen wollte ich wirklich blitzsauber werden und diese Schicht aus Schweiß und Schmutz von meiner Haut entfernen. Der zweite Grund war, dass ich genug Blasen erzeugen wollte, damit Zeruhn keinen freien Blick auf meine Ware hatte, sobald ich mich ausgezogen hatte.

Nachdem eine dicke Schicht von Bläschen an der Oberfläche schwamm, zog ich mich aus und kletterte hinein.

Mom, es tut mir so leid. Ich wünschte, es gäbe einen Weg, dir zu sagen, dass es mir gut geht. Du musst dir keine Sorgen machen. Ich bin am Leben, unverletzt und ...

»... sicher.« Ich hauchte das letzte Wort laut aus, obwohl es wegen des tröpfelnden Wassers kaum zu hören war. Ich musste es sagen, weil es unmöglich wahr zu sein schien, und doch war es so.

Ich befand mich am gefährlichsten Ort der Stadt, dem Gefängnis, in dem der Tod unmittelbar bevorstand. Und doch fühlte ich mich *sicher* bei der Person, die so viel Tod verursacht hatte.

»Was hast du getan?« Zeruhns Stimme klang locker und amüsiert, als er den Raum betrat und einen kleinen Beutel mit Nektarinen in der einen und eine große Schale in der anderen Hand hielt.

»Ich ... wollte richtig sauber werden.« Die Schüchternheit über meine Nacktheit überkam mich, und ich sank bis zum Kinn in das Wasser. Mir wurde klar, dass ich noch nie ganz nackt vor ihm gestanden hatte, weil ich zu feige gewesen war, mich im Bach auszuziehen.

»Das wirst du bestimmt sein.« Er kam an den Rand des Beckens und hielt mir eine Nektarine hin. Als ich sie in die Hand nehmen wollte, zog er sie mit einem Kopfschütteln zurück. »Mach den Mund auf.«

Ich tat, was er sagte, und ich schaute ihm in die Augen, als er mir die Frucht wieder hinhielt. Unsere Blicke trafen sich, als ich einen Bissen nahm und meine Zähne sanft über den Kern in der Mitte kratzten. Ich musste ein obszönes Sauggeräusch machen, damit mir der Saft nicht am Kinn herunterlief, und ich schwor, dass sich Zeruhns Augen bei diesem Geräusch weiteten.

Als ich mich zum Kauen zurückzog, führte Zeruhn die kleine Frucht an seinen Mund und nahm einen großen, saugenden Bissen von der anderen Seite. Das meiste Fruchtfleisch der Nektarine war schon weg, der Kern lag frei in seiner Hand.

Ich schluckte, und die weiche Frucht schien einen Kloß in meinem Hals zu hinterlassen. »Wirst du reinkommen?«

Wortlos stellte Zeruhn das Essen beiseite, stand auf und griff nach dem Verschluss seiner Hose. »Wirst du wieder so tun, als würdest du wegschauen?«, fragte er mit einem neckischen Ton in der Stimme.

»Ich ... Nein. Ich habe nicht nur so getan!«, stammelte ich. »Ich habe das letzte Mal nur versucht, dir Privatsphäre zu geben.«

»Mm-hm«, sagte er skeptisch. »Ich kenne mich mit Privatsphäre nicht aus, um ehrlich zu sein.« Mit diesen Worten zog er seine Hose aus und watete in das Schwimmbecken.

»Ähm ... was! Ich meine, was verstehst du daran nicht?« Zuerst versuchte ich wegzuschauen, aber als er von der Hüfte abwärts unter Wasser war, konnte ich fast so tun, als wären wir beide nicht nackt. Zusammen.

Er zuckte mit den Schultern, als er sich eine weitere Nektarine schnappte und sie mir reichte. »Entweder hatte ich ständig Leute um mich herum, oder ich war ganz allein. Dazwischen gab es nichts, also ich hatte nie die Wahl.«

»Du hattest also noch nie die Möglichkeit, etwas für dich zu behalten«, sagte ich.

»Nein. Die Vorstellung davon ist mir nur sehr fremd. Ich habe zwar darüber gelesen, aber ich verstehe es nicht.«

Ich dachte darüber nach und kaute gleichzeitig auf meiner Nektarine. »Privatsphäre kann auch zwischen mehreren Personen bestehen. Etwas zwischen dir und einer anderen Person, das niemand sonst erfährt.«

»Wie das, was wir beide haben.«

Ich hielt bei meinem Bissen inne. Er hatte genau das gesagt, was ich gedacht hatte. »Was haben wir denn, Zeruhn?«

»Ich weiß es nicht.« Er wandte den Blick ab und ich konnte deutlich sehen, dass Gefühle für ihn ein seltsames, unangenehmes Gebiet waren. »Ich weiß nur, dass ich das noch nie mit einem anderen Menschen gemacht habe.«

»Was meinst du mit *das*?«, drängte ich. »Kannst du es beschreiben?«

»Ich ...« Er rieb sich mit einer Hand über das Gesicht und in diesem Moment sah der furchterregende Minotaurus verwirrt und liebenswert aus. »Meine Gedanken sind immer bei dir.«

Ich versuchte, mich nicht an meiner Nektarine zu verschlucken, als ich einen weiteren Bissen hinunterwürgte, während mir das Herz in die Kehle sprang.

»Zuerst hat mich das genervt«, sagte er. »Dass du von Anfang an so viele meiner Gedanken beschäftigt hast. Ich habe es nicht verstanden. Als ich dich das erste Mal gejagt habe, war ich ... unzufrieden. Nicht mit dir, sondern mit mir selbst. Du hast Angst vor mir gehabt, und es hat mich geärgert, dass ich dir dieses Gefühl gegeben habe. Ich wollte mehr von deinem frechen Mundwerk und dem Sturm in deinen Augen.« Er wagte einen schüchternen Blick zu mir hoch. »Als du dich um meine Verletzungen gekümmert hast und wir anfingen, Zeit miteinander zu verbringen, fing es an, einen Sinn zu ergeben.«

»Was denn?«, flüsterte ich.

»Dass ich nicht dazu bestimmt war, dich zu töten, sondern ... dich zu behalten.« Zeruhn rieb sich die Stirn, dann wurde sein Blick noch entschlossener. »Ich will dich nur jagen, wenn es deine Traurigkeit vertreibt und in Vergnügen für uns beide endet. Ich habe schon seit Jahren nicht mehr so gelacht wie mit dir, nur wenn Lago etwas Dummes macht.«

Das entlockte mir ein Kichern, und ich spürte, wie seine Hand meinen Arm unter der Wasseroberfläche streichelte.

»Ich will dich vor allem beschützen, was dir wehtun könnte.«

Ein Knurren lag in seiner Stimme, als er sprach, und seine Finger legten sich um meinen Oberarm. »Und ich würde jeden töten, der versucht das zu tun.«

»Bitte sprich nicht vom Töten.« Ich hob eine Hand aus dem Wasser, um sein weiches, bärtiges Kinn zu berühren. Dabei spritzte auch ein bisschen Seifenlauge auf sein Gesicht, und wir lachten beide, als ich versuchte, sie wegzuwischen.

»Worüber soll ich stattdessen reden?« Zeruhn senkte seine Stirn an meine, und ich nutzte die Gelegenheit, um mit meiner Hand bis zum Ansatz eines Horns zu fahren.

»Du hast von Vergnügen gesprochen«, sagte ich und bekam eine Gänsehaut von der Spannung und der alles verzehrenden Wirkung, die dieser Mann auf mich hatte. »Wie wäre es mit mehr davon?«

»Nur reden?«, stöhnte er und lehnte seinen Kopf in meine Hand, die die Stelle massierte, an der sein Horn herausragte. »Oder tun?«

Ich zögerte nur einen Moment, als mir klar wurde, dass ich ihn buchstäblich in meinen Händen hatte. Der riesige Minotaurus lächelte, als er mir erlaubte, ihn für einen heißen Kuss an den Hörnern herunterzuziehen.

16

ARIADNE

Während wir uns küssten, legten sich seine Hände um meine Rippen und strichen entlang der Ränder meiner Brüste. Bei der Berührung sog ich scharf die Luft ein, da mir nicht bewusst gewesen war, wie empfindlich sie waren.

Zeruhn unterbrach den Kuss, ließ seinen Mund aber weiter auf meinem ruhen. »Wenn Küssen das einzige Vergnügen ist, das du willst, dann sag es mir bitte jetzt.« Er knurrte wieder, aber dieses Mal mit einem sexy Unterton der Begierde und nicht der Aggression.

»Nein. Nein, das ist nicht alles, was ich will.«

Ein Teil von mir fühlte sich immer noch seltsam distanziert von all dem. Die Tatsache, dass wir nackt waren und rummachten und er mir seine unglaublich süßen Gefühle für mich gestanden hatte, von denen ich nicht wusste, wie ich darauf reagieren sollte. Und dass ich diese Gefühle womöglich erwiderte.

War das richtig? War das in Ordnung? Konnte das mit uns funktionieren? Wie sollte es enden? Er war immer noch

Eigentum von MinoTek, nicht wahr? Die persönliche Hinrichtungsmaschine des Staates?

All diese Gedanken drohten mich aus dem Moment zu reißen, und das war das Letzte, was ich wollte. Durch ihn fühlte ich mich besser, fühlte mich *gut*. Ich hatte es satt, mich verängstigt, traurig und deprimiert zu fühlen.

Im Moment war er alles, was ich hatte.

Und verdammt, es gab Schlimmeres als einen muskelbepackten, goldäugigen Mann mit Hörnern und einem Stierschwanz, der in mich verknallt war.

»Was willst du, Rehauge?« Zeruhn knabberte an meinen Lippen und presste seine Unterarme in meinen Rücken, als er mich an seine Brust drückte. »Sag es mir, bevor ich die Kontrolle verliere und dich wie eine Nektarine verschlinge.«

Seine Brust dämpfte mein Auflachen, also küsste ich ihn dort und ließ meine Arme um seine Taille wandern, um ihn zu erkunden. Ich fand eine Narbe auf seiner Brust und küsste ihn auch dort, und dann noch eine.

»Du wurdest wirklich ... sehr oft angegriffen.« Ich entdeckte noch mehr Narben, die mir vorher nicht aufgefallen waren.

»Die sind aus dem Labor«, sagte er. »Siehst du, wie sauber sie sind? Skalpelle.« Er führte meine Hand zu einer langen, gezackten Narbe in der Nähe seines Schlüsselbeins. »Das war ein Angriff. Ein Mensch mit einem scharfen Stein.«

»Du hast ihn so nah an dich herangelassen?« Ich fuhr mit meiner Fingerspitze über die Narbe und beobachtete, wie sich die Muskeln in seinem Nacken unter meiner Berührung zusammenzogen.

»Es war eine Gruppe von ihnen«, antwortete er. »Vielleicht zehn oder so. Ich ... bin mit allen fertig geworden, aber sie haben ein paar Kratzer hinterlassen.«

Es war mehr als ein Kratzer. Das Narbengewebe war dick und zog sich als blasser Streifen über sein Schlüsselbein.

Ich warf beide Arme um seine Schultern und kümmerte

mich nicht mehr darum, dass meine Brüste an seinen Oberkörper drückten und wir ohne das kleinste Fitzelchen Kleidung aneinandergepresst waren. Nur Haut, die über Haut glitt.

»Ich will *dich*, Zeruhn«, gestand ich flüsternd an seinem Hals. »Alles von dir, absolut alles.«

Das Nächste, was ich spürte, war, wie er mich mit Leichtigkeit aus dem Schwimmbecken hob. Wasser und Schaum liefen an meinem Körper hinunter, als er mich auf den Rand setzte, während meine Füße noch immer im Becken baumelten. Er war so groß, dass er sich trotzdem herunterbeugen musste, um mich zu küssen, wobei er meine Schenkel auseinander zwang, als er sich zwischen sie klemmte.

»Süße, hübsche Beute«, murmelte er zwischen rauen Küssen. »Ich habe von dem Tag geträumt, an dem du dich mir vollständig unterwirfst. Ich werde dich durchnehmen und heiser machen.« Ein Versprechen und eine Warnung in einem.

Zeruhns Mund fiel auf meinen Hals, während sich seine Hüften nach vorn bewegten. Scharfe Zähne und weiche Lippen kitzelten und knabberten an meinem Puls, während seine harte Länge eine Hitzespur auf meinem Innenschenkel hinterließ. Ich klammerte mich an seine Arme und krallte mich an die Gefühle, die er in mir auslöste, als ob mein Leben davon abhinge. Meine Beine schlossen sich um seine Taille, und meine Zehen, die gerade so unter Wasser waren, streiften die Länge seines Stierschwanzes, was ihn erschaudern und in meinen Nacken stöhnen ließ.

»Oh, ich will dich besteigen wie eine Bestie«, knurrte Zeruhn.

Das entlockte mir ein Keuchen, sowohl vor Schreck als auch wegen des Lustschubs, der meinen Kitzler durchzuckte. Was für eine verdorbene Aussage, aber warum erregte sie mich so sehr?

»Aber das werde ich nicht, zumindest noch nicht«, fuhr er fort. »Ich werde mir Zeit mit dir lassen. Und ich will dich nur zerstören, wenn es auch für dich angenehm ist.« Seine Hände glitten meine Rippen hinauf, um meine Brüste zu umfassen und zu kneten. Ich war nicht gerade kleinbusig, aber diese Handflächen bedeckten meine Mädchen komplett. Und als seine Daumen über meine Nippel fuhren, entlockten sie meinem Körper noch mehr Empfindlichkeit und *Verlangen*.

»Gefällt dir das, Rehauge?«, fragte er, als ich wimmerte, bevor er seinen Blick auf mich richtete.

»Ja«, seufzte ich. »Du kannst ... ja, genau das!«

Er hatte schon angefangen, mit seinem Mund über meine Brust zu gleiten, und hielt inne, um die Schwellungen meiner Brüste zu küssen. »Du bist so weich«, stöhnte er in mein Dekolleté. »Deine Haut, dein Duft ... ich bekomme nicht genug davon.«

Er fuhr fort und sog die dunkle Knospe meiner Brust zwischen seine Lippen. Ich wimmerte wieder, als die Zähne über die empfindliche Stelle kratzten. Meine Hände klatschten neben mir auf den Boden und ich wölbte mich und drückte ihm meine Brust ins Gesicht, um noch mehr von diesem verruchten Mund zu bekommen.

Zeruhn ließ meinen Nippel mit einem langen, zerrenden Saugen los, um dem anderen die gleiche Behandlung zukommen zu lassen. Während er mich verwöhnte, starrte ich auf seinen Schwanz zwischen meinen Beinen.

Er lag auf meinem Oberschenkel – heiß, pulsierend und der größte, den ich je gesehen hatte, auch wenn ich keine umfangreichen Vergleiche anstellen konnte. Aber ich wollte ihn anfassen. Die Hitze auf meiner Handfläche spüren und sehen, was für animalische Laute das meinem Minotaurus entlocken würde. Er war schon dabei, mich so gründlich zu verwöhnen, und ich wollte ihm im Gegenzug auch ein gutes Gefühl geben. Aber Schüchternheit oder irgendetwas anderes, vielleicht mein letzter Rest von gesundem Menschenverstand, hielten mich zurück. Ich wusste, dass auch sein Stierschwanz empfindlich war, und aus irgendeinem Grund schien mich das weniger einzuschüchtern, als seinen anderen Schwanz zu berühren.

Ich fuhr mit einer Hand seinen muskulösen Rücken hinunter, bis ich den Ansatz seines Stierschwanzes fand. Als ich meine Finger darum schlang und ihn streichelte, schossen seine Hüften mit einem lauten Brüllen nach vorn.

»Fuck, Ariadne«, stöhnte er gegen meine Brust. »Willst du, dass ich auf deiner wunderschönen Haut komme? Denn das werde ich, wenn du meinen Schwanz weiter so berührst.«

»Der Gedanke ist verlockend«, gab ich zu. Es wäre sexy zu sehen, wie der einzige Überlebende des Labyrinths wegen ein paar Schwanzstreicheleinheiten die Kontrolle verlor, und das alles nur wegen mir.

»Hm«, grunzte Zeruhn mit einem hellen Schimmer in den Augen und legte seine Hände auf meine Hüften. »Scheint, als müsste ich die Sache selbst in die Hand nehmen.«

Er hob mich wieder hoch und setzte mich sanft ab, sodass mein Becken nun direkt am Poolrand thronte und fast überhing. Ich legte meine Hände hinter mich, um mein Gleichgewicht zu halten. »Was machst du da?«

Er antwortete, indem er sich bis auf Brusthöhe ins Wasser senkte und meine Beine von seiner Taille auf seine Schultern verlagerte. *Oh, Scheiße*, dachte ich und Panik und Erregung schossen gleichermaßen durch mich hindurch. *Er ist auf Augenhöhe mit meiner Pussy. Er wird ...*

Ein Schauer durchfuhr mich, als er mir einen heißen Kuss auf die Innenseite meines Knies gab. Seine Lippen wanderten weiter nach oben, bevor er seinen Kopf drehte und meinen anderen Oberschenkel küsste.

»Du musst das nicht tun.« Ein Zittern erfüllte meine Stimme. Ich war sowohl begierig als auch ängstlich vor dem, was kommen würde. Der erste Typ, mit dem ich rumgemacht hatte, hatte eine Bemerkung darüber gemacht, dass Mädchen da unten komisch schmecken oder riechen. Seitdem war ich immer zurückgewichen, wenn Typen in diese Richtung wollten, was nicht allzu oft vorkam. Die meisten Männer schienen froh zu sein, wenn sie es überspringen konnten.

Aber Zeruhn starrte mich mit einem brennenden Blick an, der mir sagte, dass es absolut *keine* Option war, das zu überspringen.

»Du verstehst das nicht, Rehauge.« Er drehte seinen Kopf und drückte mir einen weiteren feuchten Kuss, auf halben Weg zu meinem meiner empfindlichen Stelle, auf den Innenschenkel. »Ich *muss* das tun. Sonst werde ich wahnsinnig vor Verlangen, deinen Geschmack auf meiner Zunge zu spüren.«

Heilige Scheiße, er machte keine Witze. Das war noch nicht einmal Dirty Talk, er war einfach nur brutal ehrlich. Seine Küsse wurden immer gieriger, je näher er meinem Zentrum kam, sein Bart kratzte an meiner empfindlichen Haut und steigerte jedes Gefühl, bis er sein Ziel erreicht hatte.

Sein ganzer Mund bedeckte meine Pussy, als würde er einen Bissen aus der Nektarine saugen, aber es waren keine Zähne zu spüren. Nur der sensationelle Druck seiner Lippen und seine Zunge, die lang und genüsslich über mich leckte.

»Oh, fuck!« Meine Hand flog zu seinem Kopf und umklammerte ein Horn. Er gab ein ermutigendes Stöhnen von sich und lehnte sich in meinen Griff.

Ich lenkte ihn zu meinem Kitzler, und er gab ein köstliches Brummen gegen das kleine Nervenbündel von sich. Dieser quälende Minotaurus leckte darum, ohne direkten Druck auszuüben, bis ich mich gegen sein Gesicht stemmte und kurz davor war zu betteln und zu wimmern. Dann schrie ich fast vor Frustration auf, als er sich entfernte und mit seiner Zunge meinen Eingang neckte und an meinen Schamlippen saugte.

»Zeruhn, bitte«, sagte ich schließlich. »Höher, mein Kitzler. Ich bin so kurz davor.«

»Oh, meine süße Beute.« Seine Stimme vibrierte auf meiner Haut und kitzelte meine Nerven so stark, dass ich vielleicht gleich kommen würde, wenn er weiterredete. »Was ist, wenn es mir gefällt, dass du dich windest und bettelst? Du bist mir ausgeliefert. Genau da, wo ich dich haben will.«

»Aber ich ... ich mag das nicht! Es fühlt sich nicht gut an.«

Er hielt inne und hob den Kopf, um meinen Gesichtsausdruck zu mustern. Ich biss mir so fest auf die Wange, dass ich dachte, ich würde Blut fließen lassen. Ich zwang meinen Gesichtsausdruck, nicht nachzugeben, aber er durchschaute mich sofort.

»Du bist keine gute Lügnerin, Beute.«

Ich keuchte angesichts des dicken, stumpfen Fingers, der sich in mich presste und durch meine feuchte Hitze strich.

»Aber ich muss dir zugestehen, dass du clever bist«, fügte er hinzu. »Aber jetzt werde ich dich noch länger in meinen Fängen halten.«

Und verdammt waren alle Götter, die an diesem Ort einst angebetet wurden, er tat genau das. Mit mir zu spielen, war seine Lieblingsbeschäftigung, und das nicht nur während der Jagd. Er pumpte seine Finger hart in mich, krümmte und spreizte die dicken Glieder, um die Stellen zu finden, die mich am lautesten schreien und betteln ließen. Er neckte meinen Kitzler, indem er mich abwechselnd hart und sanft leckte, um mich kurz vor dem Rand der Erlösung zu behalten. Jedes Mal, wenn ich dachte, er würde endlich gnädig sein und mich kommen lassen, zog er sich zurück oder änderte etwas.

Ich war ein einziges großes Nervenbündel, als er endlich bereit war, mich von meinem Elend zu befreien.

»Süße, schöne Beute«, murmelte Zeruhn mit einem Kuss auf meinen Kitzler. »Du hast so schön um mich gebettelt. Jetzt hol dir deine Erlösung.«

Ich hätte vor Erleichterung schluchzen können. Seine Finger streichelten mich gekonnt, während seine Zunge über meinen Kitzler glitt. Es dauerte nur wenige Sekunden, bis ich in den explosivsten Orgasmus stürzte, den ich je erlebt hatte. Jedes

Streicheln seiner Zunge und seiner Finger schien ihn länger hinauszuzögern, mein ganzer Körper zog sich immer wieder zusammen und entspannte sich, als wäre ich ein Herz, das Blut pumpt.

Mein Geist fühlte sich herrlich weich an. All die Sorgen, der Stress und die Angst schienen weit weg zu sein, auf der anderen Seite einer nebligen Landschaft.

Noch nie hatte mich jemand so sehr geneckt. So wenige hatten überhaupt versucht, mich zu befriedigen. Aber Zeruhn ging es an, als wäre es die wichtigste Aufgabe seines Lebens.

»Komm zurück zu mir, Rehauge.« Auch wenn er nicht mehr an meiner Pussy hing, spürte ich die Vibration seiner Stimme auf meiner Haut, wenn auch gedämpft durch den Nebel in meinem Kopf. »Ich bin noch nicht fertig mit dir.«

»Mm, ich gehe nirgendwohin.« Ich fühlte mich betrunken, so ein lockerer, ungehemmter Schwindel, wie wenn die Nachbarn eine Flasche herumreichten. Ich legte meine Arme wieder um Zeruhns Hals und zog ihn dicht an mich heran. Wie konnte ein so kräftiger Mann so weiche Lippen haben? Das fragte ich mich, während ein anderer sehr harter Teil seines Körpers dort drückte, wo ich noch pulsierte und empfindlich war.

»Letzte Chance, mich aufzuhalten«, flüsterte er in einem rauen Atemzug gegen meinen Mund. »Ich hätte deine Pussy schon vor Tagen um meinen Schwanz gewickelt, aber wenn du nicht ...«

»Hör nicht auf!«, flehte ich und fand wieder den Ansatz seines Stierschwanzes. »Wage es nicht, jetzt aufzuhören.«

Er stöhnte durch einen Kuss hindurch und stieß ohne jede Vorwarnung nach vorn. Das Eindringen ließ mich zusammenzucken und verkrampfen. Es tat nicht weh, aber, verdammt, war das intensiv. Er hatte mich mehr gedehnt, als ich gedacht hatte.

Zeruhns Hand wanderte sofort zu meinem Kitzler und massierte ihn, während er mit kleinen Stößen versuchte, mich an seine Größe zu gewöhnen. »Du nimmst mich schon so gut«, murmelte er. »Und du fühlst dich so verdammt geil an.«

Es dauerte nicht lange, bis ich nach mehr verlangte, und als hätte er meine Gedanken gelesen, fing er an, mich tiefer zu ficken, indem er mit langen Stößen in mich eindrang und sich dann wieder herauszog. Ich sah zu, wie seine Länge in mir verschwand, und staunte dann über den massiven Schwanz, der fast vollständig herausgezogen worden war. Es schien fast absurd, dass er hineinpasste, aber *oh* das tat er.

Er passte nicht nur, er schien auch auf jedes einzelne Nervenende, das meinem Gehirn Lust signalisierte, zu drücken. Ich spürte ihn an meinen Nippeln, und das nicht nur, weil sie jedes Mal an seiner Brust kratzten, wenn er sich ganz hineindrückte. Ich spürte ihn in meinen Schenkeln und das nicht nur, weil sich meine Beine wie ein Todesgriff um seine Taille klammerten. Mit jedem Kuss spürte ich denselben Impuls in meinen Lippen, der auch in meiner Pussy war. Seine Zähne, die an meiner Schulter kratzten, der verzweifelte, besitzergreifende Griff seiner Hände an meiner Taille. Ich spürte ihn überall auf eine unvergessliche Art und Weise, als ob er eine permanente Prägung in mir hinterlassen würde.

»Du wirst noch mal für mich kommen, Ariadne«, knurrte Zeruhn mit seiner rauen und wilden Stimme. »Und weil ich ein solch gnädiges Raubtier bin, werde ich dich dieses Mal nicht so sehr quälen.«

»Ach ja?« Im Gegensatz zu ihm war meine Stimme hoch und gehaucht. »Oder liegt es daran, dass du auch bald kommst, du schmutzige Bestie?«

Ich hielt inne und fragte mich, ob ich mit dem letzten Satz zu weit gegangen war. Aber Zeruhn stieß nur einen Laut aus, der zwischen einem Stöhnen und einem Knurren lag, während seine Hüften schneller in mich stießen. »Du wirst mein Verderben sein.«

»Wer ist jetzt die Beute?«

Die Worte sprudelten aus mir heraus, bevor ich darüber nachdenken konnte, aber ihre Wahrheit traf mich mit der gleichen Klarheit wie die Augen meines Minotaurus. Zumindest für diesen Moment war er in *meiner* Gewalt. Er würde alles tun, was ich wollte – mir einen weiteren Orgasmus entlocken oder komplett aufhören, wenn ich es wollte. Es würde ihm schwerfallen, aber er würde es tun. Denn dieser Mann wollte mich nicht nur ficken und erobern. Ich war ein Preis, und er wollte mich *gewinnen*.

»Jetzt lass mich endlich kommen, Minotaurus«, stachelte ich ihn an, berauscht von meiner neugewonnenen Macht über ihn.

Mit einem Zähnefletschen zog Zeruhn sich aus mir heraus, hob mich hoch, wirbelte mich herum und drang erneut in mich ein, begleitet von einem schallenden *Klatsch* seiner Handfläche auf meinem Arsch. Es ging alles so schnell, dass ich immer noch den stechenden Schmerz auf meiner Backe spürte, als er an neuen, tieferen und *besseren* Stellen in mich eindrang.

»Ich gehöre dir, Ariadne«, knurrte er gegen mein Ohr. »Aber einer Sache kannst du dir sicher sein. Ich bin niemandes Beute.«

Das Wasser spritzte bei jedem seiner bestrafenden, köstlichen Stöße über den Beckenrand. Seine Hüften schlugen mit obszönen, nassen Geräuschen gegen meinen Hintern, die von den Steinwänden widerhallten. Jeder Stoß von ihm in mir war *fast* zu viel, hart an der Grenze zwischen Schmerz und intensiver Lust.

Und als seine Finger wieder meinen Kitzler umkreisten, wusste ich, dass ich recht hatte. Er war grob, animalisch. Herrschsüchtig und ein absolutes Raubtier. Ein Mörder. Aber die Schwachstelle in seiner Panzerung war ich. Er wollte nicht, dass ich verängstigt, verletzt oder auch nur geistig distanziert war. Sein größtes Verlangen war es, dass ich mich vor Lust verzehrte.

»Sag mir, was du für mich bist.« Der harte Befehl stand im

Gegensatz zu seiner sanften Berührung meiner Klitoris, die zu sanft war, um mich zum Höhepunkt zu bringen.

»Dein«, keuchte ich und zappelte, um mehr Reibung zu bekommen.

Er gab mir einen kleinen Klaps auf meinen Kitzler. »Mein was?«

»Deine Beute!« Ich schrie fast.

Er brummte anerkennend und streichelte mich wieder leicht. »Und was machen Raubtiere mit ihrer Beute?«

»Hm! Äh, sie jagen.«

»Sehr gut.« Er drückte fester zu und ließ seine Finger etwas schneller kreisen, aber immer noch nicht genug. »Sag es mir noch mal, und ich lasse dich kommen.«

Mein ganzer Körper summte vor aufgestauter Energie, das Bedürfnis nach Erlösung spannte sich an wie eine Sprungfeder. Die ganze Zeit über fickte er mich in einem gleichmäßigen, brutalen Tempo. Ich war so nah dran, dass ich am seidenen Faden baumelte.

»Ich bin deine Beute«, stöhnte ich im Delirium. »Ich bin dein, um gejagt zu werden, dein, um gefickt zu werden. Was auch immer du brauchst, ich gehöre dir und niemandem sonst.«

»Mein«, stimmte Zeruhn mit seinem letzten Griff der Kontrolle zu. »Mein, zum Befriedigen, mein, zum Beschützen. Ariadne, du bist mein, und ich würde für dich töten.«

Mein Orgasmus brach aus und seiner folgte gleich darauf. Hitze strömte und pulsierte in mir. Mein Körper umklammerte ihn und drückte ihn an sich, als wollte er nicht mehr loslassen. Zeruhns Hände klatschten neben mir auf den Boden, so als würde er ins Wasser fallen, wenn er nicht das Gleichgewicht halten würde.

Ich konnte mich nicht gegen den selbstgefälligen Gedanken wehren und ihn auch nicht laut aussprechen, während ich nach oben griff und den Ansatz seiner Hörner rieb. »Ich schätze, ich bin nicht die Einzige, die durchgenommen und heiser ist.«

17

ZERUHN

Ariadne und ich gingen zurück zur Höhle – unserer Höhle – wobei unsere Hände an den Fingern verschränkt waren. Es war nur eine kleine, harmlose Berührung, aber sie weckte Freude in meiner Brust. Sie ergriff meine Hand, nachdem wir uns im Pool gewaschen hatten, und wir blieben so verbunden, bis wir zu Hause ankamen.

Lago sonnte sich auf einer Wiese vor dem Eingang, und Ariadne ließ mich los, um seinen Bauch zu streicheln. Das hatte einfach etwas ... Befriedigendes an sich. Und das nicht nur auf die Art und Weise, die ein Fick bot. Es gefiel mir, dass wir gemeinsam nach Hause gingen, dass wir zu Abend essen und noch ein bisschen reden würden, bevor wir einschliefen.

Als sie mit dem Streicheln des Rasselbocks fertig war, hob ich sie hoch und warf sie mir über die Schulter, nur um ihr schallendes Gelächter zu hören und ihre kleinen Handflächen auf meinem Rücken zu spüren.

»Ist es das, womit ich mich ab jetzt herumschlagen muss?«, fragte sie, als ich sie in mein Bett – unser Bett – legte und sie küsste, weil ein zwanzigminütiger Spaziergang ohne einen einzigen zu lang war. »Aufgesammelt und weggetragen, um dann geschändet zu werden?«

»Ja«, grunzte ich und stupste die weiche Haut an ihrem Hals an. »Du bist Beute. Du kannst es dir nicht aussuchen.«

Daraufhin schnaubte sie, was mich noch mehr freute. Sie vertraute mir genug, um zu wissen, dass es ein Schwindel war. Sie wusste, dass ich mit meinen bloßen Händen einen Tunnel aus dem Labyrinth graben würde, wenn sie mich darum bitten würde.

»Zeruhn?«

»Mm.« Ich war wieder auf dem Weg zu ihren Brüsten. Verdammt, sie waren so schön und weich. Wie sie sich bewegten, wenn ich sie fickte, war faszinierend.

»Das war nicht dein erstes Mal, oder?«

»Hm?« Ihre Stimme war ernst geworden. Es war eine wichtige Frage, also hob ich den Kopf. »Was war es nicht?«

»Was ... gerade passiert ist. Im Schwimmbad.«

»Ah. Nein, das war es nicht.« Ich hob den Kopf, um sie zu küssen und ihr Gewissheit zu geben. Vielleicht war es ihr erstes Mal und sie fühlte sich unsicher. »Aber deshalb gehörst du nicht weniger mir, Rehauge.«

Ariadnes Lippen waren steif auf meinen. »Du hast also schon mit anderen geschlafen? Hier im Labyrinth?«

Ich beobachtete ihren Gesichtsausdruck und suchte nach Anhaltspunkten, um ihre Stimmung abzuschätzen. Sie hatte das Gefühl, dass etwas nicht stimmte, und ich wollte es verstehen. »Ja, bevor ich wusste, dass es dich gibt. Ist das ein Problem?«

Ihr Mund stand offen, als sie sich aufsetzte und sich von mir wegbewegte. »Du willst mir sagen, dass du Leute gefickt und dann *umgebracht* hast?«

Ich legte den Kopf schief. Es hörte sich schlimm an, wenn sie es so sagte, aber es war mehr oder weniger das, was passiert war. »Nun, ja.«

»Oh, fuck. Oh mein ...« Sie wurde blass und rückte noch

weiter von mir weg, außerhalb meiner Reichweite. Ich hatte in meinem Leben schon zahllose Verletzungen erlitten, aber keine tat so weh wie diese.

»Ariadne, ich würde dir nie etwas antun.« Meine Brust zog sich vor Panik zusammen. Ich verstand das hier nicht, aber ich verstand, dass ich dabei war, sie zu verlieren. Und das, nachdem sie sich erst vor wenigen Augenblicken für mich entschieden hatte und sehr zufrieden gewesen war. »Ich würde niemals ... Ich verstehe nicht, woher das kommt. Ich dachte, du wärst ... glücklich.«

»Das geht mir durch den Kopf, seit wir es getan haben.« Ihre Hände zitterten, als sie durch ihr Haar strich. Ich sehnte mich danach, sie an meine Brust zu ziehen, aber ich wusste, dass sie es nicht zulassen würde. »Du bist *wirklich* gut in Sachen Sex, auch wenn du die meiste Zeit allein verbracht hast. Je mehr ich darüber nachgedacht habe, desto seltsamer erschien es mir. Woher weißt du, wie du mich so gut befriedigen kannst, wenn du nicht über eine gehörige Portion Erfahrung verfügst?«

»Ich verstehe schon wieder nicht, wo das Problem liegt.« Meine Frustration stieg wie der Schwall wütender Wellen, aber für sie versuchte ich, sie in Schach zu halten.

»Wie kannst du mit jemandem schlafen und ihn dann töten?«, fragte sie. »Du hast gesagt, du tötest, um zu überleben. Das es immer hier: entweder du oder sie, aber wie ...«

»Es *ging* ums Überleben«, bellte ich. »Glaubst du, sie haben mich gefickt, weil sie mich wirklich wollten?« Ich stieß ein bitteres Lachen aus. »Du hast wirklich keine Ahnung, was Menschen in ihren dunkelsten, verzweifeltsten Momenten tun.«

Ariadne wurde für einen Moment still. »Was meinst du?«

»Die Frauen im Labyrinth wussten, dass sie mich nicht mit roher Gewalt überwältigen konnten. Also versuchten sie es meistens mit einer anderen Taktik – sie verführten das Monster, egal wie sehr es sie anwiderte, bis ein menschlicher Mann ins Spiel kam, damit sie zu ihm laufen und um Hilfe bitten konnten.

Dann haben sie gemeinsam versucht, mich umzubringen. Und so«, ich lehnte mich mit dem Rücken an die Wand und fixierte die ganze Zeit Ariadne, »kam es, dass ich Leute gefickt und dann umgebracht habe.«

Ariadne sackte in sich zusammen, den Blick in ihrem Schoß. »Es ... tut mir leid, Zeruhn. Das war mir nicht klar.«

»Tja, danke für dein unerschütterliches Vertrauen in mich«, stieß ich hervor.

Sie zuckte zurück, als hätte ich sie geschlagen. »Ich bin es nur nicht gewohnt, dass jemand so ... lässig mit dem Tod und dem Killen umgeht. Wo ich herkomme, ist es eine große Sache, wenn ein Leben ausgelöscht wird. Meine Gemeinschaft war so eng, dass *alle* um jemanden getrauert haben, wenn er gestorben oder verschwunden ist.«

»Wie schön für dich«, lachte ich spöttisch. »Ich habe nicht den Luxus, mir Gedanken darüber zu machen, wie sich der Tod, den ich verursache, auf die Menschen in ihrem Leben auswirkt.«

»Das ist kein Luxus, sondern einfach nur Anstand!«, argumentierte sie. »Selbst die, die nichts haben, können sich einen Moment Zeit nehmen, um den Toten Respekt zu erweisen.«

»Warum sollte ich jemandem Respekt erweisen, der versucht hat, *mir* das Leben zu nehmen?« Ich stand auf, weil die Höhle plötzlich zu eng für mich und mein brennendes Temperament wurde. »Ich weiß nicht, wie ich es dir aus meiner Sicht erklären soll, Ariadne. Es heißt jedes Mal entweder sie oder ich. Mehr ist es nicht, das ist alles!«

»Das Leben ist nicht so einfach, Zeruhn. Ich meine, was wäre, wenn du jemanden geschwängert hättest?«

»Unmöglich. Alle Wandler sind unfruchtbar. Du brauchst dir also keine Sorgen zu machen«, fügte ich höhnisch hinzu. Ich wollte nicht grausam mit ihr reden, aber ich fühlte mich in die Defensive gedrängt, wie ein in die Enge getriebenes Tier. »Ich habe Hunderte von komplexen Prozessen auswendig gelernt, aber wenn es um mein Überleben geht, *ist* es ganz einfach. Das wurde immer und immer wieder bewiesen.«

»Was ist mit mir?«

Ich seufzte erschöpft. »Du bist anders. Das habe ich dir schon gesagt. Du bist die einzige Ausnahme.«

»Aber ich bin eben nicht anders!« Ariadne schlug sich eine Hand vor die Brust. »Was glaubst du, wer mich großgezogen hat? Meine Mutter, meine Nachbarn. Ich kenne Dutzende von Menschen, die im Laufe der Jahre von der MWP aufgegriffen wurden und nie wiedergesehen wurden. Wahrscheinlich sind sie hier gelandet.« Ihr Gesicht verzog sich zu einer schmerzhaften Grimasse. »Einige von ihnen sind wahrscheinlich die Leichen, die du vor der Tür herumliegen lässt.«

Zwischen uns entstand ein angespanntes Schweigen, und ich spürte, wie sie sich mental wieder von mir entfernte und sich in das ängstliche Wesen zurückzog, das ich zum ersten Mal traf.

»Ich weiß nicht, was ich dir sagen soll, Rehauge. Einige waren wahrscheinlich so unschuldig wie du. Andere waren wie Rich oder schlimmer. Aber am Ende?« Ich zuckte mit den Schultern. »Die Menschen tun, was sie tun müssen, um zu überleben, zum Beispiel eine Bedrohung auszuschalten. Bis jetzt bist du die einzige Person, die mir das Gegenteil bewiesen hat.«

Und in einem grausamen Moment der Ironie vibrierte ein elektrischer Brummton sanft durch das Labyrinth.

»Was ist das?« Ariadne versteifte sich.

»Die Türen«, sagte ich. »Ein weiterer Gefangener wird gleich reingeworfen.«

Ariadnes große Augen starrten mich an. »Was wirst du tun?«

»Das, was ich immer tue«, antwortete ich verbittert und drehte mich um, um die Höhle zu verlassen. »Einen weiteren verdammten Tag überleben.«

»Zeruhn, warte!« Ich hörte, wie Ariadne hinter mir herlief,

aber ich schaute nicht zurück, bis sie mich am Arm packte und zog. »Bitte, gib ihnen einfach …«

»Einfach *was*?«, knurrte ich und löste mich aus ihrem Griff. »Die Gelegenheit, Lago zu jagen und ihn über einem Feuer zu grillen? Genug Zeit, mir einen Stein auf den Schädel zu schlagen, während ich schlafe? Einfach was, Ariadne?«

Sie blieb trotz meines Ausbruchs standhaft, während sich der Sturm in ihren Augen zusammenbraute. »Gib ihnen einfach die Chance. So wie du es bei mir getan hast, in Ordnung?« Ihre Hand glitt in meine Handfläche und ihre Finger verschränkten sich so mit meinen, dass meine Brust aufglühte. »Ich verspreche dir, dass ich nicht so außergewöhnlich bin. Lass sie das einfach zeigen, bevor du …«

»Sie tötest.« Ich konnte nicht verstehen, warum es ihr so schwerfiel, das Wort auszusprechen oder auch nur daran zu denken. Für mich war es Alltag.

»Ja, das«, sagte sie mit einem weiteren Zucken.

Ich löste meine Finger von ihren. »Wenn ich tue, worum du mich bittest, hoffe ich, dass du auf die Möglichkeit vorbereitet bist, dass ich nicht zurückkommen werde.«

Mit diesen Worten drehte ich mich um und ging auf die Tür zu.

18

ARIADNE

Ich hoffe, du bist auf die Möglichkeit vorbereitet, dass ich nicht zurückkommen werde.

Zeruhns Abschiedsworte spukten mir im Kopf herum, während ich durch die kleine Höhle stapfte. In Wahrheit war ich darauf überhaupt nicht vorbereitet. Was wusste ich schon darüber, wie man kleine Vögel jagte, um Nahrung zu finden? Was, wenn die Solarzellen an der Kühlbox kaputtgingen? Was, wenn mir die Wasserreinigungstabletten ausgingen? Ich konnte nicht zum Wasserfall gehen, um Vorräte für mich zu sammeln. Ich wusste nicht, wie ich mich verteidigen sollte, geschweige denn, wie ich gegen Wandler auf Leben und Tod kämpfen sollte.

Und all das war nur in Bezug auf das reine Überleben. In den wenigen Tagen, in denen ich Zeruhn wirklich kennengelernt hatte, wollte ich nicht daran denken, ohne ihn weiterzuleben.

Er war freundlich und fürsorglich mir gegenüber, obwohl er die anderen so kaltblütig tötete. Aber nicht nur mir gegenüber, sondern auch gegenüber Lago.

Ich hielt inne, um den Rasselbock zu streicheln, der an einer Blattpflanze knabberte, die direkt vor dem Höhleneingang wuchs. »Er ist auch gut zu dir«, sinnierte ich und fuhr mit den Fingern durch das unglaublich weiche Fell. »Er wird dich beschützen, egal was passiert.«

Lago streckte sich unter meinen Streicheleinheiten und ließ sich dann prompt auf den Rücken fallen, um mich zu ermutigen, meine Streicheleinheiten an seinem Bauch fortzusetzen. Ich lächelte, denn ich wusste genau, dass Zeruhn das Gleiche tun würde. Er würde dem kleinen Kerl nie etwas antun. Das leuchtete mir ein. Warum fiel es mir dann so schwer, mich damit abzufinden, dass er Menschen und Wandler aus der Not heraus tötete?

Es ist Mord, war die einfachste Antwort. Aber aus Zeruhns Sicht war es Selbstverteidigung. Überleben. Und wie könnte ich ihm das vorwerfen?

Mit einem Stöhnen stützte ich meinen Kopf auf die Hände und starrte zum hundertsten Mal in die Richtung, in die er gegangen war. Er war schon eine Weile weg, und es wurde dunkel. Es verging mehr Zeit und die Nacht brach herein. Grillen zirpten und andere Insekten schwirrten um die solarbetriebene Lampe, die ich am Höhleneingang aufgestellt hatte. Aber es gab immer noch kein Zeichen von ihm.

»Lago, was soll ich tun?« Ich kratzte ihn am Ansatz seiner Ohren. »Sollen wir ihm nachgehen?«

Der Rasselbock schüttelte den Kopf, bevor er ein Geweih an meinen Oberschenkel schmiegte. Seit Zeruhn weg war, wich er kaum von meiner Seite. Er war lieb und konnte meinen Kummer offensichtlich bis zu einem gewissen Grad verstehen. Aber nichts würde meine Sorgen lindern, bis der große, gehörnte Mann zu mir zurückkam.

»Was, wenn es ein anderer Wandler war?«, fragte ich mich laut. »Jemand, der ihm *tatsächlich* ebenbürtig ist? Aber er wäre nicht dumm. Er würde nicht so dringend versuchen, mich zu beschwichtigen. Nicht, wenn er es mit einem wirklich gefährlichen Gegner zu tun hat.«

Lago rieb sein Geweih an meinem Bein und nickte, als würde er mir zustimmen.

Dann hörte ich über die Grillen und den rieselnden Bach hinweg etwas wie einen schweren Schritt. »Zeruhn?« Ich schoss von meiner Sitzposition hoch und trat ein paar Meter aus der Höhle heraus. Es dauerte einen Moment, bis meine Augen sich angepasst hatten, aber die schweren Schritte wurden fortgesetzt. Langsam. Jemand kam definitiv auf mich zu.

Ich hätte vor Erleichterung zusammenbrechen können, als ich die langen, goldenen Hörner wie zwei Fackeln in der Dunkelheit sah. Zeruhn war in seiner Stiergestalt, sein schwerer, schnaubender Atem wurde lauter, je näher er kam. Aber warum bewegte er sich so langsam?

»Zeruhn.« Ich verließ die Höhle und ging auf ihn zu. »Geht es dir gut?« Seine Gestalt taumelte, und ich rannte los. »Zeruhn!«

Er war auf ein Knie gefallen und kippte langsam nach vorn. Ich erreichte ihn und er fiel fast nach hinten, weil ich mich so hart mit meinem Gewicht gegen ihn stemmte. Irgendetwas stimmte definitiv nicht, wenn jemand wie ich den Minotaurus zu Fall bringen konnte.

»Was ist passiert? Was ist los?« Ich nahm seinen massiven Stierkopf zwischen meine Hände. Selbst auf seinen Knien war er auf Augenhöhe mit mir.

Sofort fühlten sich meine Handflächen klebrig an. Das Licht aus der Höhle reichte kaum so weit, aber ich wusste, dass die dunkle Substanz, die sein Gesicht und seine Hörner bedeckte, Blut war. Ob er einen anderen Menschen ermordet hatte oder nicht, war in diesem Moment das Letzte, woran ich dachte. Alles, was mich interessierte, war diese Person hier.

»Wo bist du verletzt?«, verlangte ich, und meine Hände wurden, während sie seinen Kopf abtasteten, von der schieren Größe seines Schädels in den Schatten gestellt.

Zeruhn wich zurück, sein Gesicht war blass und er biss die

Zähne zusammen, um den Schmerz zu bekämpfen. »Kopf geht es gut«, sagte er. »Es ist ... hier unten. Und mein Oberschenkel.«

Seine Hand war auf den Bauch gepresst, Blut sickerte an den Rändern seiner Finger heraus. Und an seinem Bein befanden sich eine Reihe kleiner offener Wunden, fünf aneinandergereihte, zentimeterlange Schlitze. Alle bluteten eine stetige Spur an seinem Bein hinunter.

»Er hat ein Messer reingeschmuggelt«, zischte Zeruhn. »Sie sind nicht tief, aber ich glaube, die Klinge war mit einer Art Blutverdünner beschichtet. Ich habe schon eine Menge verloren.«

»Scheiße. Lass deine Hand da.« Ich zog mein Hemd aus und riss es in der Mitte durch, um einen langen Verband zu machen. Ich wickelte ihn um sein Bein, aber sein Oberschenkel war so dick, dass ich ihn nicht mehr als einmal umwickeln konnte. Aber er *brauchte* mehr Druck auf die Wunden, und zwar verdammt schnell.

»Beweg dich nicht, ich bin gleich wieder da. Halte deine andere Hand über deinen Oberschenkel.« Ohne ein weiteres Wort rannte ich zurück zur Höhle, schnappte mir den Erste-Hilfe-Kasten und rannte zurück zu ihm.

»Da drinnen wird nichts helfen.« Zeruhn klang müde, seine Augenlider blinzelten heftig. »Ich blute zu stark.«

»*Irgendetwas* muss doch helfen!« Ich kramte hektisch in der Tasche und holte alle Mullbinden heraus. »Hier.«

Aber er hatte recht. Sein Blut durchtränkte die Mullbinden, als wäre es Seidenpapier unter einem Wasserhahn.

»Ariadne.« Zeruhn berührte meine Wange mit einer blutgetränkten Hand. »So schön. Meine rehäugige Frau.«

»Hör auf!« Meine Hand zitterte, als ich seine Handfläche zurück auf seinen Oberschenkel drückte. »Wir sind noch nicht fertig. Üb weiter Druck aus. Wir werden die Blutung stoppen, Zeruhn.«

»Ich hätte nie gedacht, dass ich mit jemandem ... das habe,

was ich mit dir habe ...« Seine Stirn lehnte schwer an meiner, als sein Bewusstsein schwand.

»Zeruhn, du musst bei mir bleiben.« Ich drückte ihm einen schnellen Kuss auf die Lippen, der metallische Geschmack des Blutes benetzte meinen Mund. »Ich muss dich noch öfter küssen. Ich muss von dir gejagt werden. Ich brauche es, dass du mich fängst und mich wieder wie verrückt fickst. Willst du das nicht auch?«

»Mmm ...« Ein kleines Lächeln umspielte seine Lippen, aber ansonsten war er nicht ansprechbar.

»Zeruhn!«, schrie ich, nur wenige Zentimeter von seinem Gesicht entfernt. »Verlass mich nicht!«

»Ari...adne...«

Er sackte nach vorn, sein Gewicht war zu schwer für mich, um es zu halten. Ich war unter seiner Masse eingeklemmt, aber ich drückte meine Hände auf seinen Bauch und seinen Oberschenkel und kämpfte gegen den Strom des Blutes an, der seinen Körper verließ.

»Es tut mir leid«, schluchzte ich gegen sein Ohr. »Ich hätte dir nicht sagen sollen, dass du zögern sollst. Das ist alles meine Schuld.«

Etwas zuckte in der Nähe meines Fingers, und ich dachte, es seien nur die Reflexe seiner Hand. Er schien von der kleinen Intimität des Händchenhaltens fasziniert zu sein, und ich sehnte mich danach, meine Finger um seine zu schlingen und ihn in seinen letzten Momenten auf diese Weise zu halten. Aber noch mehr wollte ich, dass er so lange wie möglich am Leben blieb. Also drückte ich meine Handflächen gegen seine Wunden und küsste seinen Hals und seine Schulter, in der Hoffnung, dass er noch spüren konnte, dass ich da war.

Diesmal *biss* etwas in meinen Finger und ich merkte, dass wir nicht allein waren.

»Lago?« Ich reckte meinen Hals und konnte gerade noch die Spitze seines Geweihs auf der anderen Seite von Zeruhn sehen.

Der Rasselbock rannte zu mir herum, ließ etwas fallen und biss prompt wieder in meinen Finger, wobei er ungeduldig mit den Hinterfüßen klopfte. »Was ist das?« Ich blinzelte in die Dunkelheit, weil ich meine Hände nicht von meinem sterbenden Minotaurus wegnehmen wollte.

Der Rasselbock senkte daraufhin seinen Kopf und stach mich mit seinem Geweih in den Arm.

»Aua! Is' ja gut!« Ich nahm meine Hand von Zeruhns Oberschenkel und tastete im Dreck herum. Eine scharfe Klinge schnitt mir fast den Finger ab, und da war etwas Kleines aus hartem Plastik. Mein Daumen rieb über ein kleines Rad mit Rillen – ein Feuerzeug.

Da traf er mich, ein heller Funke der Hoffnung. Aber ich musste schnell handeln.

»Bleib bei mir, Zeruhn!« Ich schob ihn mit aller Kraft an den Schultern, um ihn auf den Rücken zu bekommen. »Ich bin noch nicht fertig mit dir.«

Es fühlte sich an, als würde ich einen dreihundert Pfund schweren, unhandlichen Felsbrocken bewegen, aber schließlich rollte ich ihn mit dem Gesicht nach oben ins Gras. Sein Herzschlag war schwach, seine Atmung flach, während ich panisch mit dem Feuerzeug herumfuchtelte. Eine große Flamme sprang aus der Spitze, mehr als ein Feuerzeug dieser Größe normalerweise erzeugen würde. Zeruhn musste das Ding auch modifiziert haben, Gott sei Dank.

Ich hielt die Messerklinge in die Mitte der Flamme und wartete, da ich nicht wusste, wie lange sie erhitzt werden musste, um eine Wunde auszubrennen. Als sie anfing, rot zu glühen, dachte ich, dass das genug war. Die Zeit war nicht auf meiner Seite.

»Es tut mir leid, wenn das wehtut«, murmelte ich, bevor ich die Seite der Klinge auf die größte Wunde in Zeruhns Bauch drückte. Es gab ein Zischen, Rauch und einen fauligen

Brandgeruch, aber er reagierte nicht. Ich hoffte nur, dass das nicht bedeutete, dass ich zu spät war.

Wieder und wieder erhitzte ich die Messerklinge und verschloss jede von Zeruhns Stichwunden. Als ich fertig war, waren meine Hände verbrannt und schmerzten, aber das waren die geringsten meiner Sorgen. Erst nachdem ich gesehen hatte, dass er nicht mehr blutete und seine Wunden gründlich mit der Antiinfektionslösung besprüht hatte, trug ich die Brandsalbe aus dem Erste-Hilfe-Kasten auf.

Alles tat weh und ich wollte vor Erschöpfung zusammenbrechen, aber jetzt war meine größte Angst, aufzuwachen und festzustellen, dass ich zu spät reagiert hatte.

Ich hielt mein Ohr über Zeruhns Mund, meine Hand lag leicht auf seiner Brust. Sein Puls und seine Atemzüge waren gleichmäßig, aber schwach. Ich konnte nicht aufhören zu lauschen. Ich musste sicherstellen, dass der nächste Atemzug kam und der danach. Und der danach.

Ich hörte zu, bis ich mich nicht mehr auf den Beinen halten konnte. Also legte ich mich neben ihn, meine Hand immer noch auf seiner Brust. Der sanfte, gleichmäßige Herzschlag war der einzige Anker, den ich noch hatte.

19

ARIADNE

Ich erwachte mit einem Schrecken, gerade als die Dämmerung einsetzte. Zeruhn lag noch immer regungslos neben mir, eine graue Decke bedeckte uns beide. Ich setzte mich auf, zog sie panisch zurück und legte eine Hand auf seine Brust.

Badumm-badumm. Badumm-badumm. Sein Herz schlug immer noch, das Geräusch war stärker und deutlicher als letzte Nacht. Erleichtert ließ ich mich wieder auf den Boden sinken und rieb mir vor Erschöpfung das Gesicht.

»Lago?«, krächzte ich und blickte auf den Rasselbock an meiner Seite hinunter. »Hast du eine Decke für uns hierhergeschleppt?«

Seine Nase zuckte und seine Mottenflügel flatterten.

»Du bist so süß«, sagte ich und kraulte ihn zwischen den Ohren. »Wir können uns so glücklich schätzen, dich zu haben.«

Er schmiegte sich enger an mich und ich streichelte ihn ein paarmal, bevor ich mich aufsetzte, um Zeruhn gründlicher zu untersuchen. Das Ausbrennen schien zu funktionieren, und er hatte seit gestern Abend nicht mehr geblutet. Allerdings hatte ich mich mit dem verdammten Messer ungeschickt angestellt und auch etwas von seiner gesunden Haut verbrannt.

»Es tut mir so leid«, flüsterte ich und verschränkte meine Finger mit seinen.

Die Berührung schien ihn zu wecken, und er stieß ein schmerzhaftes Stöhnen aus.

»Nicht bewegen.« Ich drückte auf seine Schulter, als er sich aufrichtete. »Du hast viel Blut verloren.«

»Ariadne?« Er blinzelte und seine goldenen Augen leuchteten wie Sonnen. »Wie ... wie kann ich noch leben?«

»Dank Lago.« Ich streichelte wieder das weiche Fell des Rasselbocks. »Er hat mir Werkzeuge gegeben, um deine Wunden auszubrennen und die Blutung zu stoppen.«

Zeruhn stieß einen leisen Atemzug aus und sah auf seinen Bauch und sein Bein hinunter, bevor er seinen Kopf wieder auf den Boden legte. »Ich dachte, das wär's gewesen. Ein Mensch mit einem dummen kleinen Messer.«

Schuldgefühle durchzuckten mich, und ich fummelte an der Decke herum und schaute weg, als ich sie wieder über seine Taille zog. »Du musst dich ausruhen. Ich hole dir Essen und Wasser. Wenn du wieder laufen kannst, können wir zurück zur Höhle gehen.«

»Ariadne, komm her.« Er begann sich wieder aufzurichten.

»Nein, nicht bewegen! Du musst dich ausruhen, während dein Körper das Blut wieder auffüllt.«

»Komm *her*, Rehauge!« Zeruhn setzte sich auf und wehrte meine Versuche, ihn wieder nach unten zu drücken, erfolgreich ab. Er riss mich fast in seine Arme und drückte mich an seine Brust.

»Es scheint, als hättest du mir schon wieder das Leben gerettet«, flüsterte er gegen meine Stirn.

»Ich hätte dich fast umgebracht!«, würgte ich schluchzend hervor. »Ich habe dir gesagt, du sollst ihnen eine Chance geben, und jetzt sieh, was passiert ist.«

Er lachte spöttisch und drückte mich fester an sich, als ich versuchte, mich loszureißen. »Es war nicht deine Schuld, Ariadne.«

»Doch, das war es!«

»Er sah unbewaffnet aus, aber das Messer war versteckt. Ich war unvorsichtig, außerdem war er schnell. Das war mein eigener Fehler, nicht irgendetwas, das du gesagt hast.« Zeruhns Bart kitzelte mich an der Wange. »Ich habe deine Sorge gehört, aber ich gebe zu, dass ich nicht zugehört habe. Deine Absichten sind zwar gut, aber ich weiß, wie das Labyrinth funktioniert, Ariadne. Ich weiß, warum ich noch hier bin.« Raue Finger streichelten meinen Arm hinunter. »Es tut mir leid, dass dich die Gewalt beunruhigt, aber er hatte keine Chance, dir oder Lago etwas anzutun. Und das werde ich nie bereuen.«

»Ich ... ich fange an, zu verstehen, dass es notwendig ist«, gab ich zu. »Dieses Labyrinth. Es bringt das Schlimmste in den Menschen zum Vorschein. Es bringt sie dazu, schreckliche Dinge zu tun.«

»Hm.« Zeruhn machte ein Geräusch, als ob er nicht einverstanden wäre. »Ich glaube, es offenbart die wahre Natur der Menschen.«

Wir schwiegen ein paar Augenblicke, bis ich meine Handfläche auf seine Brust legte. »Also gut. Und jetzt leg dich wieder hin. Du brauchst Ruhe.«

»Was ich brauche, ist die Frau, die mir das Leben gerettet hat.« Er stöhnte in meinen Nacken und seine Zunge glitt an meinem Puls entlang.

»Zeruhn!« Warum keuchte ich schon? »Du bist immer noch mit getrocknetem Blut bedeckt.«

»Dann zieh mich aus und wasch mich, Rehauge.«

»Das werde ich, wenn du mich loslässt.«

»Niemals.« Trotzdem lockerte er seinen Griff mit einem verschmitzten Lächeln. »Du hast mich unersättlich für dich gemacht.«

»Ruhst du dich denn *nie* aus, verdammt noch mal?« Trotz der erschütternden letzten Stunden musste ich lachen. Wenn er flirtete, bedeutete das, dass es ihm besser ging.

»Nicht, wenn es darum geht, dich zu befriedigen und zu beschützen.« Er zog mich nach vorn und drückte mir einen Kuss auf die Schulter. »Ich meine es ernst, Rehauge. Ich habe mich größtenteils erholt. Meine Gene erlauben es mir, schnell zu heilen. Lass mich feiern, dass ich noch lebe, indem ich mich an deiner Pussy satt esse.«

»So schön das auch klingt, ich würde mich viel besser fühlen, wenn du es langsam angehen lässt.« Ich zog mich zurück, weil ich schon darauf brannte, alle Spuren der letzten Stunden zu beseitigen. »Lass mich dich waschen, wie du vorgeschlagen hast.«

Er blitzte mich mit einem breiten Grinsen an. »Und dann?«

»Und dann kannst du mit mir machen, was du willst.«

»Hm.« Zeruhn ließ mich endlich los und stützte seine Hände hinter sich auf den Boden. »Ich kann mich nicht entscheiden, ob ich dich jagen oder einfach nur auf meinem Gesicht sitzen haben will.«

»Irgendwie bezweifle ich, dass dein Bein für eine richtige Jagd bereit ist, auch wenn es dir besser geht.«

Er runzelte die Stirn und rieb sich über die Stichwunden an seinem Oberschenkel. »Du könntest recht haben. Meine Muskeln sind verhärtet und verkrampft.«

»Ein Grund mehr, dich auszuruhen.« Ich stand auf und dehnte meine eigenen steifen Muskeln. »Schaffst du es bis zum Wasser?«

»Das krieg ich schon irgendwie hin.« Der Bach war nur ein paar Meter entfernt, aber ich blieb trotzdem in der Nähe von Zeruhn, als er vorsichtig auf die Beine kam. Er hinkte deutlich, und ich sah, dass sein Kiefer angespannt war, obwohl er sich bemühte, seine Schmerzen nicht zu zeigen. Dem armen Kerl wurde einfach keine Pause gegönnt.

»Zieh deine Hose aus und setz dich auf die Kante«, sagte ich, während ich mir schon einen Plan zurechtlegte.

Zeruhn gehorchte und beobachtete mich mit einem glühenden Blick, während er seine Hose auf einer grasbewachsenen Bank ablegte und seine Füße in das kühle Wasser sinken ließ. »Und wo wirst du sein, Rehauge?«

Jetzt, da mein Hemd verschwunden war, zog ich zuerst mein Unterhemd aus – das blutverschmierte, abgenutzte Kleidungsstück war zu diesem Zeitpunkt alles andere als sexy, aber ich spürte das Gewicht seines Blicks so deutlich wie eine Berührung. Ich gab mein Bestes, um so zu tun, als ob ich allein wäre und die Hitze auf meiner Haut zu ignorieren, und wandte mich ab, um meine Hose zu öffnen. Zeruhn atmete scharf ein, als ich sie über meine Hüften schob und langsam meinen Hintern entblößte. Ich freute mich, sein »Fuck« zu hören, als ich mich bückte, um sie von meinen Beinen zu streifen.

Ich hatte noch nie in meinem Leben Lust auf einen Striptease gehabt, und ich war mir nicht sicher, warum mich gerade jetzt der Drang dazu überkam. Vielleicht war es so, wie er gesagt hatte – eine Feier des Lebens.

Völlig nackt ließ ich mich ins Wasser gleiten und zischte angesichts der eisigen Temperatur, die mir bis zur Hüfte reichte. Aber ich schaute ihn nicht an, bis ich zwischen seinen Schenkeln war. Zeruhns Schwanz wurde bereits dicker an seinem Bein, seine Hände hielten sich mit einem Todesgriff am Ufer fest.

»Was ist los?«, neckte ich ihn und hob eine Hand, um kaltes Wasser auf sein Bein zu träufeln. »Du wirkst angespannt.«

Ein frustriertes Stöhnen entrang sich seiner Kehle. »So viele haben versucht, mich zu töten, und sind gescheitert, aber du, süße Ariadne, wirst mein Tod sein.«

»Das kalte Wasser sollte hiergegen helfen.« Ich rieb mit meinen nassen Händen über das getrocknete Blut an seinen

Beinen – wobei ich vorsichtig in der Nähe seiner Wunden war – wohl wissend, dass das kalte Wasser *nicht* helfen würde.

»Du kannst mich nicht einfach anfassen und erwarten, dass ich nicht ... geweckt werde. Und dir ist kalt, Rehauge. Deine Haut ist mit Gänsehaut bedeckt. Komm her und lass dich von mir wärmen, *my Love*.«

Bei diesem letzten Wort setzte mein Herz einen Schlag aus, aber ich verwarf meine Gedanken schnell wieder. Er versuchte, mich zu verführen, und das konnte ich nicht *so* einfach durchgehen lassen.

»Ich lasse mich von dir wärmen, wenn das Blut abgewaschen ist.« Meine Hände gingen höher und tropften Wasser über seine Hüften und Taille, während ich seinen Schwanz ignorierte.

Man musste es Zeruhn hoch anrechnen, dass er nicht versuchte, mich zu berühren. Aber als es mit der Romantik nicht klappte, wechselte er seine Taktik zu Dirty Talk. »Deine Nippel sind so hart«, flüsterte er. »Ich will an ihnen saugen und spüren, wie steif sie sind, um zu sehen, ob sie durch die Hitze meiner Zunge weicher werden. Ich wette, deine Pussy ist auch glühend heiß, trotz des kalten Wassers.«

»Ist sie nicht«, versuchte ich mit ernstem Gesicht zu behaupten.

»Lass sie mich schmecken und es selbst herausfinden«, drängte er.

»Dein Gesicht ist schmutzig.« Ich machte meine Hände wieder nass und schrubbte das getrocknete Blut von seinem Bart, seinen Wangen und seiner Stirn.

»Deines ist schön«, antwortete er, sein Blick war wie flüssiges Feuer. »Du bist wahrlich die schönste Frau, die ich je gesehen habe.«

»Hör auf zu reden, damit ich mich konzentrieren kann!« Ich lachte und gab ihm einen kleinen Klaps auf die Brust.

»Wenn du willst, dass ich aufhöre zu reden, musst du mich küssen.«

»Du bist unmöglich.« Ich klatschte meine Handflächen an seine Wangen und drückte ihm einen keuschen Kuss auf den nun sauberen Mund. »Stur wie ein Stier.«

Er grinste gegen meinen Mund. »Deshalb fühlst du dich zu mir hingezogen, meine süße, hübsche Beute.«

»Hm, mir fallen noch ein paar andere Gründe ein.« Meine Berührung wanderte höher und zeichnete den Ansatz seiner Hörner nach, während ich seine Kopfhaut kratzte.

Zeruhn legte den Kopf schief. »Es stört dich wirklich nicht, dass ich ein gescheiterter Prototyp aus dem Labor bin?« Eine abrupte Frage, die ich ohne Probleme beantworten konnte.

»Überhaupt nicht«, sagte ich. »Das Einzige, was mich stört, ist, dass du nie die Chance hattest, deine eigenen Entscheidungen zu treffen. Deine eigene Person zu sein. Du hast nie darum gebeten, dass an dir experimentiert wird, dass du hier reingeworfen wurdest und um dein Leben kämpfen musst. Ich wünschte, du hättest eine Familie gehabt. Eine Gemeinschaft, die dich unterstützt.«

Zeruhn schwieg eine Weile, sein intensiver Blick musterte mein Gesicht. »Ich habe dich«, sagte er schlicht.

»Das hast du«, stimmte ich zu. »Und ich ... habe dich.«

»Immer, Ariadne.«

Es fühlte sich an, als würden wir uns eine Art Eheversprechen geben. Nicht gerade eine Ehe, aber wir versprachen uns gegenseitige Solidarität und Verständnis. Er wusste wahrscheinlich nicht, was ihm fehlte, konnte nicht nachvollziehen, wie es war, von geliebten Menschen weggerissen zu werden. Aber er verstand den Verlust, der *mich* verletzt hatte, und dieses Mitgefühl eines gehörnten, wilden Mannes hatte mich umgehauen.

Zeruhn winkelte mein Kinn mit seiner Hand an und küsste mich mit einer Zärtlichkeit, die mich dahinschmelzen ließ. Aber ich bemerkte auch, dass er seine Beine bewegte und versuchte, mich auf seinen Schoß zu ziehen.

»Kein Sex«, beharrte ich und löste mich von dem Kuss. »Ich habe dir doch gesagt, dass du dich ausruhen musst.«

»Ich kann mich ausruhen, wenn du mich reitest«, schlug er mit einem neckischen Lachen vor.

»Irgendetwas sagt mir, dass du nicht der Typ bist, der sich zurücklehnt und das Mädchen die ganze Arbeit machen lässt«.

»Hm, was hat mich verraten?«, sinnierte er. »Die Tatsache, dass ich meine Hände nicht von dir lassen kann? Dass ich süchtig nach deinem Geschmack bin und danach, wie du dich um mich herum zusammenziehst, wenn du kommst?«

»Zeruhn.« Ich schlug eine Hand auf mein brennendes Gesicht. »Hör. Auf. So. Zu. Reden.«

»Küss mich!« Er strich mir über den Kiefer. »Und zwing mich!«

Ermutigt legte ich eine Hand um den Ansatz seines Schwanzes. »Ich hab eine bessere Idee.«

20

ZERUHN

Mein Atem blieb in meiner Brust stecken, als sie meinen Schwanz packte und ihn zaghaft vom Ansatz bis zur Krone streichelte. Von meinem schüchternen, rehäugigen Menschen hatte ich das nicht erwartet, aber sie hatte mich schon früher mit ihrer Dreistigkeit überrascht.

»Du hast eine falsche Vorstellung, wenn du glaubst, dass mich das zum Schweigen bringt.« Ich legte eine Hand um ihre, um ihren Griff zu festigen, und führte sie an meiner Länge entlang. »Ich werde einfach anfangen, ein Loblied auf deine Hände zu singen, zusätzlich zu allem anderen, was mich an dir erregt.«

Dann tat sie das Allerletzte, was ich erwartet hatte. Sie beugte sich hinunter und *leckte* darüber.

Meine Hüften zuckten bei diesem Gefühl und ich war zum ersten Mal wirklich sprachlos. Meine Gedanken suchten nach etwas, das ich sagen konnte, um zu vermitteln, wie dieser kleine Stupser ihrer Zunge mich eisenhart machte und Wellen der Lust durch mich schickte wie nie zuvor.

Ariadne schien meine Sprachlosigkeit zu genießen. Sie

lächelte süffisant, während ihre Zunge meine dicke Krone umkreiste. Das feuchte, weiche Gefühl war *so gut*. Ich brauchte mehr. Ich brauchte die Hitze ihres Mundes und ihre Lippen, die über mich strichen.

Aber sie war fest entschlossen, mich auf die beste Art und Weise zu quälen, indem sie mit ihrer Zunge den Schaft auf und ab fuhr, die Krone umkreiste und über die Unterseite strich, sodass ich nach Luft schnappen musste. Ihre Hände streichelten mich gemächlich und verteilten die Nässe aus ihrem Mund mit leichtem, fast kitzelndem Druck.

»Ariadne ...« Ihr Name war die einzige Bitte, die ich aussprechen konnte, das einzige Wort, das den ganzen Rausch der Gefühle, den sie in mir auslöste, ausdrücken konnte.

»Zeruhn«, antwortete sie mit einem Hauch von Necken in der Stimme. Oh, ihre *Stimme*. Sie sagte meinen Namen, während ihre Lippen auf meinem Schwanz lagen, und die Bewegung ihres Mundes war einfach *alles*. Ich war das gefürchtetste Monster im Stadtstaat, und diese menschliche Frau konnte mit mir machen, was sie wollte.

Als sie schließlich ihren Mund über meine Länge gleiten ließ, konnte ich kaum noch atmen. Diese süße Zunge presste sich an die Unterseite meines Schwanzes, während ihre Lippen mit dem süßesten Druck an mir saugten. Ich wagte nicht, mich zu bewegen, und bei all ihrem Beharren darauf, dass ich mich ausruhen sollte, musste sie gewusst haben, dass das passieren würde.

»Was ... machst du mit mir?« Es kostete mich all meine mentale Stärke, einen Satz zu formulieren. Wenn in diesem Moment ein Feind hinter mir auftauchen würde, wäre ich erledigt.

Und ich würde glücklich sterben, mit dem Mund meiner Frau um meinen Schwanz gewickelt.

Ariadne beantwortete meine Frage mit einem Brummen, das durch meine Länge bis zu meinen Fingern und Zehen vibrierte. Sie wusste, was sie tat, sie kannte die Macht, die sie auf diese Weise über mich hatte. Ihre Hände und ihr Mund arbeiteten gemeinsam und glitten in geübten, koordinierten Bewegungen über meine gesamte Länge, von der Wurzel bis zur Krone.

Ich wusste nicht, ob ich jeden anderen Mann, mit dem sie das getan hatte, töten oder ihm danken wollte. Einerseits sah ich rot bei der Vorstellung, dass jemand anderes sie berührte. Andererseits hätte sie mich ohne Übung wahrscheinlich nicht so zum Schweigen bringen können. Sie bedeckte ihre Zähne mit den Lippen, saugte und streichelte mich mit konstanten, gleichmäßigen Bewegungen. Meine rehäugige Frau konnte selbstbewusst mit einem Schwanz umgehen, sobald sie ihre Schüchternheit überwunden hatte.

»Ariadne ...« Ich wiederholte ihren Namen wie ein Stoßgebet, während meine Finger ihren Weg in ihre wilde Mähne aus dunklem Haar fanden.

Sie fuhr mit einem leisen Brummen fort, während ich langsam auseinanderbrach. Jedes Streicheln und Lecken brachte mich der Erlösung näher und zerstörte jeden Faden der Kontrolle. Das Vergnügen war fast unerträglich gut, aber ich wollte mehr. Mehr von *ihr*. Ich wollte, dass ihre Haut auf meiner glitt. Ihre Zunge, ihre Pussy oder ihre Nippel, während sie meinen Mund ausfüllen. Meine Hände krampften sich an meinen Seiten zusammen und ich wollte ihren Arsch oder ihre Taille festhalten, während sie meinem Schwanz die Lust entlockte.

Ich wollte sie anflehen, mich zu reiten, damit ich sie auf jede erdenkliche Weise berühren und schmecken konnte, aber die einzigen Laute, die ich von mir geben konnte, waren ihr Name und das Stöhnen, das sie mir entlockte.

Meine Brust zog sich mit verzweifelten Atemzügen zusammen und jeder Muskel in meinem Körper schien sich zu verkrampfen. Die Lust spannte sich in mir an wie eine

Sprungfeder und drohte unter dem wachsenden Druck zu brechen.

»Ariadne.« Ihr Name drang aus meiner engen Kehle. »Ich komme gleich.«

»Mm-hm«, war alles, was sie erwiderte, während sie mich mit ihren Händen und ihrem Mund in einem konstanten, gleichmäßigen Tempo bearbeitete.

Und genau das – ihre ruhige Kontrolle, mit der sie mich bis zum Ende bearbeitete – ließ mich explodieren.

»Fuckkk«, zischte ich durch meine Zähne, als die Entladung der Lust mich mit der Kraft einer Flutwelle traf. Meine ganze Stärke war weg. Alles Gefühl in meinem Körper sammelte sich genau dort, wo Ariadne ihre Hände und ihren Mund um mich gelegt hatte. Ich fühlte mich ohnmächtig, nachdem die erste Welle der Lust mich erfasst hatte, und meine Sicht verdunkelte sich. Vielleicht hatte sie recht, dass ich noch nicht genug Blut in meinem Körper hatte.

Es dauerte Minuten, bis ich wieder zu Atem gekommen war, lange nachdem Ariadne mich losgelassen hatte und das intensive Pulsieren in meinem Körper auf ein erträgliches Maß gesunken war.

»Was ... war das?«, keuchte ich.

Sie lächelte mich an und stützte ihre Unterarme auf meine Oberschenkel. »Na ja, also wo ich herkomme, nennen wir das jemandem einen blasen.«

Ich brauchte noch ein paar Atemzüge, bevor ich eine Antwort formulieren konnte. Mein Kopf war angenehm leer, sogar noch leerer als sonst nach einem guten Fick.

»Das ist ein schrecklicher Name«, stöhnte ich. »Du hast genau das Gegenteil von Blasen gemacht.«

Ariadne ließ ihre Arme von meinen Beinen fallen, eine Falte bildete sich in der Mitte ihrer Stirn. »Ich habe so viel Arbeit investiert und das ist alles, was du zu sagen hast, hm?«

»Nein.« Ich griff nach ihrer Schulter und zog sie zu mir

zurück. »Ich meine, du wolltest, dass ich aufhöre zu reden, und ich habe einfach ...« Ich schüttelte den Kopf. »Ich habe einen umfangreichen Wortschatz und ... es gibt keine Worte dafür, wie ich mich gerade gefühlt habe.«

Der Sturm in ihren Augen braute sich zusammen, intrigant und durchtrieben. »So was hat noch nie jemand mit dir gemacht?«

»Noch nie.« Sie stand wieder zwischen meinen Beinen, an der perfekten Stelle. Ich führte meine Hände zu ihrer Taille. »Jetzt bin ich dran.«

»Zeruhn ... was?!«, kreischte sie, als ich sie direkt aus dem Wasser hob, höher und höher, während ich meinen Kopf nach hinten neigte, bis ihre Pussy direkt auf meinem wartenden Mund thronte. Oh, sie war wirklich glühend heiß, ganz zu schweigen von ihrem Duft und ihrer glitschigen Haut, und das nicht nur vom Wasser. War meine süße Frau erregt, weil sie mir einen geblasen hatte? Was für ein herrlicher Gedanke.

»Oh, Scheiße, ich werde fallen!«

Ich lenkte Ariadnes Hände auf meine Hörner, während ich das kalte Wasser von ihrer Haut leckte. Meine Zunge würde sie wärmen und sie befriedigen, so wie sie mich befriedigt hatte. Ich wusste nicht, ob ihre Füße so den Boden berühren konnten, und ehrlich gesagt, war mir das auch egal. Sie war genau da, wo ich sie haben wollte.

Es dauerte nicht lange, bis sie aufhörte zu zappeln und meine Hörner als Hebel benutzte. Sie drückte ihr Körpergewicht gegen meinen Mund, sodass ich genug zu lecken und zu saugen hatte. Ihrem Kitzler schenkte ich noch keine Aufmerksamkeit. Ich wollte den Geschmack des Baches entfernen, bis die einzige Nässe, die meinen Mund füllte, ihre war.

Der Druck ihrer Handflächen um meine Hörner ließ meinen Schwanz direkt wieder pulsieren. Wenn sie mich ließe, wäre ich in wenigen Augenblicken zum Ficken bereit, auch wenn es schwerfallen würde.

»Du sollst dich doch eigentlich ausruhen«, stöhnte Ariadne, während sie ihre Pussy über meinem Gesicht rieb und rollte.

Der einzige Ort, an dem ich sein sollte, ist in dir, dachte ich und lachte, um ihr zu zeigen, dass ich sie gehört hatte.

Um das zu verdeutlichen, stieß ich meine Zunge in sie hinein und drückte beide Seiten ihres Arsches mit einem groben Handgriff. Das war es, was ich brauchte – sie in meinen Händen zu haben, zu spüren, wie ihr Geschmack meine Zunge überzog und *alle* meine Sinne erfüllte.

»Zeruhn ...« Jetzt rief sie meinen Namen, so wie ich es mit ihrem getan hatte, ihr Körper war weit geöffnet und meiner Lust ausgeliefert.

Im Gegensatz zu mir, der stillgehalten hatte, während ihr süßer Mund mich bearbeitet hatte, gab sie ihr Bestes, sich zu winden und zu zappeln, um zu kontrollieren, wohin meine Aufmerksamkeit gehen würde. Ich knurrte gegen ihre Pussy und griff nach oben, um eine Brust zu packen und an ihrem Nippel zu zupfen, bis sie wimmerte und verstummte.

»Du bist grausam«, jammerte sie von oben. Ich konnte mir den kleinen Schmollmund auf ihrem Gesicht vorstellen und musste lachen. Sie hatte meine Grausamkeit gesehen, und die befand sich nicht einmal in der gleichen Welt wie diese. Sie würde nie wieder Grausamkeit erleben, beschloss ich. Nicht, solange ich noch da war und sie sich so auf mein Gesicht setzen konnte. Wenn sie die Königin des Labyrinths sein wollte, würde ich ihr Thron sein.

Um ihr zu zeigen, wie wohlwollend ich war, leckte ich eine Linie bis zu ihrem Kitzler, dem Lustzentrum, das sie unbedingt berührt haben wollte. Ariadne schrie auf und krallte sich an meinen Hörnern fest, als hinge ihr Leben davon ab. »Ja, Zeruhn! Bitte, bitte ...«

Ich hätte sie gierig genannt, wenn sie mich nicht kurz zuvor so selbstlos beglückt hätte. Und die Wahrheit war, dass ich nicht die Geduld hatte, ihr Vergnügen hinauszuzögern. Ich wollte, dass ihre Erlösung meinen Mund füllte und an meinem Kinn heruntertropfte wie der Saft einer Nektarine.

Also ließ ich sie sich an meinem Mund reiben, so viel sie wollte, und presste meine Zunge und Lippen auf die harte Knospe, die sie in einen Rausch versetzte, denn ich wollte ihre Erleichterung genau so sehr wie sie.

Und als Ariadne schließlich kam, ihr Kopf mit einem Schrei zurückgeworfen wurde und ihre Beine vor Anspannung zitterten, saugte und trank ich an ihr, wohl wissend, dass ich der Gierige war.

Ich wollte der einzige Grund für jeden Moment ihres Vergnügens sein.

21

ARIADNE

»Ich muss heute zum Wasserfall zurückgehen.« Zeruhn drückte mir die Worte mit einem Kuss auf die Stirn und legte seinen Arm um mich.

»Warum?« Ich zeichnete eine Narbe auf seiner Brust nach, während ich es viel zu bequem fand, mich zu bewegen, vor allem mit seinem Körper als Kissen unter mir.

»Weil wir Vorräte brauchen.«

Ich hob meinen Kopf und stützte mein Kinn auf sein Brustbein, um ihn anzuschauen. »Bist du sicher, dass du bereit bist, so viel zu wandern und zu klettern?«

»Es sind schon drei Tage vergangen, Rehauge.« Mit einem neckischen Grinsen zupfte er an einer Haarsträhne von mir. »Ich glaube, mein Blut ist inzwischen wieder aufgetankt, meinst du nicht?«

Es stimmte. Er schien völlig gesund zu sein und das wahrscheinlich schon seit mindestens gestern. Seine ausgebrannten Wunden waren bereits vernarbt und ergänzten seine umfangreiche Sammlung. Ich fand schnell heraus, dass mein Minotaurus sich nicht gern ausruhte. Die Schlafhöhle, die zu einem gemütlichen kleinen Zuhause geworden war, schien gut ausgestattet zu sein. Ich fragte mich, ob es wirklich an den Vorräten lag oder er sich einfach nur bewegen musste.

»Es wird nicht lange dauern«, versicherte mir Zeruhn und strich mir liebevoll über die Arme. »Du solltest hier bei Lago bleiben. Bleib auch hier drin, wenn du hörst, wie die Türen aufgehen, und sag mir dann Bescheid, wenn ich zurückkomme.«

»Warum willst du, dass ich bleibe?«, fragte ich mit einem Stirnrunzeln.

»Weil dich der Wasserfall unglücklich macht.« Schwere, schwielige Finger rieben an meinem Nacken. »Ich will nicht sehen, wie der Sturm in deinen Augen jemals wieder verschwindet.«

Ich wusste nie genau, was er mit dem Sturm in meinen Augen meinte, aber ich verstand seine Gefühle, und sie waren süß. Er wollte nicht, dass ich wieder so traurig werde wie beim letzten Mal.

»Ich werde dir mehr Nektarinen bringen«, versprach er mit einem Kuss in meinen Nacken. »Und alles andere Nützliche, das ich finden kann. Es hängt wirklich davon ab, was die Außenweltler wegwerfen.«

»Weißt du.« Ich drehte meinen Kopf und fing seinen nächsten Kuss auf den Mund ein. »Ich glaube, ich würde gern mit dir kommen.«

Goldene Augen weiteten sich vor Überraschung. »Wirklich? Warum?«

»Für einen Neuanfang, denke ich. Für einen zweiten Versuch.« Als die Verwirrung nicht aus seinem Gesicht wich, fügte ich hinzu: »Das letzte Mal war ich nur darauf aus, zu entkommen. Es hat mich erschüttert, als ich realisiert habe, dass das unmöglich ist. Und jetzt?« Ich nahm seine Hand und verschränkte unsere Finger miteinander. »Jetzt würde ich gerne gehen, nur um es zu sehen und um bei dir zu sein.«

Zeruhns Hand legte sich fester um meine. »Und wenn es dich wieder traurig macht?«

»Dann werde ich es dir sagen«, antwortete ich. »Ich werde nicht wieder in ein depressives, dunkles Loch fallen. Zumindest werde ich versuchen, es nicht zu tun. Aber was auch immer passiert, ich werde dich dieses Mal nicht ausschließen.«

»Gut.« Zeruhns andere Hand klatschte auf meinen Hintern und betatschte mich dabei. »Sonst muss ich es aus dir herausjagen.«

»Jaja, du Höhlenmensch.« Ich beugte mich hinunter, um ihn zu küssen, und ließ mich auf dann schlaff auf seinen harten Körper fallen.

»Ich meine es ernst, Ariadne«, sagte er mit ernster Miene nach ein paar Küssen. »Ich werde deine Traurigkeit verjagen, wo ich nur kann. Als du dich so zurückgezogen hast, war das ... so quälend. Ich fühlte mich ... hilflos, unfähig, das Ergebnis zu erzwingen, das ich wollte. Es tat *mir* weh, dich so zu sehen. Ich konnte es nicht ertragen, aber ich wusste nicht, wie ich es abstellen konnte. Wie ich dich wieder glücklich machen konnte.«

»Das ist süß von dir, mein großer Softie.« Ich drückte ihm einen weiteren Kuss auf. »Aber eine Sache musst du verstehen.«

Er runzelte die Stirn. »Was denn?«

»Ich werde nicht immer glücklich sein. Manchmal werde ich traurig sein und brauche einfach Zeit, um die Dinge zu verarbeiten, um zu trauern, was ich da draußen verloren habe.«

»Das kommt nicht infrage.« Zeruhn schüttelte trotzig den Kopf und seine Hörner schnitten durch die Luft. »Wenn das passiert, werde ich vor nichts Halt machen, bis sich deine Laune wieder gebessert hat. Sei es, indem ich dir die letzte Nektarine der Welt bringe oder deine Pussy lecke, bis ...«

»Keines dieser Dinge wird mich wieder mit meiner Mom vereinen«, sagte ich. »Ich finde es toll, dass du mich glücklich machen willst, Zeruhn, aber manchmal liegen die Dinge, die meine Traurigkeit heilen werden, außerhalb deiner Kontrolle. Und während ich ...«, ich atmete tief durch, »... lerne, zu akzeptieren, dass ich meine Mom nie wiedersehen werde, werde ich sie trotzdem vermissen. Es wird Zeiten geben, in denen ich mir wünsche, sie noch einmal umarmen zu können, auch wenn ich weiß, dass das nicht möglich ist. Manchmal werde ich es einfach zulassen müssen, dass ich sie vermisse und traurig darüber bin, bis es vorbei ist. Macht das Sinn?«

Er schwieg und dachte eine Minute lang nach. »Ich verstehe, dass du das brauchst und es dir wichtig ist. Aber ich mag es trotzdem nicht.« Er rollte uns zum Sitzen auf, Arme und Beine schützend um mich geschlungen wie Schilde. »Was soll ich tun, wenn du diese Momente hast? Wenn ich sie nicht für dich in Ordnung bringen kann.«

»Sei einfach da.« Ich lehnte meinen Kopf an seine Schulter, zog meine Beine an und verschmolz mit der Geborgenheit von ihm. »Lass mir etwas Freiraum, um mit meiner Scheiße fertigzuwerden, aber sei da, wenn ich bereit bin, wieder heraus zu kommen.«

»Es fühlt sich an, als wäre das nicht genug«, brummte er. »Du hast mir zweimal das Leben gerettet und verlangst dafür so wenig von mir.«

»Ich weiß nicht, jeden zu töten, der eine Bedrohung für mich darstellt, ist eine ziemlich große Sache.«

»Aber du magst es nicht, wenn ich Leute töte.« Er stieß ein trockenes Lachen aus und schlug mir gegen die Hüfte. »Wankelmütige Frau.«

»Wirklich, Zeruhn.« Ich drückte meine Stirn an seinen Hals. »Geduld mit mir zu haben, für mich *da zu sein*, ist sehr wichtig.« Ein Lächeln umspielte meine Lippen. »Und ich schätze, wenn ich gejagt werde, kann ich mich ablenken und die dringend benötigten Endorphine bekommen.«

»Na, das ist doch was, das ich erledigen kann.« Er küsste meinen Nasenrücken, löste sich dann schnell von mir und sah mich eindringlich an. »Aber nur, wenn du fertig damit bist, traurig zu sein.«

Ich strahlte ihn an und fuhr mit meinen Fingern über seine bärtige Wange. »Ja, genau.«

Wie konnte er nur so … perfekt sein? Animalisch heiß, intelligent, anpassungsfähig in den schlimmsten Situationen. Beschützend, wenn auch brutal, aber auch umwerfend liebenswürdig. Er hatte vielleicht nicht ganz verstanden, dass er meine Traurigkeit nicht immer heilen konnte, aber er respektierte mich genug, um mir zuzuhören. Und ganz zu schweigen davon, dass der Sex mit ihm auf einer anderen Ebene war. Der Gedanke, von ihm *gejagt* zu werden, schickte mir einen Schauer über den Rücken und ich sehnte mich schon wieder nach dieser berauschenden Art von Vorspiel.

Heilige Scheiße!

War ich dabei, mich in den Minotaurus zu verlieben?

»Ariadne.« Er sagte meinen Namen mit diesem tiefen, sexy Knurren und knabberte an meinem Ohrläppchen.

»Mm-hm?« Ich wand mich unter seiner Zuneigung und die Reibung seines Bartes auf meiner Haut verursachte ein Kribbeln in mir.

Ich sagte: »Willst du immer noch zum Wasserfall?« Zeruhn küsste meine Schulter und rieb auch dort seinen Bart an mir. »Mir gefällt der Gedanke nicht, dass du ungeschützt bist, also wäre es mir sogar lieber, wenn du mitkommst. Aber wenn du das nicht möchtest, wird Lago dir Bescheid sagen, wenn sich jemand nähert.«

»Nein, alles gut, wirklich! Ich komme mit.« Ich lächelte ihn an. »Ich denke, wenn ich mit einer anderen Einstellung hingehe, dann wird es schon gehen.«

»Also gut.« Er stand auf und zog mich mit sich hoch. »Und wenn du bestimmte Teile von mir streichelst, während du auf meinem Rücken reitest, werde ich mich nicht beschweren.«

»Oh, zum Teufel noch mal.« Mit einem Stöhnen rieb ich mir die Stirn. »Wie kann man denn immer nur mit dem Schwanz denken?«

Er deutete hinter sich. »Nicht meine Schuld, der hat seinen ganz eigenen Kopf ...«

»Nicht der«, sagte ich lachend. »Der andere.« Ich gab ihm einen Klaps auf den Hintern, als ich in Richtung Bach marschierte. »Jetzt komm, lass uns ein paar romantische Wasserfälle angucken gehen, Höhlenmensch.«

* * *

BEIM ZWEITEN MAL WAR ES VIEL ANGENEHMER UND WENIGER angstbesetzt. Ich konnte die Landschaft richtig genießen, von den Bäumen, die irgendwie in den winzigen Spalten der Felswände wuchsen, bis hin zu den Felsformationen selbst.

Zeruhn trug einen großen Rucksack, den er auf der Brust platziert hatte, damit ich auf seinem Rücken Platz nehmen konnte. Er ließ mich nur zwei Seitenfächer mit Nektarinen füllen, da wir den Rucksack mit Vorräten füllen mussten, die wir tatsächlich brauchten. Er hoffte auf ein paar neue Solarzellen, um die kaputten zu ersetzen. Ich hatte mir vorgenommen, ein paar neue Kleidungsstücke zu besorgen. Sie mussten mir nicht einmal passen – ich hatte im Laufe der Jahre genug von meinen eigenen Kleidern repariert, um alles ändern zu können. Aber ich wusste, dass die Menschen in Upper MinoTek sich viel robustere und hochwertigere Stoffe leisten konnten als die, die wir in den Slums bekamen. Wenn ich also aus den weggeworfenen Sachen einer reichen Person ein ganz neues Outfit herstellen könnte, wäre das das Highlight meines Tages.

»Wie oft werden Sachen durch das Wasser ruiniert?«, fragte ich Zeruhn, als ich den kühlen Nebel auf meinem Gesicht spürte.

»Bei Elektronik fast immer«, sagte er. »Manchmal habe ich Glück, wenn ich die Sachen zum Trocknen in die Sonne lege, aber alles mit funktionierenden elektrischen Bauteilen ist sehr selten. Meistens finde ich Bücher, Kleidung, Wohnaccessoires,

Küchenzubehör und so weiter. Vorausgesetzt sie sind nicht durch den Sturz kaputtgegangen. Von der Decke bis zur nächsten ebenen Fläche hier unten sind es über fünfzehn Meter.«

»So viele Leute aus meinem Teil der Stadt könnten solche Sachen gut gebrauchen«, murmelte ich. »Ich frage mich, warum es nicht irgendeine Art von Spendenaktion gibt.«

Ich widerrief den Gedanken in dem Moment, als ich ihn aussprach, denn ich wusste es bereits. Niemand kümmerte sich um die Leute auf meiner Seite der Stadt.

»Das meiste von dem, was hier abgeladen wird, benutze ich nicht«, gab Zeruhn zu. »Es ist eine Verschwendung, wenn es andere gibt, die diese Dinge gebrauchen könnten.«

Er richtete sich auf, als wir die letzte Klippe neben dem Wasserfall erreichten, und ich rutschte von seinem Rücken, um auf die Wasserspiele zu blicken.

»Siehst du da oben jemals jemanden?«, fragte ich und schirmte meine Augen ab.

»Einmal habe ich das. Eine Gruppe von Teenagern, die Drogen genommen haben, saß am Rand. Ich habe mich in meine Stiergestalt verwandelt und sie sind schreiend davongerannt.«

»Fies«, lachte ich.

Er grinste. »Es wäre schrecklich gewesen, wenn einer von ihnen reingefallen wäre.«

»*Du* bist schrecklich!«

Sein Lächeln hellte sich auf, als er sich zu mir umdrehte und mich wieder mit seinem intensiven Blick musterte. »Du bist gut gelaunt, Rehauge.«

»Ja, ich fühle mich gut.« Meine Brust flatterte, gerührt von seiner Besorgnis. »Es ist wirklich schön hier.«

»Das ist es. Ich komme gern hier hoch.« Er legte seine Hand in meinen Nacken und drückte mir einen festen Kuss auf die Lippen, der mir den Atem verschlug. »Wollen wir sehen, was wir finden können?«

Hitze durchströmte mich und ich hätte es vorgezogen, genau jetzt unter der Gischt des Wasserfalls gefickt zu werden. Aber wir brauchten wirklich Vorräte, und vielleicht konnten wir das später noch tun.

»Ja«, hauchte ich gegen seine Lippen.

Er küsste mich einmal, bevor er mich losließ und sich abwandte. Sein Stierschwanz wedelte fröhlich hinter ihm her, fast so wie ein Hund mit seiner Rute wedeln würde. Ich lächelte, während ich mir ein paar durchnässte Bücher und Papiere in der Nähe eines Steinhaufens ansah. Es war niedlich, dass er seine Stimmung mit tierischen Eigenschaften ausdrückte.

»Ich werde mal sehen, was da unten ist.« Zeruhn zeigte auf eine kleine Reihe von Felsvorsprüngen am Fuße des Wasserfalls. »Ich sehe etwas, das Licht reflektiert. Könnten Solarzellen sein.«

»Okay. Aber sei vorsichtig.« Die Felsen dort unten waren am rutschigsten.

»Das werde ich, my Love.«

Da war es wieder, dieses Wort. Es beschleunigte mein Herz wie ein elektrischer Schlag. Er sagte es so beiläufig, während er unseren Felsvorsprung zu seinem Ziel hinunterkletterte. War ihm überhaupt bewusst, welche Bedeutung dieses Wort hatte, wie es mich beeinflussen würde? Oder hatte er die Definition in einem Buch gelesen und gedacht, sie würde auf unsere Situation zutreffen?

Nein, Zeruhn war nicht dumm oder gefühllos. Er würde doch nicht etwas sagen, ohne die Bedeutung zu verstehen, oder?

Ich saß wie betäubt da und sein Wort hallte in meinem Kopf herum wie ein Echo an einer Höhlenwand. Ich wollte, dass es nie verblasste, dass ich es immer wieder in seiner tiefen Stimme hörte.

»Ich schätze, das bedeutet, dass ich genauso empfinde«, sagte ich leise zu mir selbst.

Ich sonnte mich in diesem schwindelerregenden, warmen Gefühl, bis ich wieder seine Stimme hörte, die über das tosende Wasser hinweg schrie. »Keine Solarzellen! Nur ein verdammter zerbrochener Spiegel.«

»Oh! Das ist wirklich schade«, rief ich zurück.

»Ich werde weiter suchen. Hier unten gibt es noch mehr Zeug.«

»Okay.«

Wieder in der Realität angekommen, kehrte ich zu den Papierstapeln zurück, die wie ein Nest in einem Haufen von Steinen lagen. Es sah aus, als wäre eine Plastiktüte beim Aufprall aufgeplatzt, sodass die Gischt des Wasserfalls den Inhalt ausdehnen konnte.

Ich wühlte mich durch das aufgeweichte, ruinierte Papier und schaute ab und zu auf die Seiten, um zu sehen, ob ich die verlaufende Tinte lesen konnte. Das meiste sah aus wie typische Werbepost. Briefe und Bescheide, Versicherungs- und Kontoauszüge, langweiliges Zeug.

Ich war schon fast bereit, weiterzugehen, als meine Finger *trockenes* Papier berührten. Es lag in der Mitte des Stapels, ganz unten. Die oberen Schichten hatten die unteren Materialien vor Nässe geschützt. Ein kleiner, quietschender Lacher entrang sich meiner Brust, als ich mehrere Ausgaben der *Black Papers* am Boden des Haufens sah, alle größtenteils trocken und unbeschädigt.

Ich kramte sie heraus und blätterte schnell auf die Innenseite des Umschlags, um zu sehen, wann die Ausgaben datiert waren. Die meisten hatte ich schon gelesen, aber zwei waren erst kürzlich publiziert worden – *nachdem* ich in das Labyrinth geschickt worden war. Ich schlug die Beine übereinander und öffnete das neueste Heft und überflog die Liste der Artikel im Inhaltsverzeichnis.

Oooh! Diese Ausgabe enthielt einige Skandalgeschichten über den Premierminister von MinoTek. Das war mutig von diesen Journalisten, direkt auf die Spitze zu schießen. Sie mussten ziemlich viel schmutzige Informationen über ihn haben, die sie veröffentlichen konnten. Ich blätterte zum ersten Artikel und fing an zu lesen. *Der Premierminister von MinoTek ist ein sexuelles Raubtier*, lautete die Überschrift. Der anonyme Autor dieses Artikels trug den Codenamen Mercury.

Meine Augen konnten die Worte nicht schnell genug lesen. Der Artikel enthielt mehrere Berichte über diskrete Besuche des Premierministers Minos in den Slums, die erst vor zehn Jahren stattgefunden hatten. Er und sein innerer Kreis vergriffen sich dann an Frauen, manchmal sogar an Mädchen im Teenageralter. Wenn jemand versuchte, einzugreifen, zogen seine Bodyguards die Waffen und bedrohten sie mit dem Tod. Der Journalist hatte alle Männer von Minos namentlich aufgelistet.

Er und sein innerer Kreis taten dies, weil diese Menschen keine Macht in der Stadt hatten. Selbst wenn die Übergriffe gemeldet würden, würden sie so schnell, wie sie gemeldet wurden, wieder verworfen werden. Er terrorisierte Menschen, die ohnehin schon ums Überleben kämpften, nur weil er es konnte, ohne dass es Konsequenzen hatte.

Es gab nie eine Vorwarnung, wann der Premierminister kommen würde. Es geschah einfach nach seinem Gusto. Manchmal kamen er und seine Handlanger, gekleidet in Straßenkleidung und in einem abgewrackten, nicht gekennzeichneten Auto, damit sie nicht auffielen. Ein anderes Mal fuhren sie in einem MWP-Einsatzwagen, der eine Weile herumfuhr, als ob es sich um eine Routinestreife handelte. Selbst wenn die Leute es schnell genug herausfanden, um sich in ihren Häusern zu verstecken, drangen er und seine Männer mit Gewalt ein.

Da uns die Häuser von den MinoTek-Behörden zur Verfügung gestellt worden waren, gehörten sie technisch gesehen ihm.

Mir hing die ganze Zeit die Kinnlade herunter, während ich las. Dieser Journalist Mercury war wirklich gründlich. Sie hatten mehrere Zitate aus Interviews mit den Opfern eingefügt, wobei sie natürlich sorgfältig alle identifizierenden Informationen verschleiert hatten. Aber nicht nur das. Sie behaupteten, einer ihrer Informanten wäre ein Wissenschaftler an einer angesehenen Universität in Upper MinoTek, und dieser Wissenschaftler wäre mit dem Premierminister vertraut.

Der Wissenschaftler hatte erfolgreich eine DNA-Probe des Premierministers entnommen und sie mit mehreren Proben verglichen, die Merkur von den Kindern der Opfer genommen hatte. Über vierzig Prozent der Proben stimmten exakt überein.

Der Premierminister von MinoTek hatte nachweislich mehr als ein Dutzend Kinder in den ärmsten Vierteln der Stadt gezeugt, die das Ergebnis seiner sexuellen Übergriffe waren. Und das waren nur die, deren Mütter sich bereit erklärt hatten, mit der Journalistin zu sprechen und DNA-Abstriche durchführen zu lassen.

Diese unwiderlegbaren Beweise werden an einem sicheren Ort innerhalb unseres anonymen Netzwerks aufbewahrt, schrieb Mercury. Auch die Identitäten der Kinder und Opfer werden nicht veröffentlicht, um sie vor dem Staat zu schützen, der sie sicher zum Schweigen bringen will. Die Behörden von MinoTek wurden bereits vor der Veröffentlichung dieser Informationen auf meine Ermittlungen aufmerksam. Wenn sie meine Identität aufdecken, könnte dies mein letzter Artikel für die Black Papers sein, aber keine Angst, liebe Leser.

Sie wollen uns zum Schweigen bringen, weil sie Angst haben. Sie sind wenige, und wir sind viele. Die Macht, die sie über uns haben, ist kaum mehr als Gehirnwäsche. Sie zermahlen uns schon so lange, dass wir nie etwas anderes als Dreck kennengelernt haben. Aber auch für uns gibt es genug Himmel und sauberes Wasser. Wir müssen nicht zusehen, wie sie unsere Lieben angreifen und uns als Untermenschen behandeln. Wir müssen uns nur zusammentun und uns die Rechte zurückholen, die man uns verweigert hat.

»Was liest du da?«

Zeruhn drückte mir einen Kuss auf die Wange, und die

Berührung und das warme Grollen seiner Stimme erschreckten mich.

»Oh, hi!«

Er schenkte mir sein sexy, schiefes Grinsen und ließ sich neben mir nieder, um über meine Schulter mitzulesen. »Ich habe eine ganze Minute lang beobachtet, wie sich deine Augen hin und her bewegen. Das muss faszinierend sein, was auch immer es ist. Erotische Literatur?«

»Nein!« Ich lachte und klopfte ihm auf den Bizeps. »Diese kleine Publikation«, ich klappte das Heft zu und zeigte ihm das Titelblatt, »ist der Grund, warum ich verhaftet und mit dir hier eingesperrt wurde.«

»Ach?« Er hob fasziniert die Augenbrauen.

»Es ist wie eine Klatschspalte, nur besser«, erklärte ich. »Denn es handelt sich um eine Kritik am Staat. Die Journalisten sind völlig anonym, und sie werden einfach an öffentlichen Orten ausgelegt. Jeder liest sie.«

Zeruhn runzelte die Stirn. »Warum wurdest du dann herausgepickt?«

»Das weiß ich nicht.« Ich zuckte mit den Schultern und blätterte zu dem Artikel, den ich gerade gelesen hatte. »Die hier ist verrückt. Da steht, dass Premierminister Minos in den Slums Dutzende von Frauen vergewaltigt und am Ende einen Haufen Kinder gezeugt hat.«

Die Brauen meines Minotaurus zogen sich noch enger zusammen. »Ist das wahr?«

»Das weiß keiner so genau«, gab ich zu. »Sie sagen, sie hätten DNA-Beweise, aber die können sie natürlich nicht veröffentlichen, ohne die Privatsphäre der Beteiligten zu gefährden. So ist es bei vielen ihrer Geschichten. Sie sagen, sie hätten Beweise, aber wir müssen ihnen einfach glauben.« Ich blätterte die Seiten durch. »Ich bin mir sicher, dass etwas Wahres dran ist, was schrecklich ist.«

»Hast du ihn jemals gesehen?« Zeruhn warf mir die Frage

mit überraschender Intensität an den Kopf. »Kommt er in deine Gegend und vergreift sich an Frauen?«

»Der Premierminister? Äh, nein. Nicht, dass ich wüsste. Ich habe aber Gerüchte darüber in anderen Gemeinden gehört.« Ich warf ihm einen Blick zu. »Warum? Du siehst ziemlich bedrückt deswegen aus.«

Zeruhn seufzte und glättete seine Gesichtszüge, aber die Anspannung in seinem Kiefer blieb. »Es hört sich für mich einfach unvorstellbar grausam an, seine Macht auf diese Weise zu missbrauchen. Frauen, vor allem wenn sie unter solchen Bedingungen leben, sind keine Bedrohung für ihn. Und Kinder, die er gezeugt hat, einfach im Stich zu lassen?« Er schluckte und sah mich an. »Und du scheinst das ziemlich gelassen zu sehen, wenn ich das so sagen darf.«

»Nein, so ist es nicht. Ich bin nur ... abgestumpft, glaube ich«, gab ich zu. »Männer, die ihre Macht missbrauchen und schutzlose Menschen ausnutzen, gehören in meiner Welt einfach zum Alltag.«

Er schüttelte angewidert den Kopf. »Wie sind die Menschen so schrecklich geworden?«

»Sie sind die Schlimmsten«, stimmte ich zu und drehte mich um, um meine Beine auf seinen Schoß zu legen. »Aber du, mein Minotaurus, bist besser als sie alle zusammen.«

»Hast du ein Glück, dass ich nur zum Teil ein Mensch bin«, knurrte er leise und ließ seinen Mund über meinen gleiten.

»Das größte Glück«, stimmte ich zu und lehnte mich in seinen Kuss.

22

ARIADNE

»Die Zellen, die ich brauche, habe ich nicht gefunden«, stöhnte Zeruhn frustriert. »Jedenfalls keine, die noch zu retten waren.«

Ich strich ihm mit einer Hand über die Brust. Er trug mich wieder auf seinem Rücken, während wir vom Wasserfall zu unserer Höhle zurückkehrten.

»Wie schlimm ist das für uns?«, fragte ich.

»In einer Woche können wir vielleicht nicht mehr mit dem Campingkocher arbeiten. Die, die ich jetzt habe, sind so verrostet, dass sie kaum noch Strom erzeugen.«

»Aber wir haben doch dein Feuerzeug, oder? Können wir ein Feuer machen und Essen auf die altmodische Art kochen?«

Zeruhn drückte meinen Oberschenkel, als er von einem Felsbrocken auf das grasbewachsene Ufer des Baches sprang. »Du hast fast den ganzen Brennstoff verbraucht, um meine Wunden auszubrennen. Und ich habe keinen mehr.«

»Oh. Scheiße.«

»Ist schon gut, Rehauge.« Er lachte und hockte sich hin, damit ich von seinem Rücken rutschen konnte. »Ich bin einfach nur froh, dass ich noch lebe.«

»Ich bin auch froh, dass du noch lebst.« Meine Sorge wurde nur noch größer, als ich aufstand und mich zu ihm umdrehte. »Aber was wird passieren, wenn wir kein Essen kochen können? Gibt es irgendetwas anderes, was wir tun können?«

»Im schlimmsten Fall werden wir uns eine Weile von rohen Eiern aus den Felsennestern ernähren.« Zeruhn lachte über das Gesicht, das ich machte. »So schlimm ist es nicht. Ich habe es schon ein paarmal hinter mir. Aber mach dir keine Sorgen.« Er schwang seinen Rucksack von der Vorderseite auf den Rücken und hob mich wieder hoch, schlang seine Arme um meine Oberschenkel und zog mich aufwärts, bis ich seine Taille mit meinen Beinen umwickeln konnte. Dann legte er seine Handflächen auf meinen Hintern und ging weiter. »Ich schaue immer wieder am Wasserfall vorbei. Die Leute laden jeden Tag irgendwelche Dinge ab, also werden bestimmt ein paar Zellen auftauchen.«

Ich schlang meine Arme um seinen Hals und legte meinen Kopf auf seine Schulter. »Und wenn sie nicht auftauchen?«

»Das werden sie.« Er drückte mir einen beruhigenden Kuss auf die Stirn. »Ich bin seit zwanzig Jahren hier und habe in dieser Zeit Dutzende von Solarzellen durchlaufen. Sie tauchen immer auf.«

Ich brauchte einen Moment, um das Gewicht dieser Zahlen zu begreifen. »Zwanzig Jahre sind eine lange Zeit. Du bist seit deinem vierzehnten Lebensjahr hier drin?«

»Ja, aber ich sah nicht wie ein vierzehnjähriger Mensch aus. Ich war damals auch nicht viel kleiner als jetzt.«

»Für mich ist das trotzdem verrückt. Du warst ein Kind, ganz allein. Ein Kind, das sie erschaffen haben und das sie töten wollten!«

»Ist schon gut, Rehauge.« Seine Hände verschränkten sich unter meinem Hintern und umklammerten meine Seiten mit seinen massiven Armen. »Ich bin nicht mehr allein.«

»Nein, das bist du nicht. Aber du musst mich nicht überall

mit hintragen, weißt du?« Trotz meiner Worte drückte ich meine Brust gegen seine und genoss die stützende Wirkung der breiten Muskeln unter mir.

»Ich trage dich gern«, sagte er. »Du bist klein und zerbrechlich wie ein Reh.«

»Wie bitte?«, fragte ich empört. »Zerbrechlich? Wer hat wem wieder einmal das Leben gerettet?«

Zeruhn lachte und wippte mich auf eine Weise, dass ich absichtlich an seiner dicker werdenden Erektion rieb. »Mit zerbrechlich will ich nicht sagen, dass du schwach bist. Aber du brichst so schön auseinander, wenn du mit einem Schwanz gefüllt bist.« Sein Griff um meinen Hintern wurde fester, fast strafend. »Und du wirst immer nur für mich auseinanderfallen. Hast du das verstanden?«

»Ja«, stöhnte ich, bereits atemlos und feucht für ihn. Nur für ihn.

»Braves Mädchen«, lobte er mit einem kräftigen Klaps auf meinen Hintern.

»Klingt, als wolltest du auf die Jagd gehen«, sinnierte ich, während mein Herz schon bei der Vorfreude auf die Flucht vor meinem sexy, gehörnten Monster schneller schlug.

»Hm, morgen.« Seine Hände wanderten zu meiner Taille und stellten mich auf den Boden. »Es war ein langer Tag. Du solltest mit voller Energie dabei sein, wenn ich dich jage.«

Ein Blick in die Runde verriet mir, dass wir schon wieder in seiner Höhle waren. *Unserer* Höhle. Seine langen Schritte hatten uns in Rekordzeit dorthin gebracht. Und beim ersten Anblick unserer Decken auf dem Boden wollte ich mich nur noch darin einrollen und schlafen.

»Dann eben morgen«, sagte ich und unterdrückte ein Gähnen. »Ich werde darauf achten, dass ich mich dehne, bevor ich durch das Labyrinth renne.«

»Oh, ich werde dich ordentlich dehnen, Rehauge.«

»Hey, wenn du schon so ein freches Mundwerk hast«, tippte

ich mit einem Finger auf meine Lippen, »dann solltest du es auch nutzen.«

Mein Minotaurus näherte sich mir wie ein Raubtier – seine goldenen Augen funkelten, er streckte seine Hand aus, um meine Wange zu streicheln, während er mich küsste. In dem Moment, in dem sich unsere Lippen berührten, wurde die Liebkosung zu einem besitzergreifenden Griff, eine Faust schloss sich um das Haar an meinem Hinterkopf, während seine Zunge in meinen Mund eindrang.

Genauso schnell, wie er den feurigen Kuss begonnen hatte, beendete er ihn auch wieder. »Leg dich hin und lass dich von mir in den Arm nehmen, Rehauge.«

»Uff, manchmal machst du mich echt wahnsinnig.«

»Spar dir deine Kraft für morgen.« Der Rand seines Lächelns berührte meine Lippen. »Du wirst sie brauchen.«

»Mit diesem Versprechen im Hinterkopf werde ich bestimmt nicht schlafen können.«

»Das Warten wird sich lohnen«, murmelte er und legte seine Hände um meine. »Jetzt leg dich mit mir hin.«

Auch wenn er unerträglich süß war, hatte seine Stimme einen Befehlston, der mich schwach werden ließ und dem ich nicht widerstehen konnte. Wir ließen uns gemeinsam auf das Bett sinken, kuschelten uns aneinander und tauschten leichte Küsse aus, während wir die Decken über uns zogen.

»Ich werde morgen früh zum Wasserfall zurückgehen«, sagte Zeruhn in mein Haar, sein massiger Körper legte sich wie ein Schutzschild um meinen, ein dicker Arm lag um meine Taille. »Viele der Abfälle passieren vor der Morgendämmerung. Wenn ich früh genug da bin, kann ich vielleicht noch ein paar Solarzellen retten, bevor sie zu sehr beschädigt werden.«

»Okay. Soll ich mitkommen?« Ich kämpfte bereits darum, wach zu bleiben, es war zu warm und bequem in seiner Umarmung.

»Nein, my Love. Ruh du dich aus.« Ein warmer Kuss fiel in

meinen Hals. »Ich bin zurück, bevor du überhaupt aufwachst oder kurz danach.«

»Okay, sei vorsichtig!«

»Du auch. Denk daran, die Höhle nicht zu verlassen, bevor ich zurück bin.«

»Das werde ich nicht.«

* * *

ZERUHN WAR IMMER NOCH WEG, ALS ICH AUFWACHTE, WAS MICH nicht beunruhigte. Das Sonnenlicht tauchte das offene Tal in helles Licht, was bedeutete, dass es schon früh am Vormittag war und ich ausgeschlafen hatte.

Am Höhleneingang saß Lago wachsam wie mein kleiner, flauschiger, gehörnter Bodyguard. Ab und zu zuckte er mit einem Ohr oder mit der Nase, aber ansonsten wirkte er ruhig.

»Du würdest es merken, wenn ihm etwas zustößt, oder?«, fragte ich den Rasselbock. »Du scheinst Dinge zu wissen.«

Er sah mich an und klopfte mit einem Hinterfuß auf den Boden.

Ich lächelte zurück. »Du verstehst mich, ja?«

Ein weiterer Fußklopfer.

»Bedeutet ein Pochen Ja und zwei Nein?«

Wieder ein Klopfen.

»Ist Zeruhn nur einen Meter groß?«

Zwei Klopfer.

Lachend setzte ich mich neben ihn und kraulte ihn am Ansatz seines Geweihs. »Zeruhn hat Glück, dass er dich hat. Ich weiß, dass er sich dank dir hier nicht ganz allein fühlt.«

Jago klopfte mit einem Fuß auf.

Ich lachte wieder. »Bescheidener kleiner Kerl, nicht wahr?«

Noch ein Klopfen.

Wir saßen noch eine Weile zusammen und warteten darauf, dass unser Lieblings-Minotaurus zurückkam. Lago streckte sich neben mir aus und klopfte ein Mal für ja, als ich ihn fragte, ob ich seinen Bauch streicheln dürfe. Nach einer Minute fielen ihm die Augen zu, seine Pfoten schwebten in der Luft, bis ihn etwas aufschreckte. Die Augen des Rasselbocks rissen auf, und er richtete sich mit steifen Ohren wachsam in die Höhe.

»Was ist los?«, fragte ich. »Kommt Zeruhn zurück?«

Jago klopfte zweimal auf den Boden.

Ich war wie erstarrt und konnte kaum atmen, während mein Herz in meiner Brust hämmerte. Dann hörte ich es, das kaum wahrnehmbare, entfernte Brummen von Maschinen.

»Es kommt jemand?«, flüsterte ich. »Noch ein Labyrinth-Gefangener?«

Der Rasselbock klopfte einmal leise.

Scheiße! Ich wusste nicht, was ich tun sollte. Ich dachte, der Teil von mir, der auf menschliche Gesellschaft hoffte, sei tot und verdorrt. Nach Rich, den Wandlern und dem, der auf Zeruhn eingestochen hatte, war das Letzte, was ich erwarten durfte, ein freundliches menschliches Gesicht.

Und doch dachte ein kleiner Teil von mir, dass es dieses Mal vielleicht anders war. Vielleicht, nur vielleicht, war diese Person unschuldig, so wie ich. Und wünschte anderen nichts Böses.

Zeruhn würde das niemals glauben. Er würde sofort in die Offensive gehen, um mich und Lago zu beschützen. Aber er kannte die Menschen nicht so gut wie ich.

Aber kannte *ich* sie wirklich?

Vielleicht war es nur ein primitiver Teil meines Gehirns, der sich danach sehnte, sich mit jemandem aus meiner Spezies zu verbinden. Was auch immer der Grund war, eine Mischung aus Hoffnung und Angst tobte in meinem Bauch wie eine stürmische See.

Ohne Vorwarnung verschwand Lago wie ein Schuss aus der Höhle.

»Hey! Wo willst du denn hin? Lago!« Ich rannte ihm hinterher, aber ich war seinen langen Hasenbeinen nicht gewachsen.

Er lief flussaufwärts in Richtung des Wasserfalls, also konnte ich nur vermuten, dass er Zeruhn holen wollte.

Fuck! Der Gedanke, dass Zeruhn sich mit einem anderen Menschen anlegen würde, ließ meine Angst noch größer werden. In den letzten Tagen hatte ich fast vergessen, wie viele Menschen er schon getötet hatte. Er war nur mein kluger, sexy, gehörnter ... fester Freund? Liebhaber?

Ich verstand jetzt besser, *warum* er tötete, aber das hieß nicht, dass ich mich mit dem Gedanken anfreunden konnte.

»Hallo? Ist da jemand?«, rief eine Stimme. Eine *männliche* Stimme.

Oh nein.

Langsam drehte ich mich um, denn mir war schmerzlich bewusst, dass ich mich im Freien befand und nicht mehr im Schutz der Höhle. Ein Mann in der Ferne kam auf mich zu, den Arm zum Winken erhoben. Ich winkte unbeholfen zurück.

Als er näher kam, konnte ich erkennen, dass er gut gekleidet war, mit einem blauen Polohemd und einer khakifarbenen Hose. Er stammte nicht aus den Slums, aber er sah auch nicht aus wie ein Upper-MinoTek-Mitarbeiter. Außerdem war er jung, vielleicht so alt wie ich, hatte blondes Haar und eine gesunde Bräune.

Verdammter Mist. Er ist auch irgendwie niedlich. Zeruhn würde ausrasten, wenn er ihn sehen würde.

»Hey!« Er winkte wieder und lächelte mit seinen weißen Zähnen, als er auf mich zu joggte. »Bist du ...« Er verlangsamte seinen Schritt und blieb dann mit offenem Mund stehen. »Heilige Scheiße, du bist es *wirklich*! Ariadne, richtig? Du lebst immer noch hier drin?«

»Entschuldige, kenne ich dich?« Ich verschränkte meine Arme und stellte mich zwischen ihn und meine Höhle.

Der Mann hob die Hände und blieb an seinem Platz stehen. Wenigstens das war beruhigend. »Nein, tut mir leid. Mein Name ist Aaron, aber normalerweise sprechen mich alle mit meinem

Nachnamen Theseus an. Ich, ähm ...« Er kaute an der Innenseite seiner Wange. »Hast du von den *Black Papers* gehört?« Meinem Gesichtsausdruck muss es zu entnehmen gewesen sein, denn er fuhr fort. »Ich arbeite für sie als eine ihrer Quellen. Ich bin – oder besser gesagt, ich *war* – Labortechniker bei MinoTek Pharmaceuticals.«

Jetzt war es an mir, schockiert zu sein. »Also die DNA-Tests?« Ich stotterte vor mich hin. »Von den Kindern des Premierministers?«

»Ja, ich habe ein paar davon durchgeführt.« Aaron nickte. Seine Augen huschten nervös umher, bevor sie wieder auf mir landeten. »Einschließlich deinem.«

»Meinem?« Mein Herz schlug mir bis zum Hals. »Was meinst du? Das ist nicht – ich habe nie eine DNA-Probe abgegeben!«

»Deine Mutter schon«, sagte er leise. »Sie hat uns gesagt, du wärst auf der Arbeit. Aber sie hat uns ein paar Strähnen deiner Haare von einer Bürste gegeben.«

»Nein, wann ... *Warum* sollte sie das tun?« Mir war schwindlig. Der Boden drohte unter mir wegzukippen.

»Vor ein paar Monaten«, fuhr er in sanftem Tonfall fort. »Und es schien, als wüsste sie es bereits. Aber sie wollte helfen, einen Fall gegen den Premierminister aufzubauen, und wir haben ihr und dir Anonymität versprochen.«

Die Informationen fügten sich in meinem Kopf zusammen und die Welt richtete sich unter meinen Füßen wieder auf. Ich hatte wieder die Kontrolle. »Tja, das hat nicht besonders gut geklappt, oder?«

Aarons Kinnlade straffte sich und ich wusste, dass ich recht hatte. »Du *konntest* keine Anonymität versprechen«, fuhr ich fort. »Die Behörden haben deine Liste mit Minos' unehelichen Kindern gefunden, nicht wahr? Zumindest haben sie meinen Namen gefunden. *Deshalb* wurde ich hier mit einer schwachsinnigen Anschuldigung eingesperrt.«

»Ariadne.« Aaron hob beschwichtigend die Hände. »Es tut mir *so* leid. Ich schätze, deine Mutter hat es dir nie erzählt.«

»Versuch nicht, ihr die Schuld zu geben! Sie hat dir vertraut und du hast auch sie enttäuscht.«

»Es tut mir wirklich sehr, sehr leid. Ganz ehrlich! Wir wollten den Menschen nur helfen, und das tun wir immer noch. Wir versuchen, einen Fall mit echten Beweisen aufzubauen und ihn vor ein Gericht außerhalb von MinoTek zu bringen. Das ganze System muss ausgemerzt werden, und die Leute an der Spitze müssen wegen Verbrechen gegen die Menschlichkeit angeklagt werden.« Er ließ seine Hände langsam sinken. »Und es ist immer noch möglich. Es gibt Leute, die innerhalb des Systems daran arbeiten, es zu zerschlagen.« Mit einem verlegenen Lächeln legte er eine Hand auf seine Brust. »Ich war einer von ihnen, bis vor Kurzem. Und überhaupt, heilige Scheiße!« Seine Hände streckten sich mir entgegen. »Du bist noch am Leben! Das ist unglaublich.«

»Was hat dich dann hierhergeführt? Und lüg mich nicht an!« Zeruhn war es vielleicht egal, welche Verbrechen man begangen hatte, um in das Labyrinth geworfen zu werden, aber für mich war es immer noch wichtig. Und bei mir schrillten die Alarmglocken, denn Aaron Theseus wirkte viel zu fröhlich für einen Mann, der gerade zum Tode verurteilt worden war.

Seine heitere Haltung verblasste bei der Frage, aber nicht viel. »Okay, also ... du hast recht. Mein Chef hat mehr von meinen Testergebnissen für die *Black Papers* gefunden. Ich habe alles verschlüsselt, aber er ist ein cleverer Mistkerl und natürlich loyal gegenüber dem Staat.«

»Großartig.« Ich verschränkte meine Arme. »Also werden noch mehr Opfer identifiziert und zur Strecke gebracht. Fantastisch.«

»Schau, es ist nicht alles schlecht.« Aaron schaute sich um und trat näher an mich heran, woraufhin ich einen Schritt zurücktrat. Er kämpfte zwar gegen die Machthaber, die mich hierhergebracht hatten, gegen dieselben, die es zugelassen hatten, dass an Zeruhn und so vielen anderen experimentiert wurde, aber ich traute ihm trotzdem nicht.

Aaron erkannte zumindest, dass ich ihn nicht näher heranlassen wollte, und blieb stehen, wo er war. »Es gibt noch mehr von uns in diesem System«, flüsterte er. »Wir haben Hilfe von außen, und die wird uns rausholen.«

»Sie werden ... was?« Ich hörte die Worte, aber mein Gehirn schien nicht zu verarbeiten, was er sagte.

»Ich habe einen Kumpel, der ein Wandler-Cop ist. Er wird mir, na ja ... uns, helfen, hier rauszukommen.« Aaron lehnte sich zur Seite und klopfte sich auf sein Hosenbein. »Aber wir müssen erst sicherstellen, dass der Minotaurus uns nicht erwischt, richtig?«

»... was?«

Ich konnte nur blinzeln und sah entgeistert zu, wie er unter sein Hosenbein griff und eine Spritze mit einer dunklen, zähflüssigen Flüssigkeit herausholte.

23

ZERUHN

Ich hatte noch nie so große Schwierigkeiten gehabt, mein Bett zu verlassen, um zu stöbern. Ariadnes Körper war warm und weich und schmiegte sich perfekt an mich. Sie atmete tief im Schlaf, ihre Wimpern strichen über ihre Wangenknochen, ihre Lippen waren leicht geschürzt. Ich wollte sie nie wieder loslassen oder aufhören, sie zu beobachten.

Aber wenn ich nicht bald ein paar intakte Solarzellen finden würde, hätten wir Schwierigkeiten zu essen. Sie zu versorgen, war das Wichtigste. Meine Instinkte konzentrierten sich auf dieses einzige Ziel, und ich war fertig damit, dagegen anzukämpfen. Ihr Glück, ihr Wohlbefinden und ihre Sicherheit waren jetzt alles, was ich wollte.

Und wenn ich zurückkam, würde ich meine süße kleine Beute jagen und ihren Körper und ihre Lustschreie als meinen Sieg beanspruchen.

Es war ein Kampf, sich von ihr zu lösen und dem kalten, trüben Morgengrauen entgegenzusehen. Bevor ich mich auf den Weg machte, zog ich ihr eine schwerere Decke über und bedeckte sie damit von den Füßen bis zu den Schultern. Meine Körpertemperatur war gut zwei bis drei Grad höher als die eines

Menschen. Wenn ich also frieren würde, würde sie ganz sicher auch frieren.

»Bleib bei ihr«, wies ich Lago am Höhleneingang an. »Wenn jemand kommt, musst du sofort zu mir kommen.«

Die Nase des Rasselbocks zuckte, und er klopfte mit einem Fuß auf den Boden.

Obwohl mir jeder Instinkt sagte, dass ich an Ariadnes Seite bleiben sollte, drehte ich der Höhle den Rücken zu und ging flussaufwärts in Richtung des Wasserfalls. Ich rannte los und kletterte die Felswände und Klippen in einem Tempo hinauf, das mich innerhalb weniger Minuten ins Schwitzen brachte. Je schneller ich dort ankam und meine Beute einsammelte, desto schneller konnte ich zu ihr zurückkehren.

Ich erreichte den Wasserfall in Rekordzeit und nahm mir einen Moment Zeit, um in der Gischt des kalten Wassers zu stehen. Es kühlte mein erhitztes Blut und wusch den Schweiß auf meiner Haut weg. *Hm, ich sollte Ariadne unter dem Wasserfall ficken.*

Ich erinnerte mich daran, wie ihre Haut im Bach eine Gänsehaut bekommen hatte und wie fest ihre Brustwarzen an meinen Schenkeln gerieben hatten, als sie an mir gesaugt hatte.

Uff, ich musste mich konzentrieren. Ich musste das tun, weswegen ich hierhergekommen war, und *dann* in dieser Pussy versinken, für die ich töten würde.

Es gefiel ihr nicht, dass ich tötete, aber ich konnte diese Instinkte, die mich beherrschten, nicht ändern. Meine menschliche Seite konnte mich nur bis zu einem gewissen Grad kontrollieren, und das Bedürfnis, das zu schützen, was mir gehörte, war nicht zu unterdrücken.

Ich zwang meine Gedanken von ihr weg und sah mir meine Umgebung an. Alles schien noch genauso wie gestern. Es war noch nichts Neues über die Klippe geworfen worden.

Mein Stierschwanz zischte verärgert hinter mir her. Ich ging direkt zu der glatten Felswand, über die das Wasser stürzte, und schaute nach oben. Die Wand endete dort, wo der Himmel begann, und an dieser Schnittstelle befand sich die seltsame Welt der Menschen. Eine Welt, zu der ich nie gehört hatte und auch nie gehören würde.

Und doch kam Ariadne, die so perfekt für mich war, aus dieser Welt. Sie vermisste sie sogar, zumindest Teile von ihr.

Wie sehr unterschieden wir uns wirklich voneinander? Auf molekularer Ebene waren wir komplett verschiedene Arten. Ich stammte zwar von Menschen ab, wurde sogar von einer menschlichen Mutter getragen und genährt, aber meine DNA, die meine Zellen und mein Bewusstsein strukturierte, war alles andere als das.

Und trotzdem fand ich in einer Frau mit stürmischen Augen all das, von dem ich nicht einmal gewusst hatte, dass es mir fehlte.

Ich legte meine Handfläche an die Felswand und ließ den Stein mein erhitztes Fleisch kühlen. »Alles, was ich brauche, sind ein paar verdammte Solarzellen«, sagte ich zu der Wand. »Warum wurde heute Morgen noch nichts abgeladen?«

Keine Antwort, was mich nicht überraschte. Ich verschränkte die Arme und schaute in den Himmel, während ich nachdachte. Vielleicht musste ich einfach morgen wiederkommen, und dann immer wieder, bis etwas auftauchte. Wenn ich auf mich allein gestellt wäre, wäre das kein Problem. Ich würde meine Essensportionen rationieren und meine Energie aufsparen, bis ich schließlich bekam, was ich brauchte.

Aber jetzt kümmerte ich mich noch um eine andere Person und verbrauchte dadurch meine Nahrungsvorräte schneller. Das änderte alles. Mein eigenes Überleben wurde weniger wichtig, aber ihres wurde zum zentralen Faktor. Ich musste dafür sorgen, dass sie genug zu essen und genug Reinigungstabletten hatte, damit sie sauberes Wasser trinken konnte.

Eine Reihe leiser Klickgeräusche durchbrach meinen Gedankengang. Ich riss mich von der Wand los, aber ich war trotzdem nicht schnell genug. Eine Felsplatte rutschte zur Seite und der Roboterarm stürzte sich auf meine Kehle.

»Argh, noch einer, verflucht!«, brüllte ich und krallte mich an der Metallhand fest, die meine Kehle umklammerte.

Neben dem Arm öffnete sich eine Tür, und ein Mann im Anzug kam heraus. Er öffnete sofort einen Regenschirm, um sich vor der Gischt des Wasserfalls zu schützen.

»Gefällt es dir?« Simon Gibbs deutete mit einem Nicken auf den Roboterarm, der mich in seinem Griff hielt. »Das ist ein verbessertes Modell gegenüber dem letzten. Alle Teile sind mit einer wasserfesten Substanz beschichtet, damit sie nicht rosten.« Er warf mir einen selbstgefälligen menschlichen Blick zu, den gleichen wie beim letzten Mal. »Dieser hier ist außerdem verstärkt, sodass ihn nicht einmal ein Tier wie du kaputtmachen kann.«

»Ein Regenschirm, wirklich?«, krächzte ich. »Wirst du schmelzen, wenn dich ein bisschen Wasser berührt?«

Seine Lippen verzogen sich. »Ich dachte, wir hätten eine Abmachung getroffen, Minotaurus. Das Leben des Mädchens für deine Freiheit. Warum hast du sie noch nicht getötet?«

»Weil ich dich angelogen habe, deshalb.« Metallische Finger drückten sich fester um meine Kehle, und ich hatte Mühe, Luft zu holen. »Ich habe mich schon gewundert, warum du so unbedingt wolltest, dass ich sie töte. Und wer hätte das gedacht? Selbst ein dummes Tier wie ich hat es herausgefunden.«

»Dein einziges Ziel ist es, zu töten«, sagte er. »Deshalb bist du hier, Minotaurus. Du richtest Gefangene hin. Ende der Geschichte.«

»Nein.« Ich schüttelte den Kopf, soweit ich konnte. »Der Premierminister will sie tot sehen, weil sie seine Tochter ist.«

Ich hatte es in dem Moment gewusst, als Ariadne mir die Geschichte aus den Zeitungen erzählte, die sie gestern gefunden hatte, aber Gibbs' Gesicht besiegelte es für mich.

»Ja, du konntest nicht verhindern, dass die Geschichte, dass er ein Serienvergewaltiger ist, veröffentlicht wurde, also versuchst du jetzt, seine Opfer zum Schweigen zu bringen.« Sein Name stand auf der Liste in dem Artikel, den Ariadne gelesen hatte. Wie viele Menschen hatte er missbraucht? Er musste sterben, aber ich konnte mich nicht bewegen, um ihm ins Gesicht zu springen. Ich konnte höchstens die Zähne fletschen und den Mann anknurren.

»Du hast ein Mädchen aus den Slums zu Unrecht im Labyrinth eingesperrt und hast *trotzdem* Angst vor ihr.« Ich brüllte ein Lachen heraus. »Ihr Menschenmänner seid erbärmlich. Ihr seid erst zufrieden, wenn ihr alle unter eurem Stiefel zermalmt habt. Frauen wollen euch nicht einmal ficken, also zwingt ihr sie dazu.« Ich bekam genug von meinen Fingern unter dem Metall, das meine Kehle umklammert hielt, um einen größeren Atemzug zu machen. »Ich bin hier nicht das Tier. Ihr seid es.«

»Wenn du deine Pflicht für den Staat nicht erfüllen willst«, sagte Gibbs steif und ignorierte alle meine Vorwürfe gekonnt. »Dann werden wir es für dich tun. Und du, *Minotaurus*«, fügte er spöttisch hinzu, »wirst entsorgt. Schließlich bist du ja nicht mehr nützlich.«

»Ihr könnt es gern versuchen«, knurrte ich zurück und meine Sicht färbte sich rot. »Vielleicht gelingt es euch sogar, mich zu töten. Aber du wirst sie niemals *anrühren*.«

Er schnaubte und zog ein kleines schwarzes Rechteck aus seiner Anzugtasche. »Guck zu und staune, du Bestie. Damit kann ich ihren ID-Chip aufspüren.« Sein Daumen wischte ein paar Mal über den Bildschirm, bevor er ihn mir wieder zeigte. »Ah, sieh mal. Sie ist nur etwas über sechs Kilometer von hier entfernt. Ich kann einen Beamten losschicken und mich in wenigen Minuten um sie kümmern.«

Ich dachte nicht nach, fühlte nicht. Mein Körper wurde von dem Bedürfnis übermannt, Ariadne zu beschützen, und ich handelte einfach. Mein Stierschwanz stieß in seine Richtung aus. Die plötzliche Bewegung erschreckte ihn, und er stolperte. Ich konnte sein Bein nicht mit meinem Schwanz packen, aber ich konnte gerade genug Druck auf seinen Knöchel ausüben, um ihn zum Stolpern zu bringen.

Er ging mit einem dumpfen Aufprall zu Boden, und ich musste schnell eine Entscheidung treffen. Dieser Mann musste durch meine Hand sterben. Die Frage war nur, ob ich dabei auch sterben würde oder nicht. Wenn ich mich wandelte, würde ich entweder den Roboterarm, der mich festhielt, zerbrechen, oder ich würde so viel Druck aufbauen, dass er mich schließlich erwürgen würde.

Ich tue das nur für dich, Ariadne, dachte ich und ließ die Wandlung über mich ergehen.

Ich schoss zuerst in die Höhe und hörte das Knarren und Ächzen des Protests, an der Stelle, wo der Arm an der Wand befestigt war. Er blieb jedoch um meinen Hals geklemmt, also ließ ich den Rest der Wandlung geschehen und hoffte, dass ich in ein paar Sekunden noch atmen würde.

Das Metallhalsband hielt auch dann noch, als mein Hals immer dicker wurde und meine Muskulatur auf die dreifache Größe eines menschlichen Bodybuilders anwuchs. Ich stampfte mit den Hufen auf und griff nach dem Metallarm, um eine Hebelwirkung zu erzielen, damit ich mich von der Wand losreißen konnte.

Meine Sicht wurde immer dunkler. Ich spürte einen zunehmend enger werdenden Druck um meinen Hals, und dann konnte ich nicht mehr atmen. Mein Kopf schwankte und versuchte, sich zu befreien. Aber selbst meine übermenschliche Kraft war diesem Roboterarm nicht gewachsen.

»Dummes Biest!«, fauchte Gibbs vom Boden aus. »Ich habe dir doch gesagt, dass du es nicht kaputtmachen kannst.« Er war nicht von der Stelle aufgestanden, wo ich ihn hingelegt hatte. Der verweichlichte alte Mann hatte sich wahrscheinlich die Hüfte gebrochen, als er gestürzt war.

Mir wurde schwindelig, meine Sicht schwamm hin und her. Meine Lunge brannte und ich bekam keine Luft mehr. Wenn ich schon untergehen musste, konnte ich wenigstens dafür sorgen, dass dieses korrupte Stück Scheiße nicht in die Nähe von Ariadne kam.

Er griff nach etwas auf dem Boden, streckte sich nach einem Gegenstand, der gerade außerhalb seiner Reichweite lag. Meine Sehkraft reichte aus, um zu erkennen, dass es ein kleines schwarzes Rechteck war – die Fernbedienung!

Ich hob einen Huf, gerade als er danach griff, und drückte meinen Fuß so fest wie möglich in seine Handfläche. Sein Schrei hallte von den vielen Felswänden wider, und eine perfekte C-förmige Einbuchtung verformte nun den oberen Teil seiner Hand, und die aufgerissene Haut füllte sich mit Blut.

Ich stapfte immer wieder, begleitet von seinen anhaltenden Schreien, zu Boden. Meine Sehkraft war fast verschwunden, also schlug ich wild mit meinen Hufen zu und stampfte mit dem, was mir an Kraft geblieben war, blindlings nach unten. Meinem Körper wurde so viel Sauerstoff entzogen, dass ich nicht einmal erkennen konnte, ob ich einen Körper oder nur den felsigen Boden traf.

Auf einmal ließ der unerträgliche Druck in meinem Nacken nach und ich atmete den schönsten und schmerzhaftesten Atemzug meines Lebens ein.

Ich sackte keuchend und hustend zu Boden. Mit jedem tiefen Atemzug wurde der Schmerz etwas weniger und ich war unendlich dankbar, dass ich dem Tod von der Schippe gesprungen war.

Als ich die Kraft hatte, meinen Kopf zu heben, war das Erste, was ich sah, das zerbrochene Handheld-Gerät, nach dem er gegriffen hatte. Es lag in Einzelteilen, sowohl das äußere Gehäuse als auch die kleinen Komponenten im Inneren. Ich warf einen Blick auf die Wand hinter mir und sah, dass der

Roboterarm schlaff an der Stelle hing, aus der er herausgekommen war.

Ich hustete ein ungläubiges Lachen aus. Sie verstärkten den Arm, aber kontrollierten ihn mit einem Handheld-Gerät, das ich unter meinem Huf zerquetschen konnte. Ich hatte gedacht, ich wäre erledigt, aber das blinde Aufstampfen hatte gewirkt.

Und der Mann am Boden? Ihm erging es nicht viel besser als seinem kleinen Gerät.

Er drückte seinen blutigen, verstümmelten Handstumpf an seine Brust. Seine Schreie wurden lauter und er strampelte mit den Beinen, um wegzukommen, als er merkte, dass ich nicht mehr gefesselt war. Ich näherte mich ihm langsam, um seine Angst hervorzulocken. Er konnte nicht aufhören, meine Hörner anzustarren, die jetzt länger als seine Armspanne waren.

Ich ließ ihn wegkrabbeln, bis er am Rande der Klippe wippte. Ein Sturz auf die Felsen darunter wäre wahrscheinlich eine angenehme Erlösung für ihn gewesen, also konnte ich das nicht zulassen. Ich packte ihn an der Kehle und hob ihn hoch, wobei ich seine schicken Lederschuhe in der Luft baumeln ließ.

Sein Blick begegnete meinem, sein Gesichtsausdruck verzerrte sich vor Schmerz und Schluchzen. Diese erbärmliche Frechheit machte mich nur noch wütender. Hatten seine Opfer geweint und ihn angefleht, aufzuhören, so wie er es jetzt tat?

Der Gedanke machte mich wütend und ich drückte fester zu und schnitt ihm die Luft ab, sodass er keine Geräusche mehr von sich geben konnte. Die menschliche Seite meines Gehirns läutete zur Warnung wie eine Alarmglocke. Dieser Mann war eine wichtige Person für den Staat, und sein Tod würde ernste Konsequenzen haben. Ich würde verhaftet werden, und dieses Mal würden sie wahrscheinlich vor nichts zurückschrecken, um mich zu töten.

Aber ich konnte mich nicht dazu bringen, mich darum zu scheren. Meine tierischen Instinkte beherrschten mich und ich hatte nur ein Ziel vor Augen: Ariadne zu beschützen. Jede Bedrohung für ihre Sicherheit auszuschalten.

Und das möglichst schmerzhaft, damit ihr niemand mehr etwas antun konnte.

Ich zog sein Gesicht näher an meins heran, bis ich mein stierköpfiges Spiegelbild in seinen Augen sah.

»Sie gehört mir.« Meine Sprache war durch mein tierisches Maul verzerrt, aber er verstand mich.

»Ich werde nicht ... es tut mir leid ... nein!« Gibbs konnte nur noch flüstern, bis ich ihn losließ, bevor ich ihn wie eine Stoffpuppe hoch in die Luft schleuderte. Als er wieder herunterkam, spürte ich das Gewicht seines Körpers, als mein rechtes Horn ihn aufspießte, und fühlte, wie er wie Seidenpapier aufriss. Und dann fühlte ich die Wärme seines Blutes, das über meinen Kopf und mein Gesicht tropfte.

Mit einem Gebrüll schüttelte ich ihn ab, und er sackte zu Boden wie ein Haufen Müll. Er war an der unteren Hälfte seines Oberkörpers aufgespießt worden und lebte noch, während er kraftlos versuchte, seine Hände über die blutige Wunde zu legen. Ich schnaubte schwer und mein Stierschwanz peitschte hinter mir, während ich über ihm thronte. Ich würde zusehen, wie er verblutete, und mein Gesicht sollte das letzte sein, das er je sah. Er hatte den Tod *meiner* Ariadne anordnen wollen, und ich wollte ihn dafür leiden sehen.

Der Wind drehte sich, während sein Blut sich am Boden sammelte, und ich hob meinen Kopf, um tiefer einzuatmen. Ich schwor mir, dass meine Nase etwas Seltsames wahrnahm ...

Ein Knurren verließ meine Brust, bevor ich es kontrollieren konnte. Da war *tatsächlich* ein unbekannter Duft, und er trug die Spuren eines Menschen.

Jemand anderes war hier, mit Ariadne und mir.

Ich war so abgelenkt von Gibbs gewesen, dass ich das Brummen der sich öffnenden Türen nicht bemerkt hatte. Tatsächlich kam Lago wenige Augenblicke später die Felsen heraufgesprintet, seine Flügel waren ein leuchtend grüner Fleck, als sie ihn in die Luft beförderten. Der Rasselbock schnaufte vor Anstrengung, und als er einen flachen Felsen in meiner Sichtweite erreichte, schlug er in einem schnellen, panischen Takt mit dem Fuß auf.

Ariadne war in Schwierigkeiten.

Ich blickte auf den sterbenden Mann zu meinen Füßen hinunter. Er wurde immer schwächer, aber er hatte immer noch die Nerven, mir einen flehenden Blick zuzuwerfen.

»Ich werde dir einen barmherzigen Tod schenken«, sagte ich. »Aber eins sollst du wissen, bevor du gehst: Es ist weit mehr als das, was du verdienst.«

Mit diesen Worten scharrte ich mit einem Huf über den Boden. Das war seine einzige Warnung, bevor mein Tritt durch seinen Schädel schmetterte. Ich spürte, wie die Knochen beim Aufprall zerbrachen, aber ich hielt nicht an, um den Schaden zu begutachten. Ich hatte schon Nashorn-Wandler mit ähnlichen Tritten getötet. Ein Mensch hatte keine Chance.

Mein Spiel mit ihm war beendet. Und dann sprintete ich die Klippen hinunter, um zu meiner Frau zurückzukommen.

24

ARIADNE

Ich starrte auf die Spritze mit der dicken, schlammigen Flüssigkeit darin, unfähig, sie zu berühren. Unfähig, die Welle von Gefahrenzeichen und schlechten Gefühlen zu ignorieren, die sie in meinem Körper auslöste.

»Was ist das?«, fragte ich schließlich, meine Kehle war trocken.

»Das ist ein starkes Nervengift«, sagte Aaron fast stolz. »Sie benutzen es, um Wandler auszuschalten, die nicht die Anforderungen erfüllen, um auf die Straße zu gehen. Ein Tropfen davon kann einen Menschen in einen katatonischen Zustand versetzen. Eine ganze Spritze kann selbst das Herz des stärksten Wandlers in weniger als einer Minute zum Stillstand bringen.«

»Und du willst das benutzen bei ...?« Ich konnte mich nicht dazu durchringen, es auszusprechen, selbst wenn ich so tun würde, als würde ich seinem Plan zustimmen.

»Dem Minotaurus«, bestätigte er. »Das war alles streng geheim, aber das Labor, das ihn erschaffen hat, war ein Schwesterlabor von uns. Als es geschlossen wurde, haben wir viele seiner alten Daten und Akten übernommen. Ich sage dir, ich habe einen ganzen Nachmittag damit verbracht, dieses Ding zu studieren, und *wow*.«

»Was stand darin?«

»Er war einer der früheren Prototypen, bevor sie Lern- und Stimmungshemmer in die DNA eingebaut haben und, heilige Scheiße, der Typ war schlau *und* gewalttätig. Das war wahrscheinlich die tödlichste Kombination, zusätzlich zu seiner Superstärke und seinen animalischen Instinkten. Sein gesamtes Erbgut ist ein Rezept für eine Katastrophe.«

Ich kochte innerlich vor Wut und biss mir auf die Wange, um nicht mit einer abfälligen Erwiderung herauszuplatzen. Nicht, dass er unrecht gehabt hätte, Zeruhn war *tatsächlich* schlau und gewalttätig. Aber er war auch großzügig und freundlich, warmherzig, liebevoll und beschützend. Er war eine Person und so viel mehr als nur ein Ausdruck von Daten aus einem Experiment.

»Er hat bei Tests nie kooperiert«, fuhr Aaron fort. »Die Wissenschaftler meldeten Verletzungen, wann immer sie ihn untersucht hatten, viele blaue Augen und Blutergüsse. Er war einfach nur verdammt schwierig.«

»Bist du das nicht auch für den Staat?« Ich konnte mich nicht länger zurückhalten. »Schwierig? Ein Dorn im Auge von MinoTek, weil du mit den *Black Papers* gegen sie arbeitest?«

Aaron schien von meinem Argument überrascht zu sein, seine Augenbrauen hoben sich und er schlug eine Hand vor die Brust. »*Wir* sind menschliche Wesen. Wir haben Rechte, die verletzt worden sind. Wandler sind keine Menschen, sie werden im Labor hergestellt, um eine bestimmte Rolle in der Gesellschaft zu erfüllen. Sie sind massenproduzierte Klone. Sie haben keine Persönlichkeiten, keine Ambitionen oder irgendetwas in der Art.«

»Weiß dein Wandler-Freund, der uns bei der Flucht hilft, dass du so denkst?«, erwiderte ich.

»Ich weiß, wie das klingt.« Aaron winkte mit einer Hand und

schenkte mir ein beschwichtigendes Lächeln. »Aber er hat zugestimmt, uns zu helfen, und wir müssen auf uns selbst aufpassen, oder nicht? Sobald wir uns aus dem Staub gemacht haben, können wir uns um die Wandler kümmern.«

Ich seufzte und rieb mir die Stirn, denn ich wusste, dass ich mit ihm nicht weiterkommen würde. »Also ... wir injizieren dem Minotaurus das Zeug, entkommen aus dem Labyrinth und was dann?«

»Wir gehen so schnell wie möglich nach Süden.« Aarons Gesicht wurde wieder ernst. »Stehlen ein Auto, erschießen vielleicht ein paar Leute, tun, was immer wir tun müssen. Es wird verdammt riskant sein und sie werden uns verfolgen. Aber es gibt einen Hafen mit Booten, die uns weit weg von hier bringen. Wenn wir auf dem Wasser sind, hat MinoTek keinen Einfluss mehr auf uns. Und egal, wo wir landen, sie können uns nicht hierher zurückschicken.«

Er lehnte sich näher heran und flüsterte: »MinoTek ist ein großer schwarzer Fleck im großen Gefüge der Dinge. Die Welt da draußen ... ist nicht so wie hier. Dieser ganze verdammte Stadtstaat ist ein Gefängnis. Selbst die Oberschicht ist vom Rest der Welt abgeschnitten. Sie mögen reich sein, aber sie sind nicht frei. Da draußen?« Er nickte in Richtung des Risses in der Decke. »Dort ist die Technik vielleicht nicht so fortschrittlich, aber für die Menschen ist gesorgt. Alle Grundbedürfnisse werden befriedigt, und die Polizei schikaniert einen nicht auf Schritt und Tritt. Man kann ein Leben führen, ein *richtiges* Leben.«

Aaron rieb sich verlegen den Hinterkopf. »Ich wollte diesen Plan eigentlich allein umsetzen, aber da du ja immer noch hier bist«, er zuckte mit den Schultern, »sollten wir vielleicht zusammen abhauen.« Sein Blick wanderte über meine Schulter zu der Höhle hinter mir. »Wie lange hast du es geschafft, dem Minotaurus zu entkommen, Wochen? Ich meine, das ist unglaublich. Wenn wir zusammenarbeiten, Ariadne, weiß ich, dass wir es schaffen können.«

Mein Verstand schrie: *Zeruhn, wo zum Teufel bist du?* Ich wusste nicht, was passieren würde, wenn er auftauchte, wahrscheinlich nichts Gutes für Aaron, aber wenn es stimmte, was er sagte, wenn wir nach Süden gingen und es zum Wasser schafften, dann könnten wir – Zeruhn und ich – frei sein. Aber nur, wenn ...

»Ich habe Familie in der Stadt. Wenn ich das mit dir mache«, sagte ich vorsichtig, »dann müssen wir mein Familienmitglied auch rausholen.«

Aaron presste seine Lippen aufeinander und schüttelte langsam den Kopf. »Wenn wir Umwege durch die Stadt machen, verlieren wir wertvolle Zeit und werden garantiert erwischt. Und dann werden sie uns auf der Stelle hinrichten, wahrscheinlich in aller Öffentlichkeit, um an allen anderen ein Exempel zu statuieren. Du weißt, dass sie das getan haben, bevor sie das Labyrinth zu einem Gefängnis gemacht haben, oder? Ich habe alte Fotos gesehen, und die sind nicht schön.«

»Entweder wir holen meine Mutter, oder ich mache nicht mit«, sagte ich. »Ich wünsche dir Glück auf deiner Reise.«

»Ariadne.« Aaron seufzte, als wäre er verärgert, und ich wurde von Sekunde zu Sekunde genervter. Vor allem weil er *meinen* Minotaurus töten wollte. »Ich weiß, wie wichtig die Familie ist. Das tue ich wirklich.« Irgendetwas in seinem Ton sagte mir, dass er das nicht tat. »Aber wir müssen nach vorn schauen, in die Zukunft. Wir wollen doch, dass die nächsten Generationen frei von einer übermächtigen, tyrannischen Regierung sind, oder? Manchmal müssen wir Opfer bringen.«

»Ich werde meine Mutter nicht *opfern*.« Meine Stimme erhob sich und ich ballte meine Fäuste, um meine Wut zurückzuhalten. »Und du kennst mich nicht einmal! Warum redest du mit mir über zukünftige Generationen, als wolltest du mich schwängern oder so?«

»Das ist nicht … Ich will nicht …« Aaron führte seine Finger kurz an seine Lippen. »Es tut mir leid. Du hast ja recht. Ich will nur unbedingt hier raus, bevor ich verdammt noch mal aufgespießt werde, verstehst du?«

Das trug nicht dazu bei, meine Stimmung zu beruhigen. »Noch mal: Viel Glück mit deinem Plan, Aaron. Ich wünsche dir wirklich das Beste.«

»Ariadne, bitte denk noch mal drüber nach«, flehte er. »Hör zu, wenn wir entkommen sind, können wir ganz in Ruhe unsere Wege gehen. Wir müssen nichts erzwingen, was, ähm, offensichtlich nicht da ist.« Er gestikulierte verlegen zwischen uns beiden hin und her.

Bevor ich antworten konnte, ertönte ein markerschütternder Schrei und hallte durch das Labyrinth. Ich drehte mich um und schaute in die Richtung, aus der er kam – der Wasserfall. »Fuck, Zeruhn«, sagte ich halblaut.

»Was zum Teufel war das?«, forderte Aaron lautstark. »Heilige Scheiße, gibt es hier noch mehr Gefangene? Das klang nach Folter, wie ich sie noch nie gehört habe.« Er begann, die Spritze kräftig zu schütteln. »Ich gehe kein verdammtes Risiko ein.«

Fuck, ich konnte ihn mit dem Ding nicht an Zeruhn heranlassen. Ich streckte meine Hand aus. »Gib sie mir.«

Aaron starrte mich an, als hätte ich mir Hörner wachsen lassen. »Was?«

»Ich werde es tun. Ich bin …« Ich biss mir auf die Lippe und überlegte, wie ich es ausdrücken sollte. »Ich bin dem Minotaurus näher gekommen. Er wird es nicht von mir erwarten, weil er mir vertraut.«

Aarons Augenbrauen schossen in die Höhe. »Wow. Äh, okay. Das … ergibt Sinn, denke ich.«

Die Verurteilung in seinem Tonfall brachte mich dazu, ihm in sein hübsches menschliches Gesicht spucken zu wollen, aber ich hielt mich zurück. »Wenn du wirklich fliehen willst, lass mich das machen. Ich werde nicht ohne meine Mom gehen, aber so viel kann ich für dich tun.«

Zufrieden entfernte er die Plastikhülle von der Nadel und legte die Spritze in meine Handfläche. »Steck sie dir irgendwohin und drück den Kolben ganz nach unten. Er wird zu Boden gehen wie ein Leichtgewicht.«

»Okay.« Die Lüge schmeckte bitter auf meiner Zunge, aber ich schluckte sie hinunter. »Bleib hier. Ich bin gleich wieder da.«

Wie aus dem Nichts stürzte Aaron nach vorn und drückte mich fest an seine Brust. Ein falscher Duft von Eau de Cologne erfüllte meine Nasenlöcher, während meine Hände unbeholfen in der Luft hingen. Was zum Teufel?

Genauso schnell ließ er mich wieder los und trat einen Schritt zurück. »Entschuldige, entschuldige. Ich ... danke dir, Ariadne.« Er warf mir einen seltsam herzlichen Blick zu, der mich, obwohl ich ihn nicht mochte, dazu brachte, mich noch schlechter zu fühlen, weil ich gelogen hatte. »Ich kann mir nicht vorstellen, was du hier unten durchgemacht hast. Du bist einfach nur mutig, das ist alles.«

»Danke«, sagte ich steif. »Also, ich werde ...«

»Bist du sicher, dass du nicht willst, dass ich mit dir komme? Du weißt schon, als Verstärkung oder so.«

»Nein!« Ich hielt meine leere Hand hoch. »Wenn er dich sieht, könnte er uns beide umbringen. Er wird keinen Verdacht schöpfen, wenn nur ich dabei bin. Es wird klappen, vertrau mir.«

Die letzten beiden Worte ließen mich zusammenzucken, aber Aaron schien das nicht zu bemerken. Er nickte nur. »Richtig, das ergibt Sinn. Dann bleibe ich einfach hier. Und warte, bis du zurückkommst.«

»Okay.«

Mit diesen Worten drehte ich mich um und ging mit der tödlichen Spritze in der Hand flussaufwärts. Ich wollte sie wegwerfen, sobald ich aus Aarons Sichtweite war, aber ich konnte mich nicht dazu überwinden.

»Was zum Teufel passiert hier, Zeruhn?«, murmelte ich vor mich hin und beschleunigte das Tempo. »Was zum Teufel war das für ein Schrei?«

Ich konnte nicht sehr weit die Felsen hinaufklettern, aber es dauerte nicht lange, bis ich ein riesiges, gehörntes Monster auf mich zustürmen sah. Für seine Größe war es geschmeidig und wendig, fast wie der flinke Rasselbock, der ihm folgte.

»Zeruhn!«, rief ich entsetzt, als es näher kam. Eines seiner Hörner war komplett mit Blut bedeckt, und die rote Flüssigkeit tropfte über sein Gesicht und seine Brust. Er war in seiner Stiergestalt, und sein Gesicht sah geradezu verwildert aus. Seine Hufe krachten bei jeder Landung über den Boden, als würde ein Hammer auf Stahl schlagen.

Seine Ohren stellten sich auf und seine wilden, goldenen Augen sahen mich an, als ich seinen Namen sagte.

»Ariadne!« Mein Name hörte sich seltsam an, wenn er aus dem Kopf eines Tieres kam, aber *er* war es, der ihn sagte.

»Warum bist du blutverschmiert?«, wollte ich wissen und musterte ihn, als er vor mir stand. Es sah auch noch frisch aus, kaum getrocknet. »Bist du verletzt?«

Zeruhns Nasenlöcher blähten sich, als er einatmete, und beim Ausatmen stieß er ein erschreckend animalisches Knurren aus. »Warum überschneidet sich der Duft eines Menschen mit dem von dir?«

Oh, fuck. Aaron, du verdammter Idiot.

»Ein Mensch ... hat dich berührt?« Zeruhns Ohren zuckten nach hinten, und ich konnte den Schmerz in seiner Stimme hören. »Hast du ... Rehauge, sag mir *bitte*, warum ich einen Mann an dir rieche.«

»Hör zu, du großer Dummkopf.« Ich kletterte auf einen nahe gelegenen Felsen und stellte mich so hin, dass ich fast auf Augenhöhe mit ihm war. Ich schlang einen Arm um seinen

Nacken und zog ihn herunter, damit ich ihm einen Kuss auf die breite Stiernase drücken konnte. »Ich liebe dich, okay? Ich gehöre dir, du gehörst mir. Es gibt niemanden für mich außer dir.« Das mochte das erste Mal gewesen sein, dass ich diese Worte laut ausgesprochen hatte, aber der Ernst der Lage ließ mich nicht lange in diesen Gefühlen schwelgen.

»Was ist das dann für ein Duft?«, knurrte Zeruhn. »Warum ist er überall auf dir?«

»Ein Mann *ist* hier. Er hat mich umarmt, das ist alles«, sagte ich schnell. »Er hat mir von einem Fluchtplan erzählt. Und ich glaube ... ich glaube, wir könnten es schaffen, Zeruhn. Du und ich.«

»Fliehen?«, schnaufte er. »Mit diesem unbekannten Mann, der dich berührt hat?«

Meine Kehle schnürte sich zu, als ich ihm die Spritze zeigte, aber ich würgte die Worte trotzdem heraus. »Nein. Er hat das hier reingeschmuggelt, um ... um dich zu töten.«

Zeruhn starrte auf die Nadel in meiner Handfläche, dann nahm er sie in die Hand, roch daran und verzog das Gesicht zu einer Fratze. »Er hat dir das gegeben? Warum?«

»Weil ich ihm gesagt habe, dass du mir vertraust. Dass ich mich dir nähern und es dir injizieren kann, ohne dass du etwas ahnst.«

Mein Minotaurus legte den Kopf schief, seine Augen verengten sich. »Er glaubte, du würdest mich manipulieren. Mich töten, um ihm zu helfen.«

Ich nickte und schluckte trotz der fehlenden Feuchtigkeit in meiner Kehle.

»Aber das hast du nicht«, fuhr Zeruhn fort. »Du hast mir das hiergebracht und es mir gesagt.« Er drehte sein Handgelenk, sein Arm bewegte sich kaum, aber die Spritze zerschellte an einem nahen Felsen. »Obwohl du weißt, was ich mit ihm machen muss.«

Ich nickte wieder, mein Herz schlug in einem harten

Rhythmus gegen meinen Brustkorb. »Und ich würde es wieder tun.«

»Warum?« Die Schärfe in seiner Stimme stach, aber ich wusste, dass er mich damit nicht beleidigen wollte. Ich wusste, dass er von jedem verraten wurde, den er kannte.

»Weil ich *dir* gegenüber loyal bin, Zeruhn«, sagte ich. »Ich bin auf deiner Seite. Ich werde für dich kämpfen. Ich werde zu dir stehen, egal ob wir im Labyrinth oder da draußen sind. Du gehörst mir, und kein Mensch wird dich mir wegnehmen.«

Er schwieg für einige lange Momente, bevor er meinen Namen hauchte: »Ariadne ...«

»Warte!« Ich drückte eine Hand auf seine Brust. »Ich habe alles ernst gemeint, was ich gesagt habe. Ich habe nur eine Frage und ich brauche eine ehrliche Antwort von dir.«

»Immer, mein süßes Rehauge.« Seine Arme fielen um mich und bedeckten meinen ganzen Rücken. Sogar sein Stierschwanz schob sich vor, um sich besitzergreifend um mein Bein zu wickeln.

»Wenn wir seinen Fluchtplan durchziehen und es schaffen«, ich leckte mir nervös über die Lippen, »können wir dann meine Mutter mitnehmen?«

»Ja, natürlich«, sagte er ohne zu zögern. »Du hast gesagt, ihre Gelenke tun ihr weh, also werde ich sie persönlich tragen.«

Es fühlte sich an, als würde ich fallen, schwerelos vor Erleichterung und dieser alles verzehrenden Liebe zu diesem Mann. Nicht, dass es vorher irgendwelche Zweifel gegeben hätte, aber das war nur ein weiteres Zeichen dafür, dass ich die richtige Wahl getroffen hatte.

Ich hatte mich für das Monster entschieden. Vielleicht bedeutete das, dass ich verkorkst war, aber zumindest hatte er mich nie so gesehen.

»Ich verstehe nicht, warum du diese Frage stellst.« Zeruhns Stirn legte sich in Falten und sein Stiergesicht runzelte die Stirn. »Sie ist dir wichtig, also ist die Antwort offensichtlich.«

»Für mich ist sie auch offensichtlich. Ich ... ich liebe dich einfach so sehr, das ist alles.« Meine Arme legten sich um seinen massiven Hals, als ich ihn erneut küsste. »Danke.«

»Ich liebe dich auch, mein Rehauge.« Er hielt mein Kinn und zog sich zurück, um mich intensiv zu mustern. »Du weißt doch, was ich zu tun habe, oder? Der Duft dieses Mannes ist überall an dir. Er hat dich geschickt, um mich zu töten. Ich kann meine Instinkte in dieser Sache nicht zurückhalten. Er darf nicht einfach anfassen, was mir gehört.«

»Ich weiß«, sagte ich mit einem Nicken. »Ich verstehe das.«

»Willst du hierbleiben?«

»Nein. Ich werde mit dir gehen.«

Zeruhn sog überrascht die Luft ein. »Bist du sicher?«

»Ja.« Ich rutschte vom Felsen herunter und ergriff seine Hand. »Du wirst alles mit mir durchstehen. Also werde ich das Gleiche für dich tun.«

25

ZERUHN

»Hast du vor, mir zu sagen, warum du so blutig bist?«, fragte Ariadne, als wir uns auf den Weg ins Haupttal machten. »Es ist klar, dass du nicht verletzt bist. Also, wen hast du heute schon getötet?«

Ich hielt inne und zögerte zunächst, weil ich nicht wusste, wie viel ich ihr erzählen sollte. Der Tod und das Töten waren für sie beunruhigend, aber sie stellte die Frage ganz ruhig. Und sie schien zu verstehen, warum ich den nächsten Menschen, Aaron Theseus, töten musste. Sie war nicht nur verständnisvoll, sondern unterstützte mich. Mein rehäugiger Mensch akzeptierte mich, ohne zu versuchen, mich zu ändern.

»Er war ein MinoTek-Beamter«, sagte ich und wollte nichts verschweigen. »Jemand von ganz oben, der Stabschef des Premierministers.«

Ariadnes Atem der Überraschung kitzelte meine empfindlichen Ohren. »Was hat er gewollt?«

»Er wollte, dass ich dich töte. Es war schon das zweite Mal, dass er durch eine versteckte Tür zu mir kam. Weil ich seinen Befehl beim ersten Mal nicht befolgt habe, kam er her, um es selbst zu tun.«

Ariadne schüttelte seufzend ihre schwarze Haarmähne. »Ich schätze, ich bin hier sehr beliebt.«

»Du gehörst *mir*«, knurrte ich.

»Das weiß ich.« Sie lachte humorlos, dann runzelte sie die Stirn. »Er ist also tot?«

»Allerdings.«

»Zeruhn.« Ihr Griff um meine Hand wurde fester. »Wenn er ein hochrangiger Mann ist, wie du gesagt hast, stecken wir in großen Schwierigkeiten.«

»Ich weiß, darüber habe ich auch schon nachgedacht.« Ich drückte ihre Hand und versuchte, sie zu beruhigen.

»Sie werden wahrscheinlich Soldaten schicken, die das Labyrinth durchkämmen und uns in die Enge treiben. An diesem Punkt wird es für uns kein Verstecken mehr geben.«

»Ja, ich glaube, unsere Zeit hier ist begrenzt, Rehauge.«

»Also *müssen* wir fliehen.«

»Ja, und das werden wir. Wir und deine Mutter.« Ich blieb stehen und drehte mich zu ihr um. »Aber zuerst muss ich das tun. Ich kann diesen Menschen nicht gehen lassen. Verstehst du das?«

»Ja«, sagte sie mit einem ernsthaften Nicken. »Ich werde dir nicht in die Quere kommen.«

»Gut.« Ihr Entschluss, mir beizustehen, ließ mein Knurren zu einem Schnurren werden. Ich wusste, dass es nicht leicht sein würde, Handlungen zu unterstützen, die gegen ihre Natur verstießen, egal wie sehr sie auch zu meiner Natur gehörten. »Nach dem heutigen Tag werde ich nie wieder töten, wenn wir es sicher raus schaffen.«

Ariadnes Augen weiteten sich. »Wirklich?«

»Ja, ich verspreche es. Ich werde dich und deine Mutter vor jeder Bedrohung schützen, aber wenn wir aus der Stadt herauskommen«, ich legte eine Hand auf ihre Taille und zog sie näher heran, »ist die Bedrohung vielleicht nicht mehr so groß.«

Ariadne lehnte ihren Kopf an meine Seite. »Dann lass uns

tun, was wir tun müssen.« Sie löste sich von mir und ging ein paar Schritte voraus. »Ich gehe ein Stück voraus, damit er nicht beim ersten Anblick von dir wegläuft.«

Ich schnaufte. »Wenn er wegläuft, werde ich ihn einfach jagen.«

»Genau das ist es ja.« Ariadne drehte sich weg und warf mir ein Lächeln über die Schulter zu. »Ich will nicht, dass du jemand anderen jagst als mich.«

Es fiel mir schwer, mein Stöhnen zu unterdrücken und mein Verlangen nach ihr zu zügeln und, na ja, zu verbergen, wie hart mich das machte. Aber ich hielt mich zurück und beobachtete, wie ihre langen Beine und ihr knackiger Hintern den nächsten kleinen Hügel erklommen und auf der anderen Seite hinuntergingen. Ich musste ein letztes Mal in ihr versinken, bevor wir flohen, das stand außer Frage.

Ich hätte mir keine bessere Partnerin wünschen können und auch keine köstlichere Beute zum Jagen.

»Heilige Scheiße, du hast es geschafft?«, hörte ich eine männliche Stimme fragen und ich spitzte die Ohren, um besser zu hören. Allein der Klang der Stimme ließ mich rot sehen.

»Na ja, es gab ein kleines Problem«, erzählte Ariadne ihm. Ich wollte lachen. Mein rehäugiger Mensch hatte besser als alle Wandler Zähne und Krallen versteckt. Ich war mehr als stolz, dass sie mir gehörte.

»Was ist dazwischengekommen?« Der Mann klang entgeistert. Jeder Muskel in meinem Körper spannte sich an und ich wartete auf den richtigen Moment, um mich zu zeigen.

»Du«, sagte Ariadne, und ich konnte mir ein Schnauben nicht verkneifen.

»Ich? Wovon redest du?«

»Du bist hier reingekommen, weil du dachtest, du wüsstest alles. Es tut mir leid, Aaron. Wenn du einfach zugehört hättest, anstatt nur zu reden, wäre das vielleicht anders ausgegangen.«

»Ariadne, bist du durchgeknallt? Was zum Teufel ist hier los?«

In dem Moment, als er anfing zu reden, stürmte ich über den Hügel und konnte meine Wut nicht mehr zurückhalten. Das menschliche Männchen war winzig und erbärmlich. Seine Augen und sein Mund waren komödiantisch weit aufgerissen, als er meinen Anblick wahrnahm, der aus massigen Körperteilen und Hörnern bestand und mit dem Blut bedeckt war, das von meinem letzten Kill noch nicht ganz getrocknet war.

»Du hast kein Recht, ihren Namen auszusprechen«, sagte ich und schritt direkt auf ihn zu. »Du hast kein Recht, sie *anzufassen*!«

Der menschliche Mann wich zurück, stolperte aber über seine eigenen Füße und rutschte erbärmlich über den Boden, während mir der Gestank von Urin in die Nase stieg.

»Nein ... warte, warte!« Er warf einen panischen Blick auf Ariadne, und meine Wut erreichte einen neuen Höhepunkt, weil er sie immer noch ansah. »Aber die Spritze! Warum?«

»Warum hast du geglaubt, ich würde dir gegenüber loyal sein und nicht ihm?«, konterte sie. »Ich habe mehrere Minuten mit dir geredet und du hast mir nur gezeigt, dass du dich um niemanden außer dich selbst kümmerst.« Sie neigte ihren Kopf zu mir. »Ich kenne ihn schon seit Wochen. Ich habe *gesehen*, wer er wirklich ist.«

»Bist du verrückt, Schlampe? Schau dir das Ding an!« Sein panischer Blick wandte sich wieder mir zu. »Das ist ein Laborexperiment, das außer Kontrolle geraten ist. Du kannst ihn unmöglich als *Person* sehen!«

»Tue ich aber«, sagte Ariadne, und ihr Gesicht wurde weicher und mitfühlender. Vielleicht sogar mitleidig. »Und es ist sehr, sehr schade für dich, dass du das nicht tust.«

»Was ist dein Fluchtplan?«, fragte ich. »Erkläre ihn, bevor ich die Geduld verliere.«

»Fick dich, Minotaurus!«, stieß der Mensch hervor.

Ich beugte mich hinunter und packte ihn vorn am Hemd. Er änderte seinen Tonfall schnell, als er meine Hörner deutlich im Blick hatte. »Ah! Ähm, mein Wandler-Freund! Der Cop. Er wird bei Sonnenuntergang zum Haupteingang kommen. Er wird zweimal klopfen. Wenn du auch viermal klopfst, heißt das, dass du bereit bist.«

»Ist das die Wahrheit?«, verlangte Ariadne. Ihr Blick war stürmisch, schön und wütend.

»Ja! Ja, ich schwöre es! Bitte töte mich nicht. Bitte ...«

Ich warf Ariadne einen kurzen Blick zu. Wenn sie ihre Meinung geändert hatte, war ich bereit, meine Wut beiseitezuschieben, egal wie sehr meine Instinkte nach Rache verlangten. Es war das Letzte, was ich tun wollte, aber für sie würde ich es tun.

Sie nickte mir zu, eine Erlaubnis zum Weitermachen. Als ob ich sie noch mehr lieben könnte, füllte sich mein Herz mit Wertschätzung für diese Frau. Ich würde sie bis ans Ende meiner Tage in Ehren halten.

»Ich werde euch beide hinausbegleiten«, murmelte der Mensch weiter. »Es wird nicht einfach sein, aber zusätzliche Muskeln könnten gut sein, weißt du?«

»Süden, richtig?«, fragte Ariadne. »Zum Hafen?«

»Ja, dort wird ein Boot warten. Es ist als Partyyacht getarnt.«

»Gut, danke«, sagte Ariadne respektvoll, bevor sie sich abwandte und in die entgegengesetzte Richtung ging.

»Wo willst du denn hin?«

»Sprich nicht mit ihr«, knurrte ich ihm ins Gesicht. »Sie ist fertig mit dir.«

»Oh, fuck, was soll das heißen?«, wimmerte er.

»Du hast angefasst, was mir gehört. Du hast sie geschickt, um mich zu töten.« Ich hob ihn hoch und richtete ihn auf die scharfe Spitze meines Horns aus. »Weil deine Informationen uns die Flucht ermöglichen, werde ich dir nicht viel Leid zufügen. Aber ich kann dich nicht am Leben lassen.«

»Oh, Scheiße, bitte! Es tut mir leid! Ich wusste es nicht!«

»Du wolltest sie für dich«, zischte ich. »Du hast sie *angefasst*!«

In diesem Moment veränderte sich sein Verhalten. Wut blitzte in seinen Augen auf. »Und du glaubst, sie will dich?«, fauchte er zurück. »Glaubst du wirklich, sie würde eine monstergroße Laborratte ficken?«

Ich lachte. Gerade als ich anfing, ein wenig Mitleid für diesen Menschen zu empfinden, machte er es sich selbst kaputt.

»Oh, erbärmlicher kleiner Mann«, seufzte ich. »Weißt du denn nicht, dass sie das schon getan hat?«

Sein schockiertes Gesicht veränderte sich kaum, als mein Horn ihn durchbohrte. Es floss nicht viel Blut, als er aufgespießt wurde, aber es strömte in einem rötlich-schwarzen Strahl heraus, während ich ihn abhob. Ich stand zu meinem Wort und würde sein Leiden so gering wie möglich halten, obwohl er bis zum Schluss ein Arschloch geblieben war.

Er starrte geschockt auf das Loch in seiner Körpermitte und bemerkte nicht, wie sich meine Hände den Seiten seines Kopfes näherten. Ich brach ihm schnell das Genick, so wie ich es bei einem Vogel tun würde. Sein Körper sackte zu einem leblosen Haufen zusammen, und die Wutwelle in mir beruhigte sich, als ob ein Sturm sich entladen würde.

Sie wurde durch etwas anderes ersetzt, einen Hitzeschub in meinem Körper. Mein Schwanz sehnte sich danach, in einem feuchten, heißen Griff zusammengepresst zu werden. Anstatt Körpern, die an meinen Hörnern zerrten, wollte ich spüren, wie Hände sie packten, während ich eine Pussy verschlang.

Ich drehte mich um, aber Ariadne war nirgends zu sehen. Allerdings konnte ich sie und den süßen Nektar ihrer Lust riechen. Ein tiefes, sehnsüchtiges Knurren erfüllte meine Brust, als ich ihrem Duft folgte, als wäre er eine Schnur, die mich zur

Erlösung führte. Meine süße Beute wollte gejagt werden, und sie wartete auf meine Eroberung.

Und ich würde sie erobern.

Du kannst weglaufen, aber du kannst dich nicht verstecken, Rehauge.

26

ARIADNE

Ich wusste, dass ich mit einem Vorsprung nicht weit kommen würde, also rannte ich, während Zeruhn beschäftigt war. So konnte er seinen Ärger mit Aaron aus der Welt schaffen, und ich musste nicht dabei sein.

Vielleicht war es nur Gewohnheit oder Nostalgie, aber ich steuerte auf die Ruinen der Kirche zu. Neben der Höhle, in der wir aßen und schliefen, fühlte sich die Kirche wie *unser* Ort im Labyrinth an. Hier hatte er mich zum ersten Mal geküsst, nach dieser verwirrenden, aber auch aufregenden ersten Jagd. Es war auch der Ort, an dem wir uns zum ersten Mal geliebt hatten und an dem ich zum ersten Mal mit meinen Gefühlen für ihn ins Reine gekommen war.

Für die kurze Zeit, die wir zusammen verbracht hatten, gab es eine Menge Erinnerungen. Und bald würden wir aufbrechen und hoffentlich neue Erinnerungen schaffen können.

Als ich das Tunnellabyrinth betrat, verlangsamte ich meinen Schritt und ließ meine Hand an der Steinmauer entlangfahren, während ich nach Luft schnappte. Ich spürte ihn wieder, den Funken Hoffnung, den ich schon zu Staub zermahlen geglaubt hatte. Dieses gefährliche kleine bisschen Optimismus, das mich in eine tiefe Depression gestürzt hatte, als ich erkannt hatte, dass es unerreichbar war.

Aber dieses Mal war es anders. Ich war jetzt nicht mehr allein. Wenn ich wieder in eine Spirale geriet, hatte ich jemanden, der mich unterstützte, der mich über Wasser hielt, wenn ich das Gefühl hatte zu ertrinken. Oder mich zumindest so lange jagen würde, bis ich zu erschöpft wäre, um darüber nachzudenken.

Ich hatte gerade das Ende des ersten Tunnels erreicht, als ich das laute Krachen von Hufen auf Stein hörte. Mein Puls beschleunigte sich, als ich scharf um eine Ecke bog, gerade als Zeruhn in einem Singsang rief: »Wo bist du, Rehauge?«

Oh, der Drang, etwas frech zu antworten, zwang mich dazu, mir auf die Wange zu beißen. Ich konnte es ihm nicht zu leicht machen, mich zu finden.

»Ich kann dein Verlangen riechen«, fuhr er fort. »Du *willst* dich deinem Monster unterwerfen. Ich kann in der Luft schmecken, wie sehr du dich unter deiner großen, gehörnten Bestie winden willst.«

Meine Schenkel schlugen zusammen, aber das verstärkte nur das dumpfe Pochen zwischen meinen Beinen. Während ich an der Wand entlang glitt, rieben meine Beine aneinander und verstärkten das Verlangen auf meiner empfindlichen Haut. Als ich Zeruhns Schatten in dem Eingang, durch den ich gerade gekommen war, auftauchen sah, flüchtete ich.

Der Boden bebte, als er mich verfolgte, und die Erregung pulsierte in meinen Adern. Nach Wochen im Labyrinth waren meine Füße robuster und meine Lungen stärker. Er würde mich immer erwischen, aber zumindest hatte ich eine bessere Ausdauer, um dieses Vorspiel in die Länge zu ziehen.

Außerdem kannte ich das Labyrinth der Gänge besser als früher und lief im Zickzack, um Zeruhns Geruchssinn zu verwirren. Ich kehrte zum Ausgangspunkt zurück und formte einen Kreis aus meinem eigenen Duft.

Nachdem ich meine Runde beendet hatte, drückte ich mich in eine kleine Nische, in der zwei Gänge miteinander verbunden waren. Wenn er nicht genau hinsah, würde er mich leicht übersehen. Ich atmete so leise wie möglich und lauschte auf die nahenden Hufschläge meines Minotaurus.

Er war nah, aber ich wusste, dass mein Trick ihn überlistet hatte. Ich hörte, wie er sich auf der Stelle drehte und verwirrt die Luft schnupperte. »Clevere kleine Beute«, murmelte er. »Ich sehe, was du getan hast, aber du kannst nicht weit sein. Wo versteckst du dich?« Ich hielt den Atem an und versuchte, noch leiser zu werden. »Du bekommst doppelt so viele Orgasmen, wenn du dich mir jetzt zeigst«, stichelte er.

Ich unterdrückte ein Schnauben. Wir wussten beide, dass er es mochte, wenn eine Jagd eine Herausforderung war. Je länger ich mich versteckt hielt, desto mehr würde er mir Vergnügen bereiten wollen.

»Du möchtest bestimmt kein Monster sehen, das verzweifelt nach seiner Beute sucht«, warnte er. »Vielleicht kann ich mich nicht mehr beherrschen.«

Oh, das war genau das, was ich sehen wollte.

Mit einem spöttischen Schnauben der Enttäuschung folgte er weiter meinem Duft in der Hoffnung, mich in einer anderen schattigen Ecke zu finden. Ich sprang aus meinem Versteck und versuchte, ihn von hinten anzugreifen. Aber weil er so groß war, umarmte ich ihn einfach nur um die Taille.

»Hab ich dich erwischt!«, lachte ich ihm in den Rücken. »Ich habe gewonnen.«

Er lachte spöttisch wie ein schlechter Verlierer, grinste aber, als er sich zu mir umdrehte und seine Gestalt wandelte, sodass ich wieder in sein menschliches Gesicht blicken konnte. »Ich wusste, dass du da bist«, behauptete er.

»Warum hast du mich dann nicht rausgezerrt?«

»Vielleicht wollte ich mich einfach mal erwischen lassen.«

»Eine glaubwürdige Geschichte«, sagte ich skeptisch. »Das Raubtier wird zur Beute.«

Zeruhn senkte sich, bis seine Arme sich unter meinem Hintern verschränkten, und hob mich wieder hoch, um mir einen heftigen, besitzergreifenden Kuss zu geben, nach dem wir uns beide gesehnt hatten. »Du magst meine rehäugige Beute sein, aber ich bin derjenige, der gefangen wurde«, flüsterte er, bevor er sich von mir löste und mich intensiv anstarrte. »Willst du wirklich mit mir fliehen, Ariadne? Ich bin ... ich bin hier noch nie fortgegangen.«

»Ja«, beharrte ich. »Wir können an einen völlig neuen Ort gehen, wo wir einfach nur wir selbst sein können – zusammen. Es gibt so viel mehr außerhalb von MinoTek.« In Wahrheit plapperte ich nur nach, was Aaron mir erzählt hatte, aber ich klammerte mich an diese Geschichte von der Außenwelt wie an eine Rettungsboje. Es *musste* wirklich so sein. Es *musste* da draußen einen besseren Ort geben.

Und wenn wir bei dem Versuch, ihn zu finden, sterben würden? Wenigstens hatten wir einander.

»Ich werde es dir so oft sagen, wie du es hören willst«, flüsterte ich. »Ich will *alles* mit dir.«

»Und deine Mutter?«, fragte er. »Wie wird sie mich sehen?«

Ich wusste nicht, wie ich darauf antworten sollte. Mom war Männern gegenüber generell misstrauisch und zurückhaltend, was jetzt vollkommen einleuchtete. Aber wenn ich sehen konnte, wie toll Zeruhn war, würde sie das sicher auch tun.

»Wir werden diese Brücke überqueren, wenn es so weit ist.« Ich küsste ihn heftig, bevor er antworten konnte, und zwang meine Zunge zwischen seine Lippen, um gegen seine zu stoßen. »Jetzt hast du Beute zu verschlingen, nicht wahr?«

Das war alles, was es brauchte. Mit einem Stöhnen küsste er mich intensiv und begrapschte meinen Hintern, während er mich mit dem Rücken an die Wand drückte. »Ich werde dich hier fixieren, während ich dich verschlinge«, versprach er dunkel. »Ich kann keine Sekunde länger warten, bis ich dich irgendwo weich hingelegt habe.«

»Fick mich endlich«, bettelte ich. Die Last des Tages holte mich langsam ein. Zwei Todesfälle. Der Premierminister von MinoTek war mein Vater und wollte mich tot sehen. Die Möglichkeit zu entkommen und meine Mom wiederzusehen. Das war alles zu viel, und ich brauchte den kräftigen Druck von ihm in mir, um mich bei Verstand zu halten.

Aber Zeruhn lachte nur, als er meine Füße sanft auf den Boden brachte und sich dann hinkniete. Er war genauso groß wie ich, einschließlich der Hörner, während er zu meinen Füßen kniete.

»Ich werde all deine Sorgen wegficken, Rehauge«, sagte er, während er mir die Hose bis zu den Knöcheln herunterzog und mir half, sie auszuziehen. »Aber zuerst brauche ich deinen Geschmack auf meiner Zunge.«

»Du beweist ganz schön viel Selbstbeherrschung.« Ich hielt mich an einem seiner Hörner fest, um das Gleichgewicht zu halten, als ich aus meiner Hose stieg.

»Oh, glaub mir, ich würde diesen Stoff am liebsten in Fetzen reißen«, sagte er, während er meine Hose zu einem ordentlichen Stapel zusammenlegte. »Aber du wirst nicht mit nacktem Hintern fliehen. Sonst müsste ich noch viel mehr Leute umbringen, die es wagen, einen Blick auf das zu werfen, was mir gehört. Und ich glaube nicht, dass du das willst.«

»Du bist so ein brutaler Typ.« Mein Lachen verwandelte sich schnell in ein Stöhnen. »Ohh, Zeruhn ...«

Er verschwendete keine Zeit und tauchte mit seinem Kopf zwischen meine Beine, um einen langen Pfad entlang meiner Pussy zu lecken. Sein Stöhnen war ein raues Vibrieren auf meiner Haut. »Köstlich.«

Ich griff mit beiden Händen nach seinen Hörnern, während seine Zunge mich Sterne sehen ließ. Getrocknetes Blut blätterte dort ab, wo ich ihn berührte, und erinnerte mich an die brutalen

Taten, die er nur wenige Augenblicke zuvor begangen hatte. War es so verdammt krank, dass es mich in diesem Moment nicht interessierte? Alles, was mich interessierte, war, dass diese Killermaschine, dieses Monster, mich wieder und wieder leckte, genau an *dieser* Stelle ...

Mein erster Orgasmus durchlief mich und die Zuckungen brachten mich dazu, mich an Zeruhns böser Zunge zu reiben, um noch mehr Lust herauszukitzeln. Er brummte genüsslich, als würde er sein Lieblingsessen genießen. Große Hände packten meine Hüften und hielten mich über seinem Gesicht, sodass seine Zunge *genau* im richtigen Winkel in mich eindringen konnte.

Ich kämpfte um Halt, riss an seinen Hörnern und kratzte über seinen Kopf, während er mich weiter verschlang. Mehr getrocknetes Blut blätterte ab und ich konnte mich nicht dazu bringen, mich darum zu scheren.

»Ich mag deine kleinen Krallen, Beute«, stöhnte er, bevor er sich wieder meinem Kitzler zuwandte und einen feuchten Kuss auf die Spitze drückte. »Sie machen mich noch härter für dich.«

Er stützte eines meiner Beine über seine Schulter, damit er mich tiefer lecken konnte, und ich kratzte mich weiter an seinem Hals und an seinen Schultern.

»Ja, grabe diese kleinen Krallen in mich hinein«, knurrte er und rieb mit zwei Fingern über meine feuchten Schamlippen, bevor er sie in mich stieß. »Zeig mir, wie sehr du mich willst.«

Seine Lippen umschlossen meinen Kitzler, während seine Finger gegen meine feuchten Wände stießen, und wenn ich noch fester an ihm gekratzt hätte, hätte ich bestimmt Blut vergossen. Mein Minotaurus trieb mich zu einem weiteren Orgasmus, der doppelt so explosiv war wie der erste, mit seinen gut koordinierten Fingern, seiner Zunge und seinem tiefen Knurren, das immer wieder über meine Haut vibrierte.

Wenn er mich nicht an die Wand gepresst hätte, wären meine geleeartigen Beine unter mir zusammengebrochen. Dann stand Zeruhn auf und zog mich mit sich. Er hielt mich mit einem Arm unter meinem Hintern fest und öffnete mit dem anderen seine Hose.

»Okay, jetzt willst du doch einfach nur angeben«, murmelte ich, während mein Gehirn noch immer von den Orgasmen benebelt war.

»Das ist gar nichts«, lachte er. »Du bist so leicht.«

»Wenn du meinst, aber jetzt fick mich endlich.«

Er schnalzte mit der Zunge und verpasste mir dann einen leichten Schlag auf den Hintern. »Du bist so fordernd.«

Ich spürte seine stumpfe Krone an meinem Eingang, bevor ich etwas Schlagfertiges erwidern konnte. Er hielt mich im Stehen fest, sodass ich nicht die Kraft einer Wand oder des Bodens hatte, um auf ihm herabzusinken. Mein Monster, mein Raubtier, hatte die volle Kontrolle über mich.

»Bitte«, flehte ich, rollte meine Hüften und zappelte so gut ich konnte auf ihm herum.

Er grinste. »Oh, *jetzt* kann sie auf einmal nett bitten.«

»Bitte, Zeruhn ...«

»Du willst, dass mein Schwanz dich ausfüllt?« Er stieß seine Hüften leicht an und ließ ihn durch meine nasse, empfindliche Stelle gleiten. Es fühlte sich so gut an, aber es war nicht annähernd genug.

»Ja!«, schrie ich und war selbst überrascht, wie sehr ich ihn in diesem Moment brauchte. Wir waren im Begriff, um unser Leben zu rennen. Wer wusste schon, wann wir wieder so zusammenkommen würden?

Er gab mir einen Kuss voller Leidenschaft und aufgestautem Verlangen. »Ich kann dir niemals widerstehen, mein Rehauge.« Dann spießte er mich mit seinem dicken Schaft auf.

Mein Schrei hallte durch die steinernen Gänge, ebenso wie die Schläge seiner Hüften gegen meine gespreizten Schenkel bei jedem brutalen Stoß. Er kontrollierte alles – das Tempo, die Tiefe, die Geschwindigkeit. Mein Minotaurus war wild, seine

Augen leuchteten wie mattes Gold im Sonnenlicht, während er mich hemmungslos fickte.

Zeruhn hatte mich so fest im Griff, dass ich mich nicht einmal an ihm festhalten *musste*, aber ich tat es trotzdem. Ich schlang meine Arme um seine Schultern und grub meine Nägel in seinen oberen Rücken, während ich wimmerte und in sein Ohr stöhnte, wie schön er sich anfühlte. Er fuhr im Gegenzug mit seinen Zähnen an meiner Schulter entlang und flüsterte zurück, dass meine Pussy ihn so gut festhielt und ich ihn die Kontrolle verlieren ließ.

Wir waren jetzt beide mit getrockneten Blutflecken bedeckt und fickten mitten in einem Gang in einem Gefängnis, in das wir beide verbannt worden waren. Und doch war es das Labyrinth, in dem wir uns gefunden hatten. Wer wusste schon, wie weit wir es außerhalb dieser Steinmauern bringen würden, falls wir es überhaupt schafften. Aber dieser Ort bewies, dass wir nur einander brauchten. Wo so viele gestorben waren, hatten *wir* überlebt. Und das bedeutete etwas.

Zeruhn küsste mich mit einem scharfen, beißenden Kuss auf den Mund und verlagerte den Winkel seiner Stöße so, dass er mit jedem Stoß seiner Hüften meinen Kitzler traf.

»Oh, fuck, das werde ich nicht aushalten«, keuchte ich gegen seine Lippen.

»Du nimmst mir die Worte aus dem Mund«, stöhnte er.

Weniger als eine Minute später wurde ich von Krämpfen bis in die Zehenspitzen erfasst. Er schwoll in mir an, was mein Vergnügen nur noch vergrößerte, während sich mein Körper um ihn herum zusammenzog. Seine eigene Erlösung entlud sich, und er schlug eine Hand an die Wand, um aufrecht stehenzubleiben. Sein Arm war tatsächlich am Zittern, als er mich weiter an seinen Körper drückte, während sein Schwanz immer noch in mir pulsierte.

»Willst du mich absetzen?«, fragte ich und legte lächelnd meine Wange an seine Schulter.

Er schnaubte als Antwort und drückte mich fester an sich. »Niemals.«

Ich küsste seinen Hals und schmiegte mich an seine breiten Schultern. »Ich werde dich auch nie wieder loslassen.«

Zeruhn richtete sich erneut auf und schnappte bereits nach Luft, als er beide Arme um mich schlang. »Versprochen?«

Dieses eine Wort hatte in diesem Moment so viel Gewicht. »Versprochen!«

ARIADNE

»Er hat meinen ID-Chip mit einem Handheld-Gerät geortet?«

»Ja.« Zeruhn hielt Lago in seinem Schoß und streichelte sanft die langen Ohren des Rasselbocks. »Ich glaube, es gibt eine Art Netzwerk mit den ID-Chips. Er hätte deinen Standort mit einem Knopfdruck an einen Beamten senden können.«

Wir hatten uns gerade gegenseitig im Schwimmbad gewaschen und überlegten uns einen Fluchtplan, bevor wir auf das Signal des Wandlers warteten. Wir hatten nicht viele Ansatzpunkte, denn wir hatten weder einen Stadtplan noch sonst irgendetwas in der Hand.

Außerdem bestand die Möglichkeit, dass der Wandler uns gar nicht helfen würde, da Aaron nicht mehr bei uns war. Es gab so viele Variablen, die gegen uns gerichtet waren, und so wenige, die zu unseren Gunsten waren. Aber wir hatten einander, was nicht viel zu sein schien, aber wir hatten mehr Vorteile als alle anderen, die versuchten zu entkommen.

Zeruhn war nicht nur hochintelligent, sondern hatte auch eine enorme Kraft. Ich kannte mich in den Slums, die sich südlich der Upper Side, auf dem Weg zum Hafen befanden, ziemlich gut aus. Wenn meine Mom noch zu Hause war, konnten wir sie auf dem Weg abholen.

»Du weißt, was wir tun müssen, bevor wir von hier weggehen«, sagte ich mit einer Warnung in meinem Ton. Auf Zeruhns verwirrten Blick hin streckte ich mein Handgelenk aus und rieb über die kleine, harte Stelle, an der mein ID-Chip bei der Geburt eingepflanzt worden war. »Wir müssen meinen Chip herausschneiden und zerstören, damit sie uns nicht aufspüren können.«

»Ich hatte befürchtet, dass du das sagen würdest«, seufzte er und streichelte sanft über die Innenseite meines Arms.

»Es sollte nicht allzu schwierig sein«, sagte ich. »Aber ich werde deine Hilfe brauchen.«

Zeruhn runzelte sichtlich verzweifelt die Stirn. »Ich möchte nichts tun, was dich verletzen könnte.«

»Es wird ein kleiner Schnitt sein«, versprach ich ihm. »Wir schneiden ihn einfach raus, zerstören ihn und mit dem Zeug aus dem Erste-Hilfe-Kasten wird es mir danach direkt wieder gut gehen.« Ich beugte mich vor und küsste ihn auf die Stirn, gerührt und ein wenig amüsiert über seine Besorgnis. Er hatte Leute mit seinen Hörnern aufgespießt, aber er wollte mir nicht das Äquivalent eines Papierschnitts verpassen. »Es ist lieb, dass du dir Sorgen machst, aber das müssen wir tun, wenn wir entkommen wollen.«

»Ich weiß«, seufzte er und strich mit dem Daumen über die Hautstelle, an der der Chip eingepflanzt war. »Ich will nur nicht, dass du Schmerzen hast.«

»Je eher wir das tun, desto eher werde ich keine Schmerzen mehr haben.« Ich rückte in meinem Sitz näher an ihn heran. »Ich bin mir nur nicht sicher, ob ich es selbst tun kann«, gab ich zu.

»Und du glaubst, *ich* kann das?«, fragte er spöttisch, zog aber sein Messer heraus und fuhr mit dem Daumen vorsichtig über die Klinge, um ihre Schärfe zu testen. »Dann lass uns das hinter uns bringen.«

Er nahm mein Handgelenk in seinen Schoß und ich schaute weg, weil ich mich nicht darauf verlassen konnte, dass ich nicht meinen Arm wegzog, wenn er den Schnitt machte. Als er das tat, hüpfte Lago von ihm weg und zu mir herum und rieb sein Geweih an meinem Knie.

»Danke, kleiner Kumpel.« Ich kraulte das Fell an seinem Hinterkopf. »Du bist eine gute Ablenkung!«

Ich spürte den Schmerz des ersten Schnittes, dann die Wärme des Blutes, das an meinem Handgelenk heruntertropfte, als Zeruhn sanft mit seinen Fingern daran herumstocherte.

»Ich kann ihn sehen«, sagte er mir. »Ich versuche einfach, ihn durch den Einschnitt herauszudrücken. Fuck, meine Finger sind zu groß.«

»Lass mich mal versuchen.« Ich holte tief Luft, bevor ich hinschaute. Mein Handgelenk war blutig und Zeruhns Finger waren es auch, weil er versucht hatte, den Chip so vorsichtig wie möglich zu entfernen. Ich drückte mit meinem Daumen hinein und biss die Zähne gegen den Schmerz zusammen, als ich versuchte, das winzige Gerät unter meiner Haut hervorzuziehen.

»Scheiße, das geht wirklich nicht«, zischte ich.

»Ich will dich nicht noch mehr aufschneiden«, sagte Zeruhn. »Ich will nicht eine deiner Arterien treffen.«

»Gib mir das Messer.« Ich streckte meine andere Hand aus und merkte, wie sehr sie zitterte.

»Ariadne ...«

»Gib es mir einfach. Wir haben nicht mehr viel Zeit.«

Zeruhn lenkte ein und hielt mir den Griff hin. Ich atmete mehrmals tief durch, um meinen Mut zu sammeln und den Schmerz zu überwinden, der mir bis zur Schulter pochte. Dann machte ich einen weiteren kleinen Schnitt direkt über dem Chip, der nicht größer als mein kleiner Fingernagel war. Ich zog eine weitere Linie quer darüber und machte ein X, das schnell mit Blut überquoll. Ich drückte auf die Seiten des Schnittes, den ich gerade gemacht hatte, und fuhr mit meinen Fingern nach oben, während ich einen Schmerzenslaut ausstieß.

»Ariadne.« Zeruhn hauchte meinen Namen voller Ehrfurcht. »Du hast es geschafft.«

Zwischen Daumen und Zeigefinger eingeklemmt, befand sich ein kleiner Computerchip. Ich konnte es selbst kaum glauben, und ein Lachen entwich mir. »Ich habe es verdammt noch mal geschafft.«

Zeruhn nahm meinen Arm und drückte schnell Mull aus seinem Erste-Hilfe-Kasten auf meine blutenden Wunden. »Du bist mutig, Rehauge«, murmelte er und küsste meine Schulter. »Ich bin stolz auf dich.«

Ich ließ ihn sich um meinen Arm kümmern, während ich den Chip in meiner anderen Hand begutachtete. Dieses winzige Ding, das von MinoTek als unglaubliche Erfindung angepriesen wurde, war die Ursache für so viel Uneinigkeit in meiner Gemeinde. Ihn zu entfernen, war ein Verbrechen, aber wir hatten niemals die Wahl, ihn *nicht* implantieren zu lassen. Der Staat behauptete, die ID-Chips dienten der Sicherheit und der genauen Erfassung der Bevölkerung, aber wir wussten alle, dass sie nur dazu da waren, uns zu überwachen. Um ständig in unserem Alltag präsent zu sein und uns auf Schritt und Tritt zu beobachten, falls wir den kleinsten Verstoß gegen unsere Vorgesetzten begangen hatten.

Niemand hatte das verdient.

Als Zeruhn damit fertig war, den Verband an meinem Arm abzubinden, wurde mir etwas klar. »Ich werde auch den Chip meiner Mom entfernen müssen.«

Er warf mir einen neugierigen Blick zu. »Wird sie dich lassen?«

»Ich weiß es nicht«, gab ich zu. »Ehrlich gesagt bin ich mir nicht einmal sicher, ob sie mit uns gehen will. Aber ich kann mir nicht vorstellen, ohne sie aus der Stadt zu fliehen.«

»Du brauchst mir nur ein Wort zu sagen und ich werde sie mir über die Schulter werfen.« Zeruhn lächelte schelmisch und frech. »Und wenn du ihr die Entscheidung überlassen willst, werde ich dich auch dabei unterstützen.«

»Ich will ihr die Wahl lassen«, sagte ich. »Ich hoffe wirklich, dass sie mit uns kommt. Da die Leute des Premierministers Jagd auf seine Opfer machen, könnte sie immer noch in Gefahr sein, auch wenn wir gehen.«

»Ich bin zuversichtlich, dass sie mitkommt.« Zeruhn strich mir mit den Fingerknöcheln über die Wange. »Nachdem sie so lange nicht wusste, was mit dir passiert ist, wird sie dich sicher nicht aus den Augen lassen wollen.« Er legte den Kopf schief und runzelte die Stirn. »Ich hoffe, sie wird uns etwas Privatsphäre zum Ficken gewähren, denn das wäre seltsam, wenn ...«

»Du Tier!« Ich kicherte und schlug ihm auf die Brust, was mir sofort einen Schmerz in den Arm trieb, weil es meine bandagierte Hand war.

Daraufhin schimpfte mein Minotaurus mit mir, weil ich mich selbst verletzt hatte, bevor er mich umarmte und mit Küssen überhäufte. Nachdem unser Lachen verstummt war, küssten wir uns leise und umarmten uns, während das Licht im Labyrinth zu schwinden begann.

Unser letzter Tag hier.

»Willst du etwas Verrücktes hören?«, fragte ich, während mein Kopf auf Zeruhns Brust ruhte.

»Von dir, immer.« Sein Kinn lag auf meinem Kopf, während seine Hand in leichten Zügen meinen Rücken auf und ab fuhr.

»Ich werde diesen Ort vermissen.«

Er lachte leise und drückte mir einen Kuss auf den Kopf. »Ich auch, seltsamerweise.«

Wir saßen in der Nähe der Tür, durch die ich und Dutzende andere Gefangene gekommen waren, damit wir auf das Signal des Wandlers von der anderen Seite warten konnten. Der

Sonnenuntergang war noch ein oder zwei Stunden entfernt, und plötzlich versteifte sich Zeruhn.

»Was ist ...«

»Pst!«

Ich atmete kaum, während er den Kopf neigte und aufmerksam zu lauschen schien. Auch Lago war verstummt, seine langen Ohren ragten in die Luft wie Funkantennen.

»Sie sind leise, aber ich höre sie«, flüsterte Zeruhn und tätschelte mein Bein, damit ich von seinem Schoß aufstand. »Sie kommen von der anderen Seite und versuchen, uns aufzulauern.«

»Wer?«, fragte ich.

»Cops, Soldaten, ist das nicht egal?« Er stand auf und ging direkt auf die Tür zu. »Wen auch immer sie halt geschickt haben, um uns zu töten.«

»Scheiße!« Nicht, dass ich es ihm verübelt hätte, einen korrupten, wahrscheinlich auch bösen MinoTek-Beamten zu töten, aber das brachte diesen Fluchtplan wirklich ins Wanken.

Zeruhn schlug viermal mit der Faust gegen die Tür. Kaum fünf Sekunden vergingen, bevor er erneut viermal klopfte.

»Der Wandler soll nicht vor Sonnenuntergang hier sein!«, flüsterte ich ihm zu. »Was, wenn er noch gar nicht im Dienst ist?«

»Dann werden sie es ignorieren.« Er klopfte erneut. »Ich habe schon Steine und allen möglichen Scheiß gegen diese Tür geworfen. Sie ist unzerstörbar, also ist es ihnen egal, was für Geräusche von der anderen Seite kommen.«

»Zeruhn!«, quietschte ich, als ich eine lange Reihe von Wandlern in einheitlichen dunklen Uniformen an den Klippen in der Nähe unserer Höhle entdeckte. Dort würden sie bestimmt unsere Habseligkeiten finden und bald darauf auch uns.

»Ich weiß, Rehauge.« Er schlug wieder viermal mit der Faust gegen die Tür. »Komm schon, verdammter Wandler. Wir brauchen dich jetzt.«

Einer der Wandler, die sich bereits im Labyrinth befanden, blickte auf das Haupttal hinaus. Ich konnte meinen Blick nicht von ihm abwenden und hoffte, dass er uns nicht sehen würde. Aber genau wie ich befürchtet hatte, drehte er sich in unsere Richtung und erstarrte. Während er direkt auf uns zeigte, gab er den anderen ein Zeichen mit der anderen Hand.

»Zeruhn, sie sehen uns!«

Mein Minotaurus hämmerte noch viermal gegen die Tür, bevor er über seine Schulter blickte. »Ariadne, ich will, dass du dich versteckst.«

»Was? Nein, ich werde dich nicht verlassen!«

Die Wandler hatten ihre Tiergestalten angenommen. Wölfe, Großkatzen, Bären, Gorillas und sogar zwei Nashörner stürmten auf uns zu. Der Boden bebte, und furchterregendes Knurren und Brüllen erfüllte das einst so ruhige Labyrinth. Ich hatte keinen Zweifel daran, dass ihr Befehl lautete, uns auf der Stelle abzuschlachten. Gegen so viele hätte nicht einmal Zeruhn eine Chance.

»My Love, du musst fliehen.« Er hämmerte noch einmal gegen die Tür, bevor er sich von ihr abwandte, während er sich dem Ansturm stellte.

»Nein, sie werden dich töten!«, schrie ich.

»Du kannst immer noch rauskommen«, sagte er, jetzt mit dem Gesicht eines Stiers. »Nimm Lago mit. Er hat auch ein Leben in Freiheit verdient. Hol deine Mutter und flieht gemeinsam.«

»Ich habe gesagt, dass ich dich niemals gehen lassen würde!«, rief ich und klammerte mich an seinen Arm. »Und das meinte ich verdammt noch mal ernst!«

Die Wandler würden innerhalb einer Minute bei uns sein. Sie wirbelten eine Staubwolke auf, und ich konnte jetzt einzelne Gesichtsausdrücke erkennen. Ich stählte mich und schlang alle meine Gliedmaßen um meinen Minotaurus. Ich würde ihn nicht allein lassen, um keinen Preis.

»Ariadne«, knurrte Zeruhn, menschlicher Schmerz und Verzweiflung verzerrten seine tierischen Züge. »Ich bin es nicht wert, dass du dich opferst. Geh *jetzt*!«

»Doch, das bist du!«, schrie ich zurück. »Du bist es wert, du bist der Einzige, der es wert ist!«

Mit einem Fluch schob Zeruhn mich hinter sich und stellte sich der Stampede entgegen. Selbst bis zum Ende würde er mich beschützen. Ich drückte meine Arme und mein Gesicht an seinen Rücken und versuchte, mich auf die Wärme seiner Haut und die Kraft seiner Muskeln zu konzentrieren.

»Ich liebe dich«, flüsterte ich gegen seine Wirbelsäule. »Ich meine es ernst.«

Er schaute weiter nach vorn, griff aber mit einer seiner Hände nach hinten, um meine zu ergreifen. Ich hielt mich fest und machte mich auf den schmerzhaften Aufprall gefasst. Das Gebrüll der Tiere schmerzte inzwischen in meinen Ohren und übertönte unseren rasenden Herzschlag und alles andere. Staub trübte die Luft und drang in meine Lunge ein. Sie waren so nah. Jeden Moment war es soweit.

Bumm-bumm-bumm-bumm.

Ich schaute nach der Quelle des Geräuschs und sah, dass Lago mit seinem Fuß gegen die Tür geklopft hatte. Ein grünes Licht lenkte meinen Blick nach oben, und ich traute meinen Augen kaum, als ich sah, dass das Bedienfeld die Farbe gewechselt hatte.

»Zeruhn«, flüsterte ich ungläubig.

Dann glitt die Tür auf.

28

ZERUHN

Ich konnte meinen Blick nicht von der Stampede vor mir abwenden, konnte meine Wachsamkeit nicht vernachlässigen, selbst als ich Ariadne meinen Namen flüstern hörte. Ich liebte sie, aber sie war verdammt töricht, nicht wegzulaufen und sich zu verstecken. Selbst wenn die Horde von Wandlern mich in Stücke reißen würde, hätte sie wenigstens noch eine Chance gehabt.

Sie und ihre Mutter könnten immer noch die Freiheit finden. Sie könnte einen menschlichen Mann treffen, der hoffentlich kein komplettes Stück Scheiße war, und mit ihm eine Zukunft haben.

Der bloße Gedanke daran, selbst als letzter Ausweg, brachte mein Temperament zum Kochen. *Ariadne gehört mir.*

»Zeruhn!«, brüllte sie lauter und ich spürte, wie sie an meiner Taille zerrte, als wolle sie mich zurückziehen.

Ich wagte einen Blick über die Schulter und sah völlig schockiert, dass die Tür offen war. Ein uniformierter Wandler stand über der Schwelle und forderte uns mit einer wilden Geste auf, durchzukommen. Ariadne schnappte sich Lago, und ich brachte die beiden hindurch, bevor ich selbst hineinlief.

Der Wandler schlug auf ein Bedienfeld und die Tür glitt zu. Augenblicke später bebte der gesamte Tunnel durch die Wucht von einem Dutzend riesiger Tiere, die dagegen prallten. Die Krallen kratzten und die Raubtiere auf der anderen Seite brüllten vor Wut. Sie hätten sich auf *uns* gestürzt, wenn sich die Tür nicht geöffnet hätte.

»Danke.« Ariadne sprach zuerst mit dem Wandler, ihre Hand auf der Brust, während sie nach Luft schnappte.

Der Wandler ignorierte sie und starrte mich an. In menschlicher Gestalt sah er aus wie ein Junge, nicht älter als achtzehn, aber mit einer zu großen Statur und zu vielen Muskeln.

»Du bist der verdammte Minotaurus«, stellte er fest, seine Stimme war eine Mischung aus Angst und Ehrfurcht.

Herzlichen Glückwunsch, du hast Augen im Kopf. Ich wurde sauer, aber er hatte uns das Leben gerettet, also dachte ich nach, bevor ich sprach. Die Zeit mit Ariadne hatte mich gelehrt, dass ich meine Worte manchmal mit Bedacht wählen musste, wenn ich mit anderen sprach.

»Ja, mein Name ist Zeruhn«, sagte ich. »Danke.«

»Wo ist Theseus?«, fragte der Wandler und schaute zwischen uns beiden hin und her. »Und warum war eine ganze Armee hinter euch her? Das sind meine Kollegen und jetzt haben sie mein Gesicht gesehen!«

»Dein menschlicher Freund ist tot.« Diesmal dachte ich nicht an nette Worte, sondern kam direkt zur Sache. »Das kommt oft vor, wenn Leute versuchen, mich zu töten.«

Ich dachte, Ariadne würde mich zurechtweisen, aber das tat sie nicht. Sie stand nur unterstützend an meiner Seite, Lago immer noch in ihren Armen.

»Du hilfst uns also bei der Flucht«, sagte sie, aber nicht als Frage formuliert.

»Habe ich denn eine Wahl?«, brummte der Wandler. »Ich bin so oder so tot.«

»Wir verlassen die Stadt mit oder ohne deine Hilfe«, informierte ich ihn.

»Mit mir werdet ihr wesentlich erfolgreicher sein.« Er zuckte mit den Schultern und starrte auf meine Hörner, die an der Tunneldecke kratzten, wenn ich nicht aufpasste. »Kannst du dich wandeln oder bist du«, er deutete auf mich, »so gefangen?«

Ich wandelte mich in einen Menschen und verringerte meine Größe und die Länge meiner Hörner. Der Wandler gestikulierte weiter vor meiner Nase. »Mach weiter. Du musst dich anpassen.«

»Weiter geht's nicht«, sagte ich ihm. »Die Hörner und der Stierschwanz bleiben in dieser Form.«

Seine Augen weiteten sich. »Die ganze Zeit?«

»Ja.«

»Das hilft uns rein gar nicht weiter.« Er rieb sich nervös den Kiefer. »Du wirst auffallen wie ein bunter Hund.«

Ariadne trat einen Schritt vor. »Entschuldigung, wie heißt du?«

»Ich bin Dienstmarkennummer B3N155.«

Sie lächelte sanft. »Ich bin Ariadne. Gibt es einen Namen, den du bevorzugen würdest?«

Er schien von der Frage überrascht zu sein. »Oh. Ähm, Ben. Das hat mich noch nie ein Mensch gefragt.«

»Ben, vielleicht liegt hier eine MWP-Uniform herum, die Zeruhn passen könnte?«, schlug Ariadne vor. »Sie wird die Hörner nicht verbergen, aber vielleicht hilft sie ihm, ein bisschen weniger aufzufallen.«

»Klar, du kannst eine von meinen haben.« Er ging den Tunnel hinunter. »Folgt mir!« Ariadne und ich reihten uns hinter ihm ein und blickten auf die Tür, durch die wir gekommen waren und auf deren anderer Seite es jetzt still war. »Sie formieren sich wahrscheinlich neu«, erklärte Ben, dem unsere Blicke aufgefallen waren. »Sie werden als Nächstes die

Tunnel abriegeln wollen, aber ich habe eine Überbrück-ungsmöglichkeit. Wir müssen uns allerdings beeilen.«

»Darf ich fragen, warum du das tust?« Ariadne musste joggen, um mit dem Wandler Schritt zu halten, und ich trottete hinter ihm her, um neben ihr zu bleiben. »Ich helfe Menschen aus MinoTek raus.«

»Wir Wandler sind nicht so dumm, wie wir uns geben«, sagte Ben in einem leicht abwehrenden Ton. »Für den Staat verhalten wir uns vielleicht wie gut dressierte Tiere, aber wir wissen, dass sie uns als Sklavenarbeiter benutzen. Und für die Menschen ist es auch nicht viel besser. Deshalb haben sich einige von uns im Geheimen koordiniert.«

»Das ist wirklich mutig von dir«, sagte Ariadne. »Etwas so Gefährliches zu tun.«

Ben zuckte mit den Schultern. »Da unsere Lebenszeit nicht besonders lang ist, machen wir das Beste daraus, solange wir noch leben. Die vorherige Generation hat es uns beigebracht, als wir noch Jungtiere waren. Jetzt tun wir, was wir können, bevor wir die Fackel an die nächste Generation weitergeben.« Er bog scharf in einen anderen Korridor ein und öffnete eine kleine Metalltür in der Wand. Aus dem Inneren holte er eine Hose und ein Hemd heraus, die identisch mit der MWP-Uniform waren, die er trug, und hielt sie mir hin. »Hier, zieh das an.«

Ich erinnerte mich an meine Manieren. »Danke.« Ich streifte meine Hose ab, die einzige Hose, die ich je getragen hatte, und zog mir schnell die neue, fremde Kleidung an.

»Das ist das erste Mal, dass ich dich in einem Hemd sehe.« Ariadne lächelte, während sie mich mit dem Finger zu sich lockte. »Komm her, ich helfe dir. Du hast ein paar Knöpfe vergessen.«

»Sind diese Tunnel mit dem MinoTek-Hauptgebäude verbunden?«, fragte ich Ben, während sie das Hemd richtete.

»Ja. Das Labyrinth befindet sich sozusagen in der Mitte der

Regierungsgebäude. Das MWP-Hauptquartier ist weiter den Gang hinunter. Das Gerichtsgebäude ist in dem Haupttunnel, in dem wir gerade waren. Die Parlamentskammern sind in dieser Richtung.«

»Was ist mit den Räumen des Premierministers?«

Ben machte eine lange Pause, bevor er mir antwortete. »Ja, seine Büros liegen direkt neben den Parlamentskammern. Warum?«

»Ich gehe zuerst dorthin.« Ich richtete mich auf, als Ariadne mit meinen Knöpfen fertig war. »Danke, Rehauge.«

»Warte, was?« Ihre Hände verharrten auf dem steifen Stoff meines Hemdes. »Du gehst zum Büro des Premierministers? Warum?«

»Weil ich ihn umbringen werde.«

»*Was?*« Ben schaltete sich ein. »Ich dachte, ihr wolltet fliehen.«

»Wollen wir auch, aber zuerst werde ich ihn töten.«

»Zeruhn.« Ariadnes kleine Fäuste schlossen sich in meinem Hemd, und ich bedeckte ihre Hände mit meinen. »Du musst das nicht tun. Wir können einfach meine Mom holen und verschwinden.«

»Doch, das muss ich, süße Beute.« Ich ließ eine ihrer Hände los, um ihre Wange zu streicheln, und genoss den leidenschaftlichen Blick in ihren stürmischen Augen. »Für dich. Für deine Mutter *und* meine. Für alle, die er in dieser Stadt verletzt hat, muss ich das tun.«

»Das wirst du niemals schaffen«, sagte Ben. »Es gibt mehrere Ebenen mit Sicherheitstüren, bewaffneten Wachen, Kameras und Infrarotsensoren. Sie werden dich schon aus einer Meile Entfernung bemerken.«

»Dann hilf mir.« Ich hob meinen Blick, um ihn anzusehen. »Du kannst die Verriegelung dieser Tunnel außer Kraft setzen. Gibt es noch andere Bereiche?«

Ben seufzte schwer und fuhr sich mit den Fingern durch das

Haar. »Ich meine, ich kann einfache Dinge tun, wie die Kameras in den Verbindungsgängen abschalten. Aber nicht in seinen Büros oder im Parlamentsgebäude, durch das du gehen musst, um zu ihm zu gelangen.«

»Tu, was du kannst. Ich kümmere mich um den Rest.«

Der Wandler schüttelte den Kopf. »Das ist ein Selbstmordkommando, ich hoffe, du weißt das.«

»Der Staat versucht seit zwanzig Jahren, mich zu töten«, sagte ich. »Ich werde nicht zulassen, dass sie heute erfolgreich sind.«

»Zeruhn, bitte ...«

Ariadne stand auf Zehenspitzen und lehnte sich an meine Brust, also hob ich sie hoch, damit wir auf derselben Augenhöhe miteinander reden konnten. Ihre Arme legten sich um meinen Hals und Ben schaute weg, um uns Privatsphäre zu geben, ein weiteres Konzept, das ich kürzlich von ihr gelernt hatte.

»Zeruhn, ich will, dass wir das alle überleben«, flüsterte sie. »Du, ich, meine Mom und Lago. Unsere Chancen sind jetzt schon gering. Bitte riskiere nicht dein Leben für das, was er getan hat.«

»Es wird mein letzter Kill sein«, sagte ich ihr. »Ich werde keine weitere Chance bekommen. Er muss dafür büßen, was er getan hat.«

»Soll doch jemand anders ihn dafür büßen lassen!«

»Du weißt, dass das nicht passieren wird, my Love.« Ich streichelte ihr mit dem Fingerknöchel über die Wange. »Er hat dich zum Tode verurteilt. Er hat deine Mutter und unzählige andere missbraucht. Ich bin der Einzige, der das tun *kann*, Ariadne.«

»Aber ich kann *dich* nicht verlieren!«

»Das wirst du auch nicht.« Ich wischte ihr die Träne von den Wimpern, bevor sie ihre Wange berühren konnte. »Ich werde zu dir zurückkommen, wenn ich fertig bin.«

»Versprich es mir, Zeruhn. Und lüg mich verdammt noch mal nicht an.« In all ihrer Angst und Sorge tobte der Sturm in ihren Augen weiter. Diese Stärke, die sie in sich trug, die Kraft unter ihrer zarten Oberfläche, das war es, was mich gefangen hielt. Und sie war der Grund, warum ich Erfolg haben würde.

Ich stellte sie auf dem Boden ab, bevor ich vor ihr auf die Knie ging und ihre Hände in die meinen nahm.

»Ich werde ein letztes Mal für dich töten«, sagte ich. »Ich werde es schaffen und zu dir zurückkehren. Ich verspreche es, Ariadne. Ich bin nicht imstande, dich zu belügen, denn ich gehöre zu dir.«

Ben räusperte sich. »Ich unterbreche nur ungern, aber wir müssen los. Sie haben bereits die Tunnel versiegelt und warten wahrscheinlich an mehreren Stellen auf uns, also ...«

Ariadne warf ihre Arme in einer engen, verzweifelten Umarmung um mich und küsste meinen Mund gleichermaßen verzweifelt. »Ich wünschte, ich könnte dich aufhalten.«

»Nach dem hier kannst du das«, sagte ich und drückte sie an meine Brust. »Wenn das hier vorbei ist, kannst du mit mir machen, was du willst.« Ich grinste, damit sie sich etwas wohler fühlte. »Wenn wir weg sind, will ich alles darüber hören, was du mit mir machen willst.«

Sie zwang sich zu einem Lachen und hielt sich selbst dann noch an mir fest, als sie sich entfernte. »Das ist der Zeruhn, den ich kenne.«

Ich kam wieder auf die Beine, während wir uns widerwillig trennten und unsere Finger sich als letzte voneinander lösten. »Wo treffen wir uns?«, fragte ich Ben.

»Es gibt eine Feuerleiter unter dem Erkerfenster des Büros des Premierministers«, sagte er. »Das ist deine beste Chance, hier rauszukommen. Wir warten am Fuße der Treppe auf dich.«

»Gut. Und du öffnest die Gänge und schaltest die Kameras aus?«

»Nur in den Fluren, die die Gebäude verbinden«, erinnerte er mich. »Nicht in den Gebäuden selbst. Wir gehen zuerst in den Kontrollraum, dort sollte ich sowieso gerade sein. Ich kann dafür sorgen, dass du zum Parlamentsgebäude kommst, aber danach bist du auf dich allein gestellt.«

»Danke. Ich werde mir schon was einfallen lassen.« Ich hatte keine andere Wahl.

Lago klopfte mit einem Fuß auf den Boden, das Geräusch war seltsam und metallisch, bevor Ariadne ihn wieder in ihre Arme nahm.

»Du weißt, was du zu tun hast«, sagte ich und kratzte ihn noch einmal am Ansatz seiner Ohren. »Beschütze sie mit deinem Leben! Erstich jeden, der versucht, sich mit dir anzulegen!«

Seine Nase zuckte, und er bewegte ein Ohr, um mir mitzuteilen, dass er verstanden hatte.

Ich sah noch einmal zu Ariadne, und sie begegnete meinem Blick mit einer Mischung aus Angst und Entschlossenheit. Meine schöne, tapfere Frau. Ich beugte mich zu ihr hinunter und küsste sie ein letztes Mal. »Ich werde bald wieder bei dir sein. Das verspreche ich.«

»Das will ich für dich hoffen.« Ihre stählerne Stimme brachte mich zum Lächeln.

»Viel Glück«, sagte Ben und klang nicht besonders hoffnungsvoll.

»Dir auch«, erwiderte ich. Mit diesen Worten wandten wir uns ab und gingen in entgegengesetzte Richtungen.

Ich schritt durch den Korridor, der zum Parlamentsgebäude führte, und versuchte, mich zu verhalten wie ein Wandler-Polizist, der seine Aufgabe zu erfüllen hatte und genau wusste, wohin er ging. Ich wusste nicht, wie die oberirdische Typografie aussah, aber dieses Tunnelsystem musste unterirdisch sein. Es gab keine Fenster, nur Lichter an der Decke und am Boden, die den Weg beleuchteten. Von irgendwoher zirkulierte Luft, aber sie wirkte schal in meinen Lungen. Es war nicht wie die frische Luft im Labyrinth.

Unbehagen juckte unter meiner Haut. Ich mochte keine engen Räume. Sie erinnerten mich zu sehr an das Labor, in dem ich gefangen gehalten worden war. Ein kleiner Teil von mir sehnte sich danach, in das Labyrinth zurückzukehren, zurück in mein stinknormales Leben des Überlebens und Tötens. Dort hatte ich mich zwar wohl gefühlt, aber auch unendlich gelangweilt.

Dann änderte eine menschliche Frau alles für mich, und hier war ich nun. Eine Zukunft mit Ariadne war zum Greifen nah, und kein Klaustrophobietunnel würde mich dazu bringen, das aufzugeben. All das durchzustehen, in dem Wissen, dass sie am Ende sicher bei mir sein würde? Das machte die Sache mehr als einfach.

Der Tunnel schien in einer Sackgasse zu enden, wo eine glatte Metallwand den Weg versperrte. Innerhalb von Sekunden öffnete sie sich mit einem leisen Zischen. Bevor ich hindurchging, bemerkte ich das Kameraobjektiv in der oberen rechten Ecke der Decke. Das blinkende rote Licht erlosch kurz nachdem die Tür geöffnet wurde.

»Danke, Ben«, murmelte ich und setzte meinen Weg fort.

Ich war allein und der Korridor war still, bis auf das Geräusch meiner Stiefel auf dem Boden. Trotzdem blieb ich wachsam, denn ich wusste, dass ich jeden Moment auf die Wandler treffen könnte, die versucht hatten, uns im Labyrinth zu überrennen. Sie warteten sicher an verschiedenen Ausgängen. Ich hoffte, sie würden nicht mitbekommen, dass Ben die Türen außer Kraft gesetzt und die Kameras abgeschaltet hatte.

Er und Ariadne wären sicherer gewesen, wenn ich bei ihnen geblieben wäre. Aber ich konnte den Premierminister nicht einfach am Leben lassen, *nicht* nach allem, was er getan hatte. Hätte ich sie mitnehmen sollen? Nein, denn dann hätte Ben die Türen nicht kontrollieren können.

Es war ein kleiner Trost zu wissen, dass dies der bestmögliche Plan war, auch wenn meine menschliche Seite sich danach sehnte, in Ariadnes Nähe zu sein. Bei mir wäre sie am sichersten, immer.

Aber das Raubtier in mir würde nicht eher gestillt werden, bis derjenige, der für ihr Leid verantwortlich war, tot war. Hätten wir die Stadt sofort verlassen, wäre ich mit dem ersten Boot zurück nach MinoTek gefahren, um diese Aufgabe zu erledigen. Ich würde nicht schlafen, essen oder mich auf eine friedliche, liebevolle Zukunft mit meiner Ariadne konzentrieren können, bis das erledigt wäre.

Ben öffnete zwei weitere Türen für mich, bis ich zu einer kam, auf dessen Oberfläche MINOTEK PARLAMEN-TARISCHE KAMMERN eingraviert waren. Ich inspizierte die Wände neben der Tür und fragte mich, ob es dort ein elektron-isches Bedienfeld gab, das ich manuell überbrücken konnte. Als ich nichts fand, fuhr ich mit den Fingern den schmalen Spalt zwischen Tür und Wand entlang. Wenn nicht, könnte ich das Ding einfach aufhebeln. Das wäre zwar nicht der unauffäl-ligste Weg nach drinnen, aber ich hatte kaum andere Möglichkeiten.

Ohne mein Einwirken glitt die Tür plötzlich auf und gab den Blick auf vier Wandler-Polizisten frei, die mit Gewehren, Schlagstöcken und Schilden bewaffnet waren.

»Minotaurus!«, zischte einer von ihnen, bevor das Chaos ausbrach.

Sie kamen auf mich zu und ich griff zuerst nach den Waffen, da ich wusste, dass diese am wichtigsten waren. Allein durch pures Glück konnte ich einen von ihnen überwältigen – er hatte nicht damit gerechnet, dass ich auf seine Waffe losgehen würde. Keiner ahnte, dass ich einmal eine ganze Gebrauchsanweisung für Schusswaffen gelesen hatte, die in das Labyrinth geworfen worden war, und mich an jedes Wort erinnern konnte.

Ich drehte die Waffe um, richtete sie wieder auf sie, holte weit aus und feuerte ein paar wahllose Schüsse ab. Den, dem ich die Waffe abgenommen hatte, traf ich in die Schulter. Er musste eine Schutzweste getragen haben, denn er zuckte nur einmal knurrend zurück und griff sich an die Schulter.

Sie umzingelten mich immer noch, aber angesichts der Waffe in meiner Hand waren sie jetzt vorsichtiger. Meine Gedanken kreisten um mögliche Optionen und Resultate. Ich wollte diese Wandler nicht umbringen. Ich hatte Ariadne gesagt, dass es nur einen weiteren Kill geben würde. Aber wenn sie versuchten, mich von meinem ultimativen Ziel abzuhalten, würde ich tun, was ich tun musste.

Ich war mir auch nicht sicher, wie dieser Kampf ausgehen würde. Das waren ausgebildete Polizisten im besten Alter, eine frische, junge Generation. Diejenigen, gegen die ich im Labyrinth gekämpft hatte, waren am Ende ihrer Lebensspanne, ihr Körper und ihr Geist waren bereits irreparabel geschwächt.

»Widersetze dich nicht der Verhaftung, Minotaurus«, sagte der andere mit einer Waffe. »Komm friedlich mit uns mit.«

War es wichtiger, mir Zeit zu verschaffen oder die Sache schnell hinter mich zu bringen? Wahrscheinlich die zweite Option, aber das brauchten sie nicht zu wissen.

Ich senkte den Lauf meiner Waffe ein paar Zentimeter, als ich im Augenwinkel eine Bewegung wahrnahm. Ich drehte mich gerade um, als ein Wandler mit einem Schlagstock nach meinen Beinen schlug. Der Schlag traf mich, während ich auf seinen Kopf schoss, und er fiel tot zu Boden. Mein Knie pochte vor Schmerzen, aber ich konnte immer noch Gewicht auf das Bein legen, während ich mich drehte und auf die anderen Wandler schoss. Dieser Treffer hätte einem Menschen die Kniescheibe zertrümmert, aber er war nicht annähernd genug, um mich zu Fall zu bringen.

Diese Wandler mussten gepanzert sein, denn sie hielten mehrere Schüsse in den Oberkörper aus, ohne zu Boden zu gehen. Ich versuchte, auf ihre Köpfe zu zielen und schaltete auf diese Weise einen weiteren Schlagstockträger aus, aber dann klickte meine Waffe mit einem leeren Schuss.

Mein Gegner mit der Waffe grinste grausam, als er auf meine Brust zielte, und ich war gezwungen, in Sekundenbruchteilen eine Entscheidung zu treffen. *Tut mir leid wegen deiner Kleidung, Ben.*

Ich wandelte mich so schnell ich konnte und schloss den Abstand zwischen mir und dem Wandler mit einem einzigen, mächtigen Schritt. Er feuerte einen Schuss ab, und ich spürte einen brennenden Schmerz in der Nähe meiner Hüfte. Ich brüllte ihm ins Gesicht und schlug die Waffe weg. Er brüllte zurück und wandelte sich in einen voll entwickelten Stier.

Noch nie zuvor hatte ein anderer Stier seine Hörner nach mir geschwungen, und er verfehlte mich nur knapp, als ich ihm auswich. Bei seinem nächsten Schwung war ich bereit. Ich packte die Hörner und drehte seinen Kopf weg, aber der Bastard war stärker, als ich erwartet hatte. Er schüttelte seinen Kopf hin und her, doch ich hielt mich fest und stellte meine Füße breiter auf.

Ein schwerer Schlag traf mich in den Rücken und ich brüllte vor Schmerz. Es gab noch ein weiteres Arschloch mit einem Schlagstock, um das ich mich kümmern musste. Mit all meiner Kraft und dem nötigen Schwung packte ich die Hörner des Bullen, drehte meinen ganzen Körper und schleuderte den Bullen in den anderen Wandler. Sie prallten zusammen und rutschten über den Boden, ein Durcheinander von Armen, Beinen, Hörnern und Hufen. Ich hob die Waffe auf, die der Wandler hatte fallen lassen, als er sich gewandelt hatte, und schoss ohne zu zögern auf die beiden. Ich schoss, bis das Gewehr leer war und sie sich nicht mehr bewegten, bis auf das Blut, das sich langsam um sie herum sammelte.

Höchstwahrscheinlich waren auch sie Opfer des Staates, die für einen bestimmten Zweck geschaffen und ausgebildet waren und keine Wahl hatten. Ich hatte immer versucht, andere Wandler schnell zu töten. Ihr Tod ging mir nicht so leicht von der Hand wie der meiner menschlichen Opfer. Nur wegen der

Menschen waren sie so. Ein paar wenige waren wie Ben, so schien es. Aber die meisten wussten es nicht besser.

Sosehr ich auch verschnaufen und meine Verletzungen untersuchen wollte, ich durfte keine Zeit verlieren. Ich drehte mich um und hielt mir die blutende Seite, während ich meine neue Umgebung begutachtete. Dies war kein Korridor mehr, sondern ein einzelner, großer, offener Raum mit einer hohen, gewölbten Decke. Der Boden war aus glattem, poliertem Stein, in dem sich die vielen Oberlichter spiegelten. Dieser Raum fühlte sich fast so groß an wie das Haupttal des Labyrinths, war aber deutlich begrenzter.

Über den Türöffnungen befanden sich Schilder, die ich schnell nach Anhaltspunkten für meinen weiteren Weg musterte. PARLAMENTSSAAL. PARLAMENTSBÜROS. MWP-HAUPTQUARTIER. KORRIDOR DES GERICHTSGEBÄUDES. BÜRO DES PREMIERMINISTERS.

Ich steuerte sofort auf den letzten Eingang zu und war so sehr auf meine Aufgabe konzentriert, dass ich nicht bemerkte, wie sich die Tür des MWP-Hauptquartiers öffnete, bis eine Welle von Wandlern aus ihr herausströmte.

»Blockiert alle Ausgänge! Versiegelt die Tür des Premierministers!«, rief ihr Anführer.

Die uniformierten Beamten schwärmten aus und umzingelten mich von allen Seiten. Ich drehte mich im Kreis und knurrte wie ein gefangenes Tier – was ich auch war. Jeder von ihnen trug einen langen Schild, von dem ich annahm, dass er kugelsicher war. Ich hatte zwar keine Munition mehr, aber ich trug immer noch die Waffe.

Meine Augen huschten umher, als die Wandler auf mich zukamen. Von der Schnittwunde an meiner Seite lief Blut an meinem Bein hinunter, und ich sah, wie einige von ihnen es gierig beäugten. Mit jeder Sekunde wurde der Abstand zwischen mir und den Wandlern kleiner. Trotzdem hielt ich die

Waffe quer über meinen Körper und drehte mich herum, um zu sehen, wer zuerst versuchen würde, mich fertigzumachen.

»Ergib dich, Minotaurus!«, sagte einer von ihnen.

Das würde nie passieren. Nicht einmal, wenn es hundert von ihnen und einen von mir gäbe. Selbst wenn sie mir alle Gliedmaßen brechen würden, würde ich immer noch einen Weg finden, zum Premierminister zu kriechen und ihn zu töten. Ariadne hatte nicht weniger verdient.

Jemand stürzte sich auf mich, und ich schwang die Waffe und schlug ihm den Kolben gegen den Schädel. Mehrere Wandler sprangen auf meinen Rücken und ich warf mindestens einen mit meiner freien Hand ab. Ein anderer sprang und ich winkelte meinen Kopf an, um ihn mit meinen Hörnern aufzuspießen. Dutzende von Händen, die genauso stark waren wie meine, umklammerten meine Arme, meine Taille und meinen Hals.

Ich dachte an Ariadne – an die Liebe und die Sorge in ihrem Gesicht, als sie mich versprechen ließ, zurückzukommen – und brüllte meine Wut hinaus. Meine Arme und mein Kopf schwangen und kämpften darum, sich zu befreien, aber für jeden Wandler, den ich abschüttelte, kamen drei neue.

Ein Schlag landete auf meinem Kopf, entweder mit einer Faust oder einem Schlagstock, ich wusste es nicht. Aber meine Sicht verdunkelte sich, und ich spürte, wie mir das Bewusstsein entglitt.

Nein! Ich habe es ihr versprochen ...

Ein weiterer Schlag folgte und dann verschluckte mich die Dunkelheit.

29

ZERUHN

Ich wachte langsam auf, mein Kopf hämmerte mit einem schrecklichen Schmerz. Mein Körper fühlte sich so schwer an, als wäre ich aus Zement. Warum konnte ich mich nicht bewegen?

Als ich die Augen aufschlug, sah ich ein einzelnes blendendes Licht an der Decke. Ich war in menschlicher Gestalt, so viel wusste ich. Aber als die Wandler angegriffen hatten, war ich in Stiergestalt gewesen. Ich hatte mich noch nie bewusstlos gewandelt, daher war das hier mehr als seltsam.

Ich hatte Schmerzen, war orientierungslos und verwirrt. Aber ich war am Leben, was bedeutete, dass ich meine Aufgabe noch erfüllen und Ariadne wiedersehen konnte.

Der Gedanke bestärkte mich in meiner Entschlossenheit, und ich bewegte meine Glieder, um herauszufinden, warum ich mich so schwer fühlte. Es wurde mir klarer, als ich das Klirren von Metall hörte. Ketten.

Alles, was ich bisher erkennen konnte, war, dass sich Metallschellen um meinen Hals, meine Handgelenke, meine Ellbogen, meine Taille und meine Knöchel schlangen. Kettenglieder verbanden sie alle miteinander und hüllten mich in diese kalte, schwere Last. Diese ganzen Fesseln waren zwar lästig, aber nicht unzerstörbar.

Welche Richtung war oben? Das war wichtig zu wissen.

Ich spürte den Boden unter meinen Füßen und etwas Festes unter meinem Hintern. *Ich sitze auf einem Stuhl. Okay, alles klar.*

»Na, orientierst du dich, Zero-Nine?«

Mein Kopf drehte sich zu der Stimme und mein Adrenalinspiegel stieg. Wie hatte ich nicht gemerkt, dass noch jemand hier war?

Ein älterer Mann saß mir gegenüber, wobei sein Stuhl wesentlich bequemer aussah als meiner. Er schien aus Leder zu sein und hatte eine hohe Rückenlehne, die fast einen halben Meter über dem Kopf des Mannes ragte. Dieser Mensch war entweder besonders klein oder der Stuhl besonders groß.

Er trug einen maßgeschneiderten Anzug, der Simon Gibbs ähnelte, bis hin zu der MT-Anstecknadel an seinem Revers.

»Wer bist du?«, forderte ich und zerrte an meinen Fesseln.

Der Mann lachte leise und mit einer Leichtigkeit, die mir auf die Nerven ging. »Mir wurde gesagt, dass du mich sehen willst.« Er streckte seine Hände zur Seite aus. »Also, hier bin ich. Was möchtest du besprechen, Prototyp Zero-Nine?«

»*Du* bist Premierminister Minos?« Ich wusste nicht, was ich erwartet hatte, aber sicher nicht einen Mann, der wahrscheinlich kleiner als Ariadne war und von einem Stuhl in den Schatten gestellt wurde.

»Das bin ich. Leider hatte ich noch keine Gelegenheit, das Labyrinth zu besuchen, seit es dein Reich ist.« Minos hob eine blasse Augenbraue. »Die Umstände deiner Festnahme lassen darauf schließen, dass du mit deiner Situation dort nicht mehr zufrieden bist?«

Ich ignorierte ihn und zerrte weiter an meinen Fesseln. Wir waren nur zu zweit in dem Raum, was dumm von ihm war. In dem Moment, in dem ich mich befreien würde, würde er sich nur noch wünschen können, dass seine Leiche so schön aussähe wie die seines Freundes im Labyrinth.

»Mach dir keine Mühe«, sagte er in einem gelangweilten Tonfall. »Aus denen kommst du nicht mehr raus.«

Ich konnte es mir nicht verkneifen, zu lachen, und riss mit meinem rechten Arm so fest ich konnte an den Ketten. Die Handschellen gruben sich schmerzhaft in meine Haut und die Ketten wurden straff, aber sie rissen nicht.

»Was?«, murmelte ich ungläubig.

»Du wurdest unter Drogen gesetzt«, informierte mich Minos. »Deine Kraft beträgt nur etwa sechzig Prozent von dem, was sie sein sollte. Oh, und ich weiß, dass du in deiner zweiten Form stärker bist, also kannst du dich vorerst auch nicht wandeln.« Er schenkte mir ein spöttisches Grinsen. »Also, wollen wir reden?«

Ich konzentrierte mich auf die Wandlung und wollte, dass meine tierische Seite die Oberhand gewann, aber sie reagierte schlichtweg nicht. Diese Seite von mir war leise, wenn nicht sogar gespenstisch still. Es war, als würde ich meinem Körper sagen, er solle mit den Fingern wackeln, aber sie taten nichts.

Dieser feige kleine Mann. Wütend und zähnefletschend richtete ich meinen Blick auf ihn. Oh, dafür würde er bezahlen. Schon bald würde ich ihm den selbstgefälligen Blick aus dem Gesicht wischen und seine Schreie genießen. Ich musste mir nur einen Weg überlegen.

»Was willst du?«, fragte ich.

Er zuckte mit den Schultern und deutete mit einer Hand auf mich. »Du hast doch mit allen Mitteln gekämpft, um in meine Kammern zu gelangen, also warum sagst du es mir nicht?«

»Ich wollte dich töten.« Es hatte keinen Sinn, zu lügen. Es würde so oder so passieren.

Minos schien nicht beunruhigt zu sein. »Du bist einer von vielen«, sagte er mit einem spöttischen Lächeln. »Aber normalerweise sind es die Ratten aus den unteren Schichten, die so dreist sind, mir nach dem Leben zu trachten. Ich dachte, du fühlst dich im Labyrinth wohl. Hat sich etwas geändert, Zero-Nine?«

»Ja«, gab ich zu. »Du hast einen deiner Handlanger geschickt, um sicherzustellen, dass ich Ariadne Saavas töte. Deine Tochter.«

»Und du scheinst dich hartnäckig zu weigern, die einzige Aufgabe zu erledigen, für die du gemacht bist.« Er veränderte seine Position auf seinem Stuhl, völlig entspannt. Diese Arroganz war für mich verblüffend. Er schien von dem, was ich sagte, völlig unbeeindruckt zu sein. »Wir könnten dich einfach entsorgen, aber du bist nicht leicht zu reproduzieren, Zero-Nine. Dein genetischer Bauplan wurde von einem inkompetenten Labortechniker gelöscht. Wir haben versucht, dich zu klonen, aber deine Gewebeproben reagieren nicht auf die Wachstumshormone.« Er gluckste wieder. »Dickköpfig wie ein Stier, genau wie du.«

Ich ließ ihn weiterreden, während meine Handgelenke an den Handschellen und Ketten hinter meinem Rücken zerrten. Fuck! Egal, in welche Richtung ich zog, ständig schränkte ein weiteres Stück Kette meine Bewegungsfreiheit ein. Ich versuchte auch immer wieder, mich zu wandeln, um zu sehen, ob irgendein Teil meines Bullen aufwachen würde, aber ich spürte ihn nicht einmal richtig in mir.

»Du magst ein gescheiterter Prototyp gewesen sein, aber du hast dich doch als nützlich erwiesen«, fuhr Minos fort. »Du kannst dem Staat immer noch nützlich sein. Wie alt bist du jetzt, in deinen Dreißigern? Ungewöhnlich für einen Wandler! Ich wette, in deinen Genen steckt eine Fülle von Informationen. Mehrere Labore haben angefragt, um dein Gehirn zu untersuchen, weißt du?«

»Lieber sterbe ich im Labyrinth, als dass wieder an mir experimentiert wird«, zischte ich und lehnte mich so weit wie möglich zu ihm hin. Ich hätte nicht darauf reagieren sollen, aber das war ein wunder Punkt für mich. Er musste das gewusst haben, denn er lächelte noch breiter.

»Die Entscheidung liegt nicht bei dir«, sagte er finster. »Niemand hat gedacht, dass du so lange durchhältst, also muss es in deinem gehörnten Kopf noch viel zu lernen geben.«

»Du willst kein Wissen«, fauchte ich. »Du willst Kontrolle. Das ist es, was diese Stadt ausmacht. ID-Chips in allen Säuglingen? Experimente an schwangeren Frauen, um Wandlersoldaten zu schaffen? Du willst deine Skandale unter den Teppich kehren und dafür unschuldige Menschen zum Tode verurteilen?« Ich schüttelte angewidert den Kopf. »Ihr Menschen seid so erbärmlich. Ihr seid erst zufrieden, wenn ihr alles getan habt, um euch über alle anderen zu stellen.«

Der Premierminister schnalzte mit der Zunge. »So intelligent für einen Wandler und doch so kurzsichtig. Das Ziel ist Innovation, mein Sohn. Jeden Tag erweitern wir das, wozu die Menschheit fähig ist. Bevor mein Vater Premierminister wurde, entdeckte seine Firma das Heilmittel für Krebs! Niemandem außer MinoTek ist das bisher gelungen. Jetzt können unsere Bürgerinnen und Bürger krebsfrei leben!«

»Wenn sie es sich leisten können«, konterte ich. »Ich wurde mein ganzes Leben lang von eurer *perfekten* Gesellschaft ausgegrenzt und selbst ich kann sehen, dass sie durch und durch verrottet ist. Nur diejenigen, die dir am nächsten stehen, haben Zugang zu solchen Behandlungen, während andere mit leichter zu behandelnden Krankheiten wie Arthritis kämpfen müssen.«

Meine Lebenserfahrung war auf das Labor und die Isolation im Labyrinth beschränkt. Von dem, was ich gelesen hatte, hatte ich eine gewisse Vorstellung von den Klassenunterschieden unter den Menschen, aber Ariadne hatte mir die Augen dafür geöffnet, wie schrecklich es wirklich war.

Minos winkte abweisend mit der Hand. »Im Leben gibt es nichts umsonst, mein Sohn. Diejenigen, die sich nicht verbessern wollen, haben keinen Anspruch auf die schönen Dinge.«

»Sie können sich nicht bessern, wenn du ihre Eltern, Söhne und Töchter wegen erfundener Verbrechen ins Labyrinth schickst! Oder wenn du und deine Gefolgsleute Frauen zum Spaß angreift!«

Er seufzte, als wäre er enttäuscht von mir. »Ich wollte dir einen Posten als Vertreter der Wandler anbieten, aber es scheint, dass du dich mit denen verbündet hast, die gegen mich rebellieren wollen. Alle Bürger von MinoTek müssen in Reih und Glied gehalten werden, damit der Staat gedeihen kann. Diejenigen, die sich nicht daran halten, müssen eliminiert werden.«

Er griff in seine Manteltasche und holte eine Spritze hervor. Sie war mit der gleichen dicken, dunklen Substanz gefüllt wie die, die Ariadne mir gezeigt hatte. Ich atmete tief durch meine Nasenlöcher ein. Ich konnte mir jetzt keine Panik leisten. Ich musste klar denken, musste einen Weg zurück zu ihr finden.

Die Verzweiflung war jedoch schwer zu ignorieren. Ich konnte mich kaum bewegen und nicht wandeln. Dieser feige Mann sorgte dafür, dass er so sicher wie möglich sein konnte, wenn er mit mir allein war. *Komm schon, Zeruhn. Benutze doch einmal dein verdammtes Superhirn.*

»Normalerweise bin ich kein Typ, der selbst Hand anlegt«, sagte der Ministerpräsident, als er die lange Nadel entkappte. »Aber das wollte ich unbedingt selbst machen.« Er gluckste, als er sich vom Stuhl erhob und damit bewies, dass er tatsächlich kleiner war als Ariadne. »Ich werde als Minotaurus-Killer bekannt sein.«

Mit der freien Hand krempelte er seinen Ärmel hoch und hielt die Spritze senkrecht in die Luft. Sein Daumen ruhte auf dem Ende des Kolbens. Ich konnte nur an Ariadne denken und daran, wie sehr sie mich mit Vertrauen und Dankbarkeit erfüllt hatte, als sie mir die Spritze auf die Handfläche gedrückt hatte.

Ich habe es ihr versprochen. *Was würde mein schlaues Rehauge in dieser Situation tun?*

Ich musste daran denken, wie sie sich den ID-Chip aus ihrem eigenen Arm geschnitten hatte. Sie hatte sich auf die Lippe gebissen, um den Schmerz zu bekämpfen, und ihre stürmischen Augen waren wild und entschlossen gewesen, es durchzuziehen.

Da kam mir eine Idee, und ich rollte mein linkes Handgelenk, um die Theorie zu testen. Ja, es war möglich. Es würde höllisch wehtun, aber ich könnte es schaffen.

»Man wird mich als Held feiern«, fuhr der Premierminister fort, als er sich näherte. Er umkreiste mich langsam, als wolle er den Moment auskosten. »Sogar diese degenerierten Wesen unten in den Slums werden ihre Beschwerden über mich überdenken und erkennen, dass sie für einen so großzügigen, wohlwollenden Führer wie mich dankbar sind. *Ich* bin derjenige, der sie in Sicherheit bringt.«

Er hielt an meinem Rücken inne. Der Feigling konnte mir nicht einmal in die Augen sehen, als er vorhatte, mich hinzurichten.

Eine trockene, brüchige Hand legte sich in meinen Nacken, und dann handelte ich.

Ich lehnte mich in die linke Handschelle und ertrug den Schmerz und das Schneiden des Metalls durch meine Haut, bis die Knochen knackten. Die Intensität des Schmerzes verschaffte mir Klarheit, Präzision und Konzentration, als ich mein gebrochenes Handgelenk aus der Handschelle löste und meinen Ellbogen nach oben und zurückstieß, um das Gesicht des Premierministers zu treffen.

»Ahh!« Er ging zu Boden und ließ in seiner Überraschung die Spritze fallen. Ich hatte zwar nicht mehr meine volle Kraft, aber ich war immer noch stärker als ein alter Mann.

Da mein linker Arm nun frei war, abgesehen vom gebrochenen Handgelenk, konnte ich mich aus den verbleibenden

Ketten herausmanövrieren. Meine linke Hand war blutverschmiert, und der Schmerz pochte meinen Arm hinauf. Das schürte mein Adrenalin und meine Wut, während ich meine Schulter und meinen Unterarm benutzte, um den Rest der Ketten zu zerreißen, die mit dem Stuhl und dem Boden verbunden waren. Ich hatte immer noch Handschellen um meine Beine und meine Taille, aber das machte nichts. Ich war frei.

Ich kickte die Spritze von der zitternden, ausgestreckten Hand des Premierministers weg und trat dann schnell auf seine Hand. Meine Wandlung reagierte immer noch nicht, also konnte ich seine Hand leider nicht vollständig unter einem meiner Hufe zerquetschen. Seine Schreie waren befriedigend, auch wenn sie nicht wie erhofft im ganzen Raum widerhallten.

»Schalldichte Wände?«, bemerkte ich und schaute mich um. »Interessant. Das ist also ein spezieller Folterraum?«

Minos brabbelte und jammerte weiter, bis ich meinen Fuß von seiner Hand nahm, die er dann fest an seine Brust drückte. Er rollte sich wie ein Fötus auf dem Boden zusammen, erbärmlich und hilflos. Ich hob die weggerollte Spritze auf und betrachtete sie in meiner guten Hand, während er in eine hintere Ecke des Zimmers krabbelte.

»Schade, dass ich mich nicht wandeln kann«, sinnierte ich, den Blick auf das Gift in der Spritze gerichtet, das hin und her kippte, während ich sie in meiner Hand schwenkte. »Ich hätte dich gern in Stücke gerissen und gespürt, wie dein Blut an meinen Hörnern heruntertropft. Ich hatte gehofft, die Löcher in deinem Körper und den Schmerz in deinem Gesicht sehen zu können.«

»Du bist komplett geisteskrank, verdammt!«, fauchte der Premierminister aus seiner Ecke.

»Vielleicht, aber was hast du erwartet?«, fragte ich. »Ich bin seit zwanzig Jahren deine Tötungsmaschine.«

Er war blass, zitternd und verängstigt und versuchte, sich in der hintersten Ecke so klein wie möglich zu machen. Die schwächste Beute, nicht einmal wert, gejagt zu werden.

»Ich nehme an, mein letzter Kill sollte anders sein.« Ich drückte meinen Daumen gegen den Stößel. »Er sollte eine Kostprobe deiner eigenen Medizin sein.«

Das brachte den Premierminister von MinoTek dazu, in Richtung Tür zu rennen, aber ich war schneller. Ich drückte ihn mit dem Arm gegen die Wand und versenkte die Nadel in seinem Hals.

Ich konnte schon sehen, wie das Nervengift seine Wirkung entfaltete, bevor ich den Kolben ganz heruntergedrückt hatte – die Adern in seiner Wange und seinem Kiefer wölbten sich, als das Gift die Hauptschlagader in seinem Hals überflutete. In seinen Augen platzten Blutgefäße und er zuckte unkontrolliert.

Als die Spritze leer war, ließ ich ihn los und richtete mich auf. Die lange Nadel steckte noch in seinem Hals, und ich ließ sie da. Sollen seine Leute doch erfahren, was passiert war. Er war wahrscheinlich schon tot, bevor ich aufstand, wenn man bedachte, dass die Dosis für jemanden von meiner Größe und meinen Fähigkeiten gedacht gewesen war.

Ich versuchte, die Tür mit meiner guten Hand zu öffnen und brach den verrosteten Riegel leicht auf. Interessant. Wo war dieser Ort, an dem die Sicherheit so nachlässig war?

Als ich die Tür öffnete, drehte sich ein einzelner Wandler um und ich verpasste ihm einen Schlag ins Gesicht. In seinem verblüfften Moment, der gleich darauf folgte, knallte ich seinen Kopf gegen die Außenwand. Er ging zu Boden, wie ein Sack Ziegelsteine, während ich schnell seine Taschen durchwühlte.

»Ja«, flüsterte ich siegreich, als ich die Schlüssel für die Handschellen fand, und entfernte eilig die restlichen Fesseln.

Mein linkes Handgelenk war im Arsch, aber ich hatte keine Zeit, es zu verbinden. Ich hielt es dicht an meinen Körper und knirschte mit den Zähnen gegen den Schmerz an, während ich versuchte herauszufinden, wo ich war.

Das Gebäude, in dem ich war, war eine kleine Hütte, und jetzt war ich draußen. Die Nachtluft war feucht, und es war nicht viel zu sehen. Ein paar hundert Meter weiter stand eine andere Hütte, und dahinter war eine Art Backsteinmauer. Über die Mauer hinweg sah ich Strommasten und die verschwommenen Lichter der Stadt durch den Smog. Aus der Ferne konnte ich Sirenen hören, wahrscheinlich auf der Suche nach Ariadne.

Das hieß, falls sie und Ben noch nicht erwischt worden waren.

Fuck, ich wusste nicht einmal, wie viel Zeit vergangen war oder ob es überhaupt derselbe Tag wie unsere Flucht war.

Ich eilte zu der Mauer und versuchte abzuschätzen, wie leicht ich sie erklimmen konnte. Sie war nicht höher als die kurzen Klippen, die ich sonst im Labyrinth erklomm, also dachte ich, dass der Aufstieg leicht sein sollte. Ich drückte meinen verletzten Arm an meinen Körper, sprang und griff mit der guten Hand nach der Kante und versuchte, nicht zu schreien, als mein Handgelenk den abgenutzten Stein streifte.

Ich zog mich hoch und spürte, wie meine alte Kraft zurückkehrte, obwohl ich mich immer noch nicht wandeln konnte. Auf der Mauer hockend, ließ ich meinen Blick über die ganze Stadt schweifen, um herauszufinden, wo ich mich befand. Ich kannte mich draußen nicht aus und musste irgendwie Ariadne und Ben vor dem Büro des Premierministers treffen.

Wolkenkratzer säumten den Horizont, und ich blinzelte, um mich an die Gebäude zu erinnern, über die ich gelesen und von denen ich Bilder gesehen hatte. Von all den wahllosen Fakten, Zahlen und Theorien, die ich in mein Gehirn gepumpt hatte, schien mir das, was ich im Moment am dringendsten wissen musste, zu fehlen.

Das Gerichtsgebäude! Das Wiedererkennen der hohen, weißen Säulen traf mich wie ein Tritt in die Brust, ließ mein

Herz höher schlagen und die Dringlichkeit, zu meinem Rehauge zurückzukehren, wiederkehren.

Der Hauptkorridor aus dem Labyrinth führte direkt zum Gerichtsgebäude, das von Norden nach Süden ausgerichtet war, was bedeutete ...

Ich lächelte, als ich den Standort des Büros des Premierministers ausfindig gemacht hatte. Er hatte mich zwar zu seiner Folterhütte mitten im Nirgendwo gebracht, aber wie alle Menschen hatte er mich unterschätzt.

Ich hatte meinen letzten Kill ausgeführt. Und ich war nicht verloren.

Ich bin auf dem Weg zu dir, Rehauge.

Mit einem scharfen Atemzug und meinen verletzten Arm festhaltend, sprang ich von der anderen Seite der Mauer und landete geschmeidig auf meinen Füßen. Ohne eine weitere Sekunde zu verschwenden, rannte ich los und lief durch die Stadt.

30

ARIADNE

Ben warf mir einen Blick zu, der gleichermaßen flehend und entschuldigend war. »Ariadne, es tut mir leid. Aber es sind schon Stunden vergangen.«

»Er wird kommen«, beharrte ich. Er hatte es *versprochen*.

Meine Sorge und mein Kummer wurden nur noch größer, während wir schweigend auf der Feuerleiter vor dem Büro des Premierministers saßen.

Alle diensthabenden Wandler wurden zum Parlamentsgebäude beordert, nachdem Zeruhn es durch die Korridore geschafft hatte, sodass Ben, Lago und ich unbemerkt entkommen konnten. Ich wusste, dass Zeruhn damit gerechnet hatte, irgendwann auf Wandler zu stoßen, aber ich hatte ein ungutes Gefühl bei diesem Anruf. Wie viele MWP-Beamte mussten allein in den Regierungsgebäuden patrouillieren, vierzig oder fünfzig? Hatten sie alle herausgefunden, wo er sich aufgehalten hatte?

»Komm schon! Wo bist du?«, murmelte ich und schaute zu den langen Leiterreihen hinauf, die an dem Gebäude befestigt waren. Die Fensterreihe an der Spitze war dunkel und das schon, seit wir hier angekommen waren. Es hatte sich nichts bewegt, kein Vorhangflattern, nichts. Die ganze Zeit, die wir hier gewesen waren, hatte es so ausgesehen, als ob niemand zu Hause wäre.

Ben versuchte wieder, mich zur Vernunft zu bringen. »Ariadne, es ist schon spät. Das Boot wird bald ablegen.« Er saß auf dem Fahrersitz des Einsatzwagens, während Lago und ich uns auf dem Rücksitz versteckt hielten. Wir parkten halbwegs versteckt in einer hinteren Einfahrt, die für Lieferungen gedacht war. Wenn jemand vorbeikam, sah es fast so aus, als wäre er nur auf seiner normalen Patrouille.

»Wir gehen nicht ohne ihn«, beharrte ich. »Er wird sein Wort halten. Er wird kommen.«

»Es tut mir wirklich leid, aber es muss etwas passiert sein ...«

»Offensichtlich!«, schnauzte ich. »Aber er wird einen Weg nach draußen finden.«

»Ariadne, du musst mir zuhören«, sagte Ben mit Nachdruck. »Wenn wir das Boot verpassen, werde ich von der MWP gejagt werden. Sie sind sowieso schon auf der Suche nach mir. Ich weiß, du willst weiter warten, aber wir sind alle am Arsch, wenn wir ...«

»Warte, was ist das?« Ich zeigte auf eine schattenhafte Gestalt, die die Straße hinauflief, auf der wir uns befanden. Sie schien sich von den Straßenlaternen fernzuhalten, aber die Silhouette war groß und kam direkt auf uns zu. Und ... konnte ich die Umrisse von Hörnern erkennen?

Lago sprang auf und schlug mit den Vorderpfoten gegen das Fenster, als ob er versuchen würde, das Glas zu durchbrechen. In diesem Moment verließen alle Zweifel meinen Verstand und Erleichterung durchflutete meinen Körper wie eine Droge.

»Das ist Zeruhn!«, rief ich aus.

»Nett, dass er sich auch mal blicken lässt«, brummte Ben und ließ den Motor und die Scheinwerfer an. Er griff hinüber und öffnete die Beifahrertür. Das ganze Auto wackelte, als mein Minotaurus auf den Sitz kletterte.

»Ariadne«, keuchte er und drehte sich zu mir um. Er atmete schwer und war mit einer dünnen Schweißschicht überzogen, als wäre er durch die Stadt gerannt.

»Es geht dir gut«, wimmerte ich und konnte die Tränen nicht zurückhalten. Ich wollte ihn über den Sitz hinweg umarmen, aber ich erstarrte, als ich seine schmerzverzerrte Miene sah. »Was ist mit dir?«

»Es geht mir gut.« Er schenkte mir ein angestrengtes Lächeln, aber ich sah, wie er seinen linken Arm gegen den Körper stützte, sein Handgelenk war mit getrocknetem Blut verkrustet und in einem merkwürdigen Winkel gebogen. »Ich musste mich nur aus einer Situation rausschlängeln. Ich nehme an, ich bin zu spät?«

»Ähm, ja. So ungefähr ein paar Stunden.« Ben sah sich um und überprüfte alle Spiegel, bevor er das Auto auf die Hauptstraße lenkte.

»Tut mir leid.« Zeruhn streckte seinen guten Arm aus und kratzte Jago am Ohransatz. »Ihr hättet nicht warten müssen.«

»Doch, mussten wir.« Ich legte einen Arm um seinen Hals, weil ich spüren wollte, dass er wirklich da war. »Ohne dich wären wir nicht gegangen.«

»Rehauge«, hauchte er und lehnte seine Stirn gegen meine. »Ich habe es geschafft. Der Premierminister wird niemanden mehr verletzen.«

Ich drückte seine Schulter, weil ich wusste, dass es ihm wichtig gewesen war, diese Aufgabe zu erfüllen. Er hatte es für mich getan, aber dass er hier war und lebte, war alles, was zählte.

»Ariadne, willst du mich zur Wohnung deiner Mom führen?«, rief Ben, als wir den unteren Teil der Stadt, die Slums, erreichten.

»Fahr weiter die Straße runter und biege am zweiten Stoppschild links ab«, sagte ich.

Er bog ab und fluchte sofort. »Scheiße.«

Die Straße wurde von zwei Einsatzwagen der MWP und zwei Wandlern blockiert, die uns direkt anschauten. Ich hatte keine Zeit, den Mund aufzumachen, um Nebenstraßen oder Ähnliches vorzuschlagen, bevor Ben sagte: »Haltet euch fest!«

Er legte den Rückwärtsgang ein und die Reifen quietschten, als ich gegen die Vordersitzlehne geschleudert wurde. Ich packte Lago und nahm den Rasselbock in den Arm, damit er nicht durch die Gegend geschleudert wurde. Innerhalb von Sekunden wendete Ben das Auto und raste in eine Seitenstraße, während hinter uns Sirenen und Rufe zu hören waren.

»Weißt du, wohin wir von hier aus fahren müssen?«, rief Ben.

»Links, dann rechts!«, kreischte ich und hielt mich an Lago und Zeruhns Sitz vor mir fest. »Es ist zwei Blocks weiter.«

»Ihr müsst euch schnell deine Mom schnappen und zum Hafen verschwinden. Fahrt einfach immer weiter nach Süden, dann findet ihr ihn.«

Die Bedeutung seiner Worte traf mich wie eine Tonne Ziegelsteine. »Warte, kommst du nicht mit?«

Er schüttelte den Kopf und warf mir einen bedauernden Blick in den Spiegel zu. »Ich werde sie aufhalten, nur so könnt ihr es schaffen.«

»Ben ...«, protestierte Zeruhn, aber der andere Wandler schüttelte beharrlich den Kopf.

»Ich lebe sowieso nur noch etwa drei Jahre. Ihr seid die fünfte Gruppe, der ich helfe, aus der Stadt zu kommen. Ich möchte euch nicht hängen lassen.«

»Ich kann dir helfen, sie zu erledigen«, argumentierte Zeruhn. »Du musst nicht ...«

»Du hast nur noch einen Arm«, antwortete Ben. »Im Ernst, ich habe mich damit abgefunden. Bringt euch einfach zum Hafen. Sagt der Welt da draußen, was hier wirklich los ist.«

Die Überzeugung war deutlich in seiner Stimme zu hören. »Ich danke dir, Ben. Wir werden das nicht vergessen.« Meine

Worte fühlten sich oberflächlich an, aber was hätte ich sonst sagen sollen?

Gerade noch rechtzeitig konzentrierte ich mich wieder auf die Wohnungen, die neben dem Auto vorbeizogen. »Da, der Nektarinenbaum im Vorgarten. Mein Haus ist das nächste.«

Ben wendete das Auto, sodass es in der Mitte der Straße geparkt war. Er ließ den Motor laufen, während er ausstieg und seinen Hemdkragen lockerte. »Bring deine Mutter so schnell wie möglich raus. Ich kann euch nur ein paar Minuten verschaffen.«

Ich wollte mich noch einmal bei ihm bedanken, ihn anflehen und hoffen, dass er seine Meinung änderte, aber jede Sekunde, die verstrich, war verschwendet. Ich warf ihm einen letzten Blick über die Schulter zu, als ich zur Haustür rannte, Zeruhn und Lago dicht auf den Fersen. Ich glaubte, braunes Fell über Zeruhns Schulter zu sehen, aber ich musste mich auf das konzentrieren, was vor mir lag.

Als ich den Türknauf versuchte, rührte er sich nicht. Also schlug ich mit der Faust gegen die Tür, als ob unser Leben davon abhängen würde.

»Mom, ich bin's, Ariadne!«, schrie ich. »Mom, du musst die Tür aufmachen! Wir müssen sofort weg!«

»Lass mich mal, Rehauge.« Zeruhn stellte sich vor mich und griff nach dem Türknauf. Mit einem einfachen Schulterstoß öffnete er die Tür nicht nur, sondern riss sie auch aus den Angeln.

Zu jeder anderen Zeit hätte ich ihn geneckt, aber in diesem Moment konnte ich nur hineinstürmen und mich hektisch in unserer kleinen Wohnung umsehen. »Mom? Mom! Wo bist du?« Ich drehte mich um und meine Hoffnung sank wie ein Anker.

Sie war nicht hier.

Es war spät in der Nacht, wo konnte sie sein? Mir gingen verschiedene Möglichkeiten durch den Kopf. Sie könnte bei einem Freund übernachten oder in der Notfallklinik sein, falls sie gestürzt war oder so. Scheiße, konnte sie überhaupt reisen, wenn es ihr schlecht ging?

Knurren und Gebrüll erfüllten die Luft und durchdrangen meine verzweifelten Gedanken. Zeruhn stand in der Tür und schaute mit angespannten Gesichtszügen auf die Straße. Ich konnte ihn von hier aus nicht sehen, aber ich wusste, dass es nur Ben sein konnte, der sich gegen die Wandler wehrte.

»My Love, wir können nicht bleiben«, warnte er und seine Muskeln spannten sich an.

»Ich weiß, ich will nur … Sie ist nicht hier!« Meine Gedanken rasten so wild, dass ich kaum sprechen konnte. »Ich weiß nicht, wo ich sie suchen soll.«

»Wenn du eine Idee hast, müssen wir *sofort* dahin.« Zeruhns Augen blieben auf den Kampf der Wandler gerichtet, sein ganzer Körper spannte sich an.

»Ich … fuck, ich weiß es nicht!«

In diesem Moment sah ich, wie das Licht in der Wohnung auf der anderen Straßenseite anging und sich auf der anderen Seite etwas bewegte.

Ich stürzte los, schob mich an Zeruhn vorbei und rannte über die Straße, während er meinen Namen rief. Kaum einen Meter von der Tür meines Nachbarn entfernt, bellte ein Wolf und sprang über Bens Auto auf mich zu. Ich hatte keine Deckung und erstarrte vor Angst, da ich nicht wusste, wie weit Zeruhn hinter mir war.

Der Wolf stoppte abrupt in der Luft, denn er war in den massiven Kiefern eines Grizzlybären gefangen. Der Bär schüttelte den Wolf wie eine Stoffpuppe und warf ihn in die entgegengesetzte Richtung, bevor er mit humpelnden Hinterbeinen hinter dem Wolf herlief.

Ben, unser Danke *ist nicht genug.*

Die Haustür meiner Nachbarin stand einen Spalt offen, als ich sie erreichte, und ich erkannte das Auge, das dahinter spähte, fast genauso gut wie mein eigenes.

»Mom!«, schluchzte ich vor Erleichterung. »Ich bin's!«

»Ari!« Sie öffnete die Tür weiter und drängte mich mit einem kurzen Blick auf das Blutbad auf der Straße hinein. »Beeil dich, geh rein!«

»Nein, Mom! Wir müssen von hier verschwinden!«

»Bist du verrückt, Mädchen? Diese Wandler werden dich umbringen!«

»Nein, du verstehst das nicht!« Ich packte ihre Oberarme, vorsichtig, um nicht zu fest zuzudrücken, aber ich brauchte auch die Bestätigung, dass sie noch hier war. »Mom, wir sind aus dem Labyrinth entkommen und jetzt sind die Behörden hinter uns her. Wir müssen die Stadt verlassen, *sofort*.«

»Wir?«, wiederholte sie. »Wer ist wir?« Ihr Blick wanderte von meinem Gesicht zu der massigen, gehörnten Gestalt in meinem Rücken.

»Mom, das ist Zeruhn«, sagte ich. »Der Minotaurus. Wir sind zusammen geflohen. Wir ... *sind* zusammen.«

Ihr Blick fiel auf mich und ich machte mich auf den Schock und das Entsetzen gefasst, dass ihre Tochter sich nicht nur in das geheimnisvolle Monster verliebt hatte, das noch nie ein Mensch gesehen hatte, sondern ihn auch aus seinem Gefängnis befreit hatte, in dem er zwanzig Jahre lang gelebt hatte.

Stattdessen sagte sie ganz ruhig: »Hallo, Zeruhn. Ich bin Delia. Ariadnes Mutter.«

Zeruhn senkte seinen Blick und neigte respektvoll den Kopf. »Es ist mir eine Ehre, dich kennenzulernen, Delia. Ariadne hat mir viel von dir erzählt.«

Moms Blick ging dann auf den Boden, wo Lago vor meinen Beinen saß. »Und wer ist das?«

»Das ist Lago«, sagte ich. »Er ist ein Rasselbock.«

Die Geräusche von wild um sich schlagenden Wandlern auf der Straße unterbrachen die süße Vorstellungsrunde. Der Grizzlybär Ben erhob sich auf seine Hinterbeine und brüllte einem fauchenden Jaguar ins Gesicht. Ben blutete an mehreren Stellen und stolperte vorwärts. Sirenen in der Ferne wiesen uns auf weitere Cops hin, die in unsere Richtung kamen.

Ich drehte mich um und sah meine Mutter an. »Mom, ich weiß, das kommt aus dem Nichts und ich bin so froh, dich zu sehen, aber das ist unsere einzige Chance zu entkommen. Es tut mir leid, wir haben keine Zeit, etwas zu holen. Wir müssen gehen, *jetzt*.«

»Wohin?«, fragte sie und sah sich die Szene auf der Straße an, als könnte sie nicht wegsehen.

»Ich weiß es nicht! Wir fahren zum Hafen, dort gibt es ein Boot. Einfach aus der Stadt raus, das ist alles, was zählt.«

Sie warf mir einen Blick zu, der gleichzeitig liebevoll und verärgert war. »Du bist rücksichtsvoll, meine liebe Tochter, aber du hättest nicht meinetwegen herkommen sollen. Ich werde euch nur aufhalten.«

Zeruhn nahm das als sein Stichwort, um sich vorzudrängeln. »Ich werde dich tragen, Delia. Wenn du es mir erlaubst.«

»Mich tragen?«, krächzte Mom. »Was bin ich, eine Puppe?«

»Mom, bitte!« Ich war bereit, sie wie einen Sack Kartoffeln zu Zeruhn zu werfen, damit wir endlich von hier verschwinden konnten.

»Ich werde vorsichtig mit dir sein. Ich habe gehört, dass du Gelenkschmerzen hast«, sagte Zeruhn. »Ich bin viel stärker als ein Mensch. Du wirst uns überhaupt nicht aufhalten.« Er warf einen angespannten Blick auf den Kampf auf der Straße. »Aber wir müssen gehen. Jetzt sofort.«

Mom schaute mich wieder an. »Ari, vertraust du diesem Typ?«

»Ja!« Sie hatte die Frage kaum zu Ende gestellt, als ich antwortete. »Mit meinem Leben, Mom. Ich liebe ihn. Es gibt so viel, was ich dir erzählen muss, aber«, ich fuchtelte hektisch mit den Händen herum, »später!«

»Na gut, dann mal los.« Sie drehte sich zu Zeruhn um und

streckte ihre Arme aus. »Wehe, du lässt mich fallen, junger Mann.«

»Das würde ich nie tun«, sagte er mit ernstem Gesicht und ging in die Hocke, um mit einem Arm unter ihre Beine zu greifen.

Mom war kleiner als ich und hatte sich bereits an seine Brust gepresst, als sie seinen anderen Arm bemerkte. »Was ist da passiert?«, fragte sie und nickte auf sein Handgelenk.

»Ich habe es mir gebrochen, um der Gefangennahme zu entkommen.« Er schenkte ihr ein Lächeln. »Mach dir keine Sorgen. Ich kann dich immer noch mit einem Arm tragen.«

»Du solltest das lieber richten, sonst heilt es schief«, warnte sie ihn in einem mütterlichen Ton.

»Noch mal: später!« Ich schob sie von der Veranda. »Sollen wir das Auto nehmen?«

Kaum hatte ich die Frage ausgesprochen, stürzten Ben und ein weiterer Wandler mit einem Wirbel aus Fell, Zähnen, Krallen und Gebrüll auf die Motorhaube des Autos. Sie rollten gegen die Windschutzscheibe und zerschmetterten sie beim Aufprall.

Es war also ein Laufwettbewerb.

Ich schnappte mir Lago, dann drehten Zeruhn und ich uns um und rannten gemeinsam die Straße hinunter, grob in Richtung Süden und ließen das Gemetzel der kämpfenden Wandler hinter uns. *Wir werden dich nie vergessen, Ben.*

Ich rannte mit vollem Tempo, während Zeruhn ein wenig vor mir ein ruhiges Tempo hielt. Er könnte viel schneller laufen, aber ich wusste, dass er mit meiner Mutter auf dem Arm vorsichtig sein wollte.

Wir liefen ein paar Blocks nach Süden ohne Zwischenfälle, obwohl die Sirenen ständig heulten und sich anhörten, als kämen sie von überall. Als Zeruhn plötzlich zum Stehen kam und eine scharfe Linkskurve durch einen Hinterhof machte, dachte ich, mein Herz würde ebenfalls stehen bleiben.

»Sie haben uns den Weg abgeschnitten«, knurrte er. »Da ist eine ganze Schlange von Autos im nächsten Block.«

Plötzlich fiel es mir ein und ich fluchte, weil ich nicht früher daran gedacht hatte. »Mom, dein ID-Chip. Sie benutzen ihn, um uns zu verfolgen.«

»Oh.« Ihr Blick fiel auf den Verband, der um meinen Unterarm gewickelt war. »Na, dann wollen wir den mal loswerden.«

Ich ließ Lago los und tastete meine Taschen ab, wobei mir das Herz in die Hose rutschte, obwohl ich es schon wusste. »Hast du dein Messer dabei?«, fragte ich Zeruhn.

Er schüttelte mit finsterer Miene den Kopf. Natürlich war er nicht mehr bewaffnet, nachdem er gefangen genommen worden war.

»Albernes Mädchen«, schnaubte Mom und zog das Multifunktionswerkzeug heraus, das sie immer bei sich trug. Es war eines dieser Dinger, die einen Schraubenzieher, einen Dosenöffner, eine winzige Schere, einen Korkenzieher und eine Million anderer kleiner Dinge enthielten, die sich ausklappen ließen.

Darunter auch eine Messerklinge.

»Die sollte ziemlich scharf sein, ich benutze die Klinge nicht oft«, sagte sie und reichte sie mir.

Ich nahm sie ihr ab und hielt ihren Unterarm in der anderen Hand. Ich fuhr mit dem Daumen von ihrem Handgelenk zu ihrem Ellbogen, bis ich die kleine, harte Beule unter ihrer Haut fand, wo der Chip saß. »Tut mir leid«, sagte ich ihr. »Das wird wehtun, aber ich mache es kurz.«

Mom verharrte wie ein Fels in der Brandung und gab keinen Laut von sich, als ich zwei kleine Schnitte in Form eines X machte, wie ich es bei mir selbst gemacht hatte. Dann drückte ich die Schnittkanten zusammen und holte den Chip heraus. Er fiel auf den Boden und Zeruhn zerquetschte ihn sofort unter seinem Stiefel.

»Wir müssen um die Blockade herum«, flüsterte er, während ich Druck auf den blutenden Arm meiner Mom ausübte. »Können wir weiter durch diese Höfe rennen?«

»Das müssen wir«, sagte ich. »Sei vorsichtig mit ihr, während du über Zäune springst, okay?«

»Natürlich, Rehauge.«

»Hm, Rehauge.« Mom kicherte über den Kosenamen und ihre Augen leuchteten.

Sie schien entspannt, was eine Erleichterung war. Sogar ein bisschen glücklich. Ich schätzte, wenn man ein langes Leben unter Tyrannei gelebt hatte, war eine rasante Flucht eher aufregend als beängstigend. Sie hatte Dinge durchlebt, die ich mir nicht vorstellen konnte. Und selbst wenn wir völlig scheitern würden ... wäre das schlimmer als das, was sie bereits durchgemacht hatte?

Ihre Laune besserte sich, als wir uns wieder in Bewegung setzten und durch die Höfe der Leute rannten. »Ari, bist du sicher, dass ein Boot wartet?«

»Nicht wirklich«, gab ich zu.

»Es wird da sein«, sagte Zeruhn grimmig und entschlossen, obwohl er es nicht besser wusste als ich.

Wir blieben geduckt hinter den Zäunen – na ja, Zeruhn versuchte sein Bestes mit seinen Hörnern. Lago konnte mit Leichtigkeit über Zäune springen oder sich durch Lücken in den Brettern zwängen. Einige Leute warfen uns merkwürdige Blicke zu, aber ehrlich gesagt war es in den Slums nicht ungewöhnlich, dass Leute durch die Höfe liefen, um eine Abkürzung zu nehmen.

Als wir eine Straßenecke erreichten, hockten wir uns alle hinter eine Steinmauer.

»War das die Stelle, an der uns die Autokolonne blockiert hat?«, fragte ich und spähte über den Rand.

»Ja. Ich weiß nicht, wie lang die Kolonne war«, antwortete Zeruhn.

Ich schaute in die Richtung, aus der wir gekommen waren, und beugte mich vor, um einen besseren Blick auf die Straße zu bekommen, bis mich meine Mom am Shirt zurückzog.

»Sie sind ein paar Blocks weiter«, berichtete ich. »Nicht zu nah, aber sie können uns immer noch verfolgen, wenn sie uns entdecken.«

Zeruhn begegnete meinem Blick mit Nachdruck. »Dann müssen wir uns eben aus dem Staub machen.«

Ich kaute auf der Innenseite meiner Wange. Der Hafen war noch gut sechs Blocks entfernt, und wer wusste schon, ob in dieser Gegend überhaupt ein Schiff anlegte? Vielleicht war es besser, zu warten und sich zu verstecken?

»Wir müssen es tun, Rehauge.« Zeruhn schien meine Zweifel zu spüren. »Wenn sie uns nicht mehr aufspüren können, werden sie sich aufteilen und mit der Suche beginnen.«

»Da kommt ein Auto!«, zischte Mom.

Wir sprangen auf und tauchten hinter ein paar Müllcontainern unter, sodass wir von der Straße aus nicht zu sehen waren. Der arme Zeruhn musste sich zu einem kleinen Ball zusammenrollen, um alle seine Körperteile zu verstecken.

Die blinkenden roten und blauen Lichter und die dazugehörige Sirene fuhren kurz darauf vorbei und bogen um die Ecke, um die wir gerade gespäht hatten. Wir hielten alle drei den Atem an und ließen ihn wieder frei, als das Auto weiterfuhr.

»Sie suchen bereits nach uns.« Zeruhns Atem wärmte mein Ohr. »Jetzt oder nie.«

Seine Finger verschränkten sich mit meinen, und ich schöpfte Mut aus diesem warmen, beruhigenden Griff. »Dann jetzt!«

Wir warteten, bis wir so sicher wie möglich waren, dass keine Polizeiautos in Sicht waren, dann machten wir uns aus dem Staub. Ich schnappte mir Lago und trug ihn wie einen Fußball an meiner Brust. Ich wollte nicht, dass ein Hase zum Wildunfall wurde.

»Werd für mich nicht langsamer!«, sagte ich zu Zeruhn, der neben mir herlief. »Lauf einfach los! Finde ein Schiff und bring sie an Bord.«

»Ich werde dich nicht zurücklassen«, knurrte er.

»Du lässt meine Tochter besser nicht zurück!«, rief Mom, immer noch fest um seinen Hals geklammert.

Wir passierten zwei Blocks. Dann drei. Dann vier. Ich hörte Wasser schwappen und konnte das Salz in der Luft riechen, als ich das Quietschen von Reifen und eine heulende Sirene hörte, als wäre sie direkt neben meinem Ohr.

»Los, lauf weiter!« Zeruhn sprang hinter mich, ich merkte, dass er mir den Rücken freihalten wollte. Ich wollte ihn anschreien, weil er so noch langsamer war, aber jetzt zählte jede Mikrosekunde.

Ein Boot finden. Fliehen. Das war alles, was zählte.

Das Terrain unter meinen Füßen veränderte sich. Ich war jetzt am Hafen, rannte am Ufer entlang und suchte die Docks unter den trüben Lichtern nach etwas ab, das wie ein Boot aussah. Was hatte Aaron gesagt? Es sieht aus wie eine Partyyacht? Ich wusste nicht einmal, was das war.

Ich hörte knallende Geräusche, wie Schüsse, und pumpte meine brennenden Beine noch kräftiger auf. Solange ich Zeruhn noch hinter mir laufen hörte, würde ich nicht aufhören.

Dann fing Lago an, sich wie verrückt in meinem Griff zu winden.

»Hör auf! Sonst lass ich dich fallen!« Ich krümmte mich, um ihn zu bändigen, und bekam prompt ein paar scharfe Geweihspitzen in den Bauch gerammt. »Aua! Nein, fuck!« Er brach zwar nicht durch die Haut, aber es tat höllisch weh und zwang mich, meinen Griff gerade so weit zu lockern, dass er herausschlüpfen konnte. »Lago, hör auf!«

»Folge ihm!«, rief Zeruhn hinter mir.

Ich war schon dabei und jagte unseren geweihten Hasen auf einen Steg, der sich zum Wasser hin ausstreckte. Der Steg war in

Dunkelheit gehüllt und an keinem der beiden Enden gab es einen Laternenpfahl. Alle anderen Lichter vom Ufer aus hatten mich geblendet und es fühlte sich an, als würde ich in endlose Dunkelheit laufen.

Aber das tat ich nicht.

Lago blieb am Ende des Stegs stehen und klopfte hastig mit dem Fuß auf das verrottete Holz. Hier hinten, gut sichtbar und doch fast in völliger Dunkelheit, lag ein Boot.

Ich hatte keine Ahnung von Booten, aber es war riesig, glatt wie eine Pfeilspitze und komplett schwarz gestrichen. Ich konnte keine Lichter im Inneren sehen. Es trieb einfach still und bedrohlich neben dem Steg wie ein Seeungeheuer, das geduldig auf seine Beute wartet.

Na ja, ein Ungeheuer hatte ich schon riskiert. Warum nicht noch eins?

Ich konnte weder eine Tür noch ein Fenster sehen, also schlug ich mit der Faust auf den Rumpf des Bootes neben dem Steg, als Zeruhn mit meiner Mom auftauchte.

»Ist es das hier?«, fragte er und schaute hinter sich auf die vielen Polizeiautos, die sich am Hafen versammelten.

»Ich weiß nicht, aber es ist das einzige, was wir haben.« Ich hämmerte wieder, mein Puls pochte in meinen Ohren zu den Sirenen. »Hilfe! Ist da jemand drin?«

Eine Tür glitt auf, ähnlich wie die Drucktür im Labyrinth, und ich blinzelte, um die Gestalt an der Seite zu erkennen.

»Verlasst ihr die Stadt?«, fragte eine Stimme von drinnen.

»Ja!« Hatte ich eine Wahl? Entweder ich stieg in dieses Seeungeheuer-Boot ein oder ich starb in den Händen der Polizei. »Bitte! Die Cops sind hinter uns her!«

»Steigt ein!« Ein Arm streckte sich aus der Dunkelheit und ich ergriff ihn ohne zu zögern. Lago hüpfte hinter mir her, und dann übergab Zeruhn meine Mutter vorsichtig, während weitere Schüsse durch die Luft hallten. Erst als er eingetreten war und ich hörte, wie die Tür zischend geschlossen wurde, atmete ich auf.

Ein Licht ging an, und ich blinzelte, um meine Sicht zu verbessern. Wir befanden uns in einem gemütlichen Raum mit hohen Decken, holzgetäfelten Wänden und Plüschsofas. Uns gegenüber stand ein gut aussehender Mann mittleren Alters mit schwarzgrauem Haar und tiefen Linien um die gold-orangefarbenen Augen. Er hatte auch die Größe und den Körperbau eines Wandlers, aber was ihn wirklich verriet, waren die zwei langen Eckzähne, die über seine Oberlippe hinausragten.

»Willkommen an Bord der *Lorenza*«, sagte er leise. Die Fangzähne schienen ihn beim Sprechen nicht zu behindern. »Ihr seid jetzt alle in Sicherheit. Ich bin Taj, euer Captain.«

»Sie ... sie haben Waffen.« Mein Gehirn verarbeitete weiterhin die Gefahr und war nicht in der Lage, Sicherheit als Realität zu akzeptieren.

»Ihr Rumpf ist kugelsicher«, sagte Taj mit einer Geduld, die vermuten ließ, dass er das schon oft gesagt hatte. »Und die *Lorenza* ist schnell. Die Crew wird jeden Moment ablegen.« Er betrachtete jeden von uns mit einer leichten Neugierde, wobei sein Blick auf meiner Mutter verweilte. »Wir haben schon vor Stunden Passagiere erwartet. Wir dachten schon, ihr würdet es nicht mehr schaffen.«

»Wo fahren wir hin?«, fragte Mom.

»In die Dominikanische Republik. Oder, wenn dir das lieber ist, Puerto Rico. Beide Inseln haben Flüchtlingslager für diejenigen eingerichtet, die aus MinoTek fliehen.« Als wir ihn ausdruckslos ansahen, fragte er: »Habt ihr schon mal von einem dieser Orte gehört?« Als wir alle den Kopf schüttelten, lächelte er und gluckste leise. »Ach, na ja. Es ist eine lange Reise über den Golf. Wir werden genug Zeit haben, um die Welt da draußen kennenzulernen. Jetzt entspannt euch bitte. Macht es euch bequem. Mein Koch wird euch etwas zu essen bringen, und ein anderes Crewmitglied wird euch eure Zimmer zeigen.

Oh, und ich werde einen Arzt holen, der sich eure Verletzungen ansieht.«

»Darf ich dich etwas fragen?«, meldete sich Zeruhn zum ersten Mal zu Wort, seit wir an Bord gekommen waren.

»Ja, natürlich«, antwortete Taj.

Zeruhn zögerte und schluckte, bevor er fragte. »Bist du ein Prototyp?«

Tajs Lächeln wurde nur noch breiter und seine Fangzähne kamen voll zur Geltung. »Ja, ich habe die erste Hälfte meines Lebens als Prototyp Zero-Two gelebt. Meine andere Form war ein Tiger, aber in den letzten zehn Jahren habe ich mich nicht mehr wandeln können. Meine alten Knochen können die Veränderungen einfach nicht mehr verkraften.«

Zeruhns Schultern spannten sich an, als er Tajs Lächeln erwiderte. »Ich hätte nicht gedacht, dass es noch andere gibt. Ich war der Prototyp Zero-Nine. Ich nenne mich Zeruhn.«

Der Captain nickte meinem Minotaurus verständnisvoll zu. »Ich glaube, wir beide sind die Letzten, mein Freund.«

»Tja, wenigstens haben es zwei von uns geschafft, zu überleben.«

»Ja«, sagte Taj. »Das ist etwas, worauf wir stolz sein können.«

31

ARIADNE

Wir verbrachten etwa eine Woche auf See, in der wir mehr über Taj, seine Crew und die geheimen Bemühungen der Gruppe erfuhren, Leute, Wandler eingeschlossen, aus MinoTek zu befreien.

Es stellte sich heraus, dass MinoTek stark vom Rest der Welt isoliert war, was die Gründer, Premierminister Minos und sein Vater, mit Absicht getan hatten. Zunächst geschah dies unter dem Vorwand, völlig autark zu werden und nicht vom Handel oder von Importen mit anderen Ländern oder Staaten abhängig zu sein. Der Megakonzern MinoTek Industries wurde mit der Bereitstellung von Technologie und Innovation für den Autarkieplan der Regierung so sehr verstrickt, dass die beiden schließlich ein und dasselbe wurden. Der Vorstandsvorsitzende von MinoTek Industries wurde der erste Premierminister des MinoTek-Stadtstaates, und später folgte sein Sohn ihm.

Und das war nur die Spitze des Eisbergs. Die massiven Klassenunterschiede, die obligatorischen ID-Chips für alle und die Erschaffung von Wandlern waren alles Nebeneffekte eines mächtigen Technologieunternehmens, das seine Macht über das Leben der Leute festigte.

Der zweite Premierminister hatte keine namentlich bekannten Kinder, als Zeruhn ihn tötete, aber das bedeutete nicht, dass der Stadtstaat allein aufgrund dieses Attentats untergehen würde. Niemand wusste wirklich, wie man ihre Macht brechen konnte, aber Taj und seine Crewmitglieder versicherten uns, dass andere Regierungen an Plänen arbeiteten, um die Leute von MinoTek zu befreien.

Mexiko, Kanada, die Vereinigten Neuenglandstaaten und die Pazifische Republik hatten sich verbündet, um den Flüchtlingen zu helfen und die Macht von MinoTek zu verringern. Diese Länder lagen direkt hinter unseren Grenzen und ich hatte nie von ihnen gewusst. Ich fühlte mich, als hätte ich mein ganzes Leben lang in einem Pappkarton gelebt und der Deckel hätte sich gerade zum ersten Mal geöffnet.

Es war, vorsichtig ausgedrückt, überwältigend. Ich konnte die grundlegendsten Konzepte immer noch nicht begreifen, zum Beispiel, dass es mir erlaubt war, das Land oder den Staat zu verlassen, wenn ich einen neuen Ort besuchen wollte. Keiner würde mich aufhalten? Die Polizei würde sich nicht darum scheren, ob ich wegging?

Ich konnte mir fast jeden Film und jede Fernsehsendung ansehen, die ich wollte, und Taj versicherte mir immer wieder, dass die Behörden in der Dominikanischen Republik sich nicht darum kümmern würden. Sie kontrollierten nicht einmal, was die Leute sich ansahen. Ich konnte sogar Bücher lesen, die die Regierung kritisierten oder explizite Sexszenen enthielten.

Ich könnte zur Schule gehen und fast alles studieren, was mich interessierte. An manchen Orten könnte ich mir, je nach Verfügbarkeit, sogar aussuchen, was für einen Job ich ausüben wollte.

All diese Möglichkeiten waren aufregend, aber in gewisser Weise auch paralysierend. Ich verbrachte viel Zeit auf der *Lorenza*, eingesperrt in meinem Zimmer. Die subtilen Muster in den Tapeten waren nicht so überfordernd wie all die Informationen, mit denen mich die Crewmitglieder überschütteten.

Außerdem hatte ich die meiste Zeit einen großen, sexy Minotaurus um mich herum. Und wie mich mein Aufenthalt im Labyrinth gelehrt hatte, war das alles, was ich wirklich brauchte.

»Deine Mom verbringt viel Zeit mit dem Captain«, meinte Zeruhn und fuhr mit seinen Fingerspitzen über meine Hüfte.

»Mmhm, sie vögelt ihn definitiv.« Ich schmiegte mich tiefer an seine Brust, meine Lippen streiften sein Brustbein.

Er lachte und der tiefe, angenehme Klang drang über meine Lippen. »Sie ist also wie ihre Tochter, wie ich sehe.«

»Unmenschliche Männer sind einfach besser.«

»Ich bin froh, dass du so denkst.« In seiner Stimme lag ein Hauch von Traurigkeit, so deutlich, dass ich aufblickte.

»Stimmt was nicht?« Ich drückte ihm einen Kuss auf den Kiefer.

»Nein, Rehauge. Alles ist besser, als ich es mir je hätte vorstellen können.«

Er fing meinen Mund in einem tiefen, sinnlichen Kuss ein, aber ich war entschlossen, mich nicht ablenken zu lassen. »Sprich mit mir, my Love. Was hast du auf dem Herzen?«

Zeruhn seufzte und ließ sich nach hinten auf das Kingsize-Bett fallen, das irgendwie immer noch zu klein für ihn war. »Ich bin in vielerlei Hinsicht froh, kein Mensch zu sein, aber es gibt eine Sache, die ich mir anders wünsche.«

»Und die wäre?« Ich ließ mich auf ihn fallen, unfähig, mich von der Masse an Muskeln und Narbengewebe fernzuhalten.

»Ich kann keine ... Familie mit dir gründen.« Er runzelte die Stirn. »Wenn du Kinder willst, kann ich sie dir nicht geben. Das ist das Einzige, was ich gerne ändern würde.«

Das Bedauern in seinem Gesicht ließ mein Herz heftig schlagen. »Zeruhn.« Ich nahm eine seiner Hände, verschränkte unsere Finger und gab ihm einen Kuss auf die Knöchel. »Das macht mir überhaupt nichts aus. Du bist genug für mich.« Ich stieß ein Schnauben aus. »Und außerdem haben wir Lago.«

Sein Gesicht erhellte sich mit einem Grinsen. »Da bin ich mir nicht so sicher. Er verlässt kaum noch die Küche, seit Chefkoch Manny ihn mit diesem Hydrokulturgemüse verwöhnt. Ich glaube, die *Lorenza* hat gerade ihr erstes Rasselbock-Crewmitglied eingestellt.«

Wir lachten gemeinsam, und ich ließ ein paar ruhige Momente verstreichen, bevor ich fragte: »Du willst tatsächlich Kinder, nicht wahr?«

Zeruhn hob eine Schulter und zuckte mit den Achseln. »Ich weiß nicht, ob ich sie wirklich will oder nur die Chance haben möchte, sie zu bekommen. Man hat mir nie die Wahl gelassen.«

»Na ja, wenn wir uns erst einmal eingelebt haben und uns zu diesem Schritt bereit fühlen«, ich drückte ihm einen weiteren Kuss auf den Handrücken, »könnten wir vielleicht adoptieren?«

»Adoptieren?« Er hob eine Augenbraue.

Ich nickte. »Taj hat Mom und mir von seinen Kindern erzählt, als ihr heute Morgen beim Angeln wart. Er hat zwei Kinder adoptiert, ein Menschenmädchen und einen Wandlerjungen. Anscheinend holen sie viele menschliche Waisenkinder aus MinoTek, weil der Staat nicht so sehr auf sie achtet. Und ich schätze, dass viele junge Wandler bei ihrer Erschaffung bestimmte Kriterien nicht erfüllen, also versuchen seine Leute auch, sie aus den Laboren zu schmuggeln, bevor sie ... du weißt schon. Bevor sie entsorgt werden.«

Ich rutschte an Zeruhns Körper herunter und warf ein Bein über seine Oberschenkel. »Es gibt also eine Reihe von Kindern, die Eltern brauchen werden.«

»Verstehe«, murmelte er und fuhr mit seiner freien Hand über meinen Rücken. Sein Handgelenk war immer noch geschient, aber er rechnete damit, dass er die Schiene bald los sein würde. »Mir gefällt die Idee. Ich glaube, wir wären gute Eltern für ein Adoptivkind. Ob Wandler oder Mensch.«

»Das glaube ich auch«, sagte ich lächelnd und legte meine Wange an seine Brust. »Aber wir müssen uns nicht beeilen. Ich möchte auch ein bisschen Zeit haben, in der wir Spaß haben können.«

Mit einem Knurren glitt er blitzschnell unter mir hervor und fixierte meine Handgelenke über meinem Kopf, während er mit seinen Knien meine Schenkel spreizte. »Ich werde es absolut genießen, mich in einem neuen Jagdrevier an meine Beute heranzupirschen.«

Ich wackelte in seinem Griff und hob meine Hüften an, sodass mein Becken gegen seinen Schwanz stieß. »Vergiss nicht, deiner Beute manchmal einen Vorsprung zu geben. Das ist nur fair.«

»Oh, das werde ich. Manchmal.« Diese wunderschönen goldenen Augen glühten. »Solange du nicht vergisst, dass du mir gehörst und ich dich immer fangen werde, Rehauge.«

»Versprochen?« Ich grinste und die Vorfreude machte sich in mir breit.

Mein wunderschönes Monster beugte sich mit einem raubtierhaften Lächeln zu mir herunter und gab mir seine Antwort in Form eines gehauchten Kusses auf meine Lippen.

»Solange ich atme, bist du mein, zum Jagen. Mein, zum Befriedigen. Mein, zum Beschützen. Das verspreche ich dir, Ariadne.«

»Du bist mein, zum Lieben«, flüsterte ich zurück. »Mein. Für immer. Das verspreche ich dir, Zeruhn.«

Er intensivierte den Kuss und drückte mich auf die Matratze. Ich ließ mich in das Bett sinken, in seinen Kuss, seine Liebe und den Schutz seines Körpers um mich herum.

Und ich konnte es kaum erwarten, mich kopfüber in unser neues gemeinsames Leben zu stürzen.

EPILOG
ZERUHN

Ein Jahr später

»Du bist so still«, bemerkte Ariadne und verschränkte ihre Finger mit meinen. »Was hast du auf dem Herzen?«

Ich holte tief Luft und die salzige Brise schärfte meine Sinne. Selbst ein ganzes Jahr später konnte ich mich immer noch nicht an dieses Gefühl von echter Freiheit gewöhnen – die Möglichkeit, einfach das Haus zu verlassen und mit der Liebe meines Lebens zum Strand oder die Straße entlangzugehen. Die Möglichkeit, in einem Restaurant Essen zu bestellen und in einem Laden einzukaufen.

Um hoffentlich eine Familie zu gründen, denn das war unser Ziel.

»Was ist, wenn ich die Kinder erschrecke?« Ich schloss meine Finger um ihre. Wandler waren hier auf der Insel häufiger anzutreffen, aber mit meinen Hörnern und meinem Stierschwanz fiel ich selbst in Menschengestalt noch auf, wie ein bunter Hund.

Ariadne lehnte sich gegen meinen Arm. »Das wirst du nicht«, beharrte sie. »Du bist wirklich nicht so furchterregend, wie du denkst.«

Ich beugte mich zu ihrem Ohr hinunter und knurrte sie an. »Ist das so?«

Sie lachte und wand sich, als ich ihre Taille kitzelte. »Du kannst mir nichts vormachen. Ich bin deine Frau, ich weiß, was für ein Softie du in Wirklichkeit bist.«

»Aber wird ein Kind auch so empfinden?«, fragte ich und wurde wieder ernst. »Ich hatte noch nicht viel mit Kindern zu tun, und sie sind so viel kleiner. Sie sind sogar noch zerbrechlicher als du. Was, wenn ich ...«

»Hör auf!« Ariadne schlug mir mit ihrer anderen Hand auf den Bauch. »Kinder sind sehr aufmerksam und haben einen ausgeprägten Instinkt. Wandlerkinder wahrscheinlich sogar noch mehr. Begegne ihnen einfach auf ihrer Ebene, erzwinge nichts, und du wirst das schon schaffen.«

»Hm, ich werde es versuchen.«

»Das ist alles, worum ich dich bitte.« Sie führte unsere Hände zu ihren Lippen und küsste meinen Handrücken. »Ich habe ein gutes Gefühl für heute.«

»Warum das?«

»Weil ich dich dazu gebracht habe, ausnahmsweise mal ein Hemd anzuziehen.« Sie lachte. »Wir haben den Tag also schon mit Wundern begonnen.«

»Das hier gefällt mir sogar.« Ich zupfte an dem Stoff des kurzärmeligen, zugeknöpften Hemdes. »Ich glaube, ich werde noch mehr von ihr holen.«

»Wirklich?« Ariadnes Augen weiteten sich, und sie lächelte, als sie eine Hand um meinen Unterarm legte. »Es steht dir gut.«

»Es passt sogar tatsächlich.«

Kleidung zu finden, war ein Albtraum, da die meisten Kleidungsstücke für Menschen gemacht waren. Aber Ariadnes

Mutter Delia hatte sich vor Kurzem mit einer Näherin angefreundet, die sich auf Kleidung für Wandler spezialisiert hatte. Meine Frau und Schwiegermutter hatten vor ein paar Wochen meine Maße genommen und sie der Näherin gegeben, die dieses Hemd als Testlauf angefertigt hatte. Es war das Bequemste, das ich je getragen hatte.

»Ich bin froh. Sie wird sich über den Auftrag freuen.«

Ariadnes Hand schlüpfte wieder in meine, als wir neben der bronzenen Grizzlybär-Statue an der Hauptstraße anhielten. Es war das erste öffentliche Kunstwerk, das wir als MinoTek-Flüchtlinge in Auftrag gegeben hatten. Ariadne und ich hatten geplant, den größten Teil selbst zu finanzieren, aber die Gemeinde wollte unbedingt etwas zu seiner Entstehung beitragen. Der Bär stand auf seinen Hinterbeinen und war fast zwei Meter groß. Anstelle eines brüllenden Mauls entschieden wir uns für einen ruhigen, neugierigen Ausdruck. Auf der Plakette am Boden stand: *Ben, ein außergewöhnlicher Freund und Lebensretter. Unser Dank ist nicht genug.*

Ariadne und ich sagten nichts, aber wie sie es immer tat, legte sie ihre Hand in eine der Pfoten des Bären und hielt sie einige Sekunden lang fest. Als sie bereit war, liefen wir weiter.

Sie drückte meine Hand, als wir um eine Ecke bogen und ein rotes Backsteingebäude in Sicht kam. »Das ist es. Bist du bereit?«

Mein Herz stimmte einen wilden Trommelschlag an, als ich abrupt stehen blieb, woraufhin Ariadne sich umdrehte und mich ansah. »Bist du es?«, fragte ich sie leise. »Willst du das wirklich ... mit mir?«

Ihre Arme legten sich um meine Taille, ihr Oberkörper drückte gegen meinen Bauch, während sie zu mir aufblickte. »Ich will alles mit dir, Zeruhn. Das weißt du doch.«

Ich strich ihr eine Haarsträhne aus dem Gesicht und starrte in ihre großen Rehaugen, die mich vom ersten Moment an in ihren Bann gezogen hatten. »Ich liebe dich. Ich frage mich nur, ob alles mit mir genug ist.«

»Ich liebe dich auch. Und es ist mehr, als ich mir je hätte träumen lassen.« Sie lehnte sich weg und grinste spielerisch. »Und du hast seit einem Jahr niemanden mehr gekillt, das hat meinem Stresspegel sehr gutgetan.«

Ich stieß ein Lachen aus. »Was ich nicht alles tue, um dich glücklich zu machen.«

Ariadne ging ein paar Schritte rückwärts und zog mich an den Händen in Richtung des Backsteingebäudes. »Komm schon. Mal sehen, ob wir heute unseren Sohn oder unsere Tochter treffen werden.«

Die Nerven in meinem Bauch begannen wieder zu flattern, als ich ihr folgte. Hinter einem Zaun auf dem Spielplatz des Waisenhauses jagten sich Kinder verschiedenen Alters und kletterten auf Spielgeräten herum. Eine kleine Gruppe von Mädchen hüpfte auf einem Bein über Kreidequadrate auf dem Bürgersteig. Ein paar Jungen stöberten gemeinsam über einem Buch.

Auf den ersten Blick sahen sie alle menschlich aus. Aber jedes Kind in diesem Waisenhaus war aus den Biotechnikanlagen von MinoTek herausgeschmuggelt worden. Einige waren registrierte Wandler und wären die nächste Generation der Wandlerpolizei geworden, wenn sie nicht gerettet worden wären. Andere hatten keine Papiere und waren in abgesperrten, versteckten Bereichen des Labors gegründet worden. Es wurde vermutet, dass sie für sogenannte *exotische* Adoptionen geschaffen worden waren. Im Grunde genommen sollten sie privat auf dem Schwarzmarkt an den Meistbietenden verkauft werden, und wer wusste schon, was danach mit ihnen geschah.

Ariadne und ich hatten lange darüber diskutiert, was passieren würde, wenn wir ein Kind adoptieren würden, das genauso kurzlebig war wie die Polizisten in MinoTek. Nach vielen emotionalen Gesprächen über mehrere Nächte hinweg entschieden wir uns schließlich, diese Brücke zu überqueren, wenn wir sie erreichen würden. Wenn wir ein Kind mit Liebe und Glück großziehen könnten, wäre es den Schmerz wert, wenn wir es am Ende gehen lassen müssten.

Als wir uns bereit fühlten, diesen Schritt zu tun, nahm Ariadne Kontakt mit der örtlichen Adoptionsagentur auf. Wir durchliefen viele Gesprächsrunden über mehrere Wochen, bis wir heute endlich zur Adoption freigegebene Kinder treffen konnten.

»Hallo!«, begrüßte Ariadne fröhlich die menschliche Mitarbeiterin am Eingang, als sie auf sie zukam, um sie über unseren Termin zu informieren.

Ich blieb zurück und betrachtete die Poster an den Wänden. Selbst jetzt war Ariadne besser darin, mit Menschen zu reden als ich.

Das war eine weitere Sache, über die ich mir Sorgen machte. Was, wenn ein Kind sie wie eine Mutter liebte, mich aber nicht mochte?

»Hier entlang, bitte.« Die Mitarbeiterin erhob sich von der Rezeption und Ariadne nahm wieder meine Hand, als wir ihr folgten. »Wir können mit dem Innenspielzimmer anfangen und dann nach draußen gehen, wenn ihr möchtet.«

Wir wurden durch eine Tür in einen farbenfrohen Raum geführt. Fröhliche Musik spielte, während die Kinder an niedrigen Tischen verschiedene Aktivitäten ausübten. Viele malten und zeichneten, einige spielten Brettspiele oder lasen Bücher. Ein paar von ihnen sprachen leise, aber viele waren still bei ihren Aktivitäten.

»Viele von ihnen wurden an ihren früheren Standorten zum Schweigen verdonnert, weil sie sonst bestraft wurden«, murmelte die Mitarbeiterin zu uns. »Sie fühlen sich noch nicht wohl dabei, ihren kindlichen Überschwang auszudrücken. Es wird Zeit und die richtige Familie brauchen, bis einige ihrer Persönlichkeiten zum Vorschein kommen.«

»Bekommen sie irgendeine Hilfe wegen dem, was vorher passiert ist?«, fragte Ariadne.

»Ja, wir haben einen ausgezeichneten Kinderpsychologen, der auch nach der Vermittlung in eine passende Familie weiter mit den Kindern arbeiten wird. Das ist eine unserer Bedingungen für eine Adoption.«

»Oh, gut.« Ariadne schenkte mir ein nervöses Lächeln und ich erwiderte es. Und wie geht's jetzt weiter?

»Ich werde bei Miss Sandler warten, während ihr zwei euch vorstellt.« Die Mitarbeiterin lächelte aufmunternd, während sie auf die Lehrerin auf der anderen Seite des Raumes zuging. »Sagt Bescheid, wenn ihr irgendwelche Fragen habt.«

Ariadne blickte zu mir auf. »Wollen wir uns aufteilen?«

»Was? Nein, verlass mich nicht!«

Zu spät. Sie hatte meine Hand bereits losgelassen, um eine Gruppe von Kindern zu besuchen, die ein Brettspiel spielten. »Hi, darf ich mal sehen, was ihr da spielt?«

Ich wollte mich nicht aufdrängen, also blieb ich eine Weile stehen, bevor ich zur Leseecke ging. Einige Kinder hatten ihre Nasen in Bücher vergraben, andere starrten mich unverhohlen an, als ich vorbeiging. Das störte mich nicht. Meine Hörner brachten viele Leute dazu, mich anzustarren.

Ich achtete darauf, jedes Mal nach unten zu schauen, wenn ich einen Schritt machte, denn ich wusste, dass ich nie ein Kind adoptieren dürfte, wenn ich auf eines treten würde. Das Bücherregal war so niedrig, dass ich mich fast vollständig in eine Hocke beugen musste. Schließlich beschloss ich, mich einfach auf den Boden zu setzen. *Begegne ihnen auf ihrer Ebene*, hatte Ariadne gesagt.

Der Teppich unter mir war weich und bunt, während ich die Buchtitel in den Regalen überflog. Es war nicht so, dass ich versuchte, die Kinder zu ignorieren, ich wusste nur nicht, wie ich mich ihnen nähern sollte. Das Lesen beruhigte mich und ermöglichte es meinem Gehirn, Informationen auf eine vertraute Weise zu verarbeiten.

Ich zog ein Buch aus dem Regal und las den Titel. *Hörner, Geweihe und Stoßzähne, o weh!* Der Untertitel lautete: *Welche Tiere haben sie und wozu dienen sie?*

Ein Schnauben verließ meinen Mund, als ich das Buch durchblätterte. Ich hätte mein neues Hemd darauf verwettet, dass weder Minotauren noch Rasselböcke in dem Buch vorkommen würden.

»Das Buch ist blöd«, sagte eine schüchterne Stimme neben mir.

Ich schaute auf und tat alles, was in meiner Macht stand, um meine Kiefer fest verschlossen zu halten.

Ein kleines Mädchen hatte gesprochen, eines mit kurzen, runden Hörnern, die durch braune Haarsträhnen hervorlugten. Ich hatte schon einige Menschen mit Schwänzen oder Tierohren in ihrer menschlichen Gestalt gesehen, aber noch nie mit Hörnern wie meinen.

»Weil es niemanden darin gibt, der so aussieht wie wir.« Ich deutete auf meine eigenen Hörner. »Richtig?«

Das Mädchen nickte. Ihre großen Augen waren warm braun und Sommersprossen zierten ihre Nase und Wangenknochen.

»Dann müssen wir eben unser eigenes Buch schreiben«, sagte ich und stellte das blöde Buch zurück ins Regal. »Liest du gerne?«

Sie nickte wieder und wurde still, als ich ihr meine Aufmerksamkeit zuwandte. Aber sie hatte keine Angst, was ein gutes Zeichen war.

»Ich auch. Was ist dein Lieblingsbuch?«

»Das zeige ich dir!« Sie ließ sich neben mir auf den Boden fallen und kramte in einem Stapel. »Dieses hier.« Sie drückte mir ein Buch mit dem Titel *Wo die wilden Kerle wohnen* in die Hand.

»Das sieht interessant aus.« Ich bemerkte das große, gehörnte Wesen auf dem Cover. »Worum geht es darin?«

»Es geht um einen Jungen, der in den Dschungel geht und die wilden Tiere findet, die versuchen, ihm Angst zu machen, aber er hat keine Angst! Dann wird er der König der wilden Tiere!«

Die Stimme des Mädchens hellte sich auf und ihre Augen blitzten aufgeregt, als sie mir die Geschichte erzählte. Offensichtlich war es genau das, was eine Verbindung zu ihr aufbaute.

»Das klingt nach einem wirklich lustigen Abenteuer«, sagte ich zu ihr. »Mein Name ist Zeruhn. Wie heißt du?«

»Cathy«, sagte sie leise.

»Es ist schön, dich kennenzulernen, Cathy. Meine Frau da drüben ist Ariadne.« Ich deutete über meine Schulter. »Ich glaube, sie würde die Geschichte auch gerne hören. Könntest du sie uns beiden vorlesen?«

»Ja!« Cathy drückte das Buch an ihre Brust und lächelte breit. »Jetzt gleich?«

»Klar. Ich bin gleich wieder da. Ich bringe sie rüber.« Ich stand vom Boden auf und merkte, als ich zu Ariadne ging, dass das Nervenflattern in meiner Brust neu und anders war. Es war keine Angst, sondern ein Hochgefühl. Irgendetwas daran fühlte sich einfach *richtig* an. Genauso richtig wie damals, als ich beschlossen hatte, dass Ariadne mir gehören würde.

»Rehauge«, sagte ich und legte ihr eine Hand auf die Schulter. »Da ist jemand, den ich dir vorstellen möchte.«

Ariadne zog überrascht die Brauen hoch. »Oh? Wen denn?«

Ich ließ meine Finger in ihre gleiten und führte sie zum Lesebereich. »Sie heißt Cathy und möchte uns eine Geschichte vorlesen.«

* * *

Vielen Dank, dass du Der Minotaurus gelesen hast! Wenn du

nicht genug von Ariadne und Zeruhn bekommen kannst, dann melde dich für meinen Newsletter an und lade dir die kostenlose Bonusszene herunter!

Klicke hier, um die Bonusszene zu lesen:
https://BookHip.com/LAHWPPH

BÜCHER VON SOPHIE ASH